Padmasambhava

Du même auteur

AUX MÊMES ÉDITIONS

Dans la même collection

La Liberté naturelle de l'esprit
Longchenpa
1994

Le Miroir du cœur
Tantra du Dzogchen
1995

Philippe Cornu

avec la collaboration de Virginie Rouanet

Padmasambhava

La magie de l'Éveil

PRÉFACE DE
SOGYAL RINPOCHÉ

Éditions du Seuil

Collection dirigée par
Vincent Bardet et Jean-Louis Schlegel

ISBN : 2-02-023671-0

Préface

Ce fut Padmasambhava, Guru Rinpoché, « le précieux maître », qui introduisit l'enseignement du Bouddha au Tibet et dans les pays des régions himalayennes. Nous devons tant à sa compassion, à sa bénédiction et à sa vision : la vitalité et la force qui caractérisent le bouddhisme tibétain, la manière dont les enseignements du Bouddha pénètrent tous les aspects de la vie quotidienne et la culture du peuple tibétain, et le fait même que l'on ait considéré depuis si longtemps le Tibet comme la « patrie spirituelle » de la terre.

Ce que Padmasambhava donna au Tibet et aux Himalayas est inestimable, mais comme nous pouvons le voir clairement aujourd'hui, son importance dépasse les frontières. Sa biographie elle-même est extraordinaire, et Padmasambhava est bien plus qu'un simple personnage historique. A y regarder de plus près, Padmasambhava apparaît comme un principe universel, l'épitomé du maître spirituel et l'incarnation humaine du *Vajrayana*, personnifiant la vivante inspiration et l'esprit des enseignements du *Dzogpachenpo*, « la Grande Complétude ».

Depuis des siècles, des millions de gens ont considéré Guru Rinpoché comme la source de la réalisation spirituelle, l'inspiration qui insuffle la vie au cœur de leur pratique. Si vous leur posiez la question, ils vous diraient que pour eux il est complètement vivant à tout moment et que l'univers entier resplendit à chaque instant de sa beauté, de sa force et de sa présence. En effet, lorsqu'un pratiquant de cette tradition en vient à connaître la nature la plus profonde et la plus essentielle de son propre esprit et en découvre la pureté primordiale et la simplicité naturelle, il reconnaît du même coup la vérité des paroles de Padmasambhava : « L'esprit lui-même est Padmasambhava ; il n'y a aucune pratique ou méditation en dehors de cela. »

Je suis très touché que Philippe Cornu, un de mes étudiants français les plus anciens, ait écrit ce livre afin de présenter Padmasambhava et sa glorieuse tradition à un large public. Lire la vie de Padmasambhava et y réfléchir, ou même laisser la pensée de son être traverser votre esprit, c'est déjà recevoir sa bénédiction. Grâce à ce livre, un plus grand nombre de personnes auront désormais l'occasion de connaître Padmasambhava, l'une des figures spirituelles dominantes de l'histoire. J'en éprouve une grande joie, car j'ai la conviction que les enseignements et l'inspiration incarnés en Padmasambhava peuvent, à notre époque, apporter une contribution énorme, et parfois même vitale, aux êtres humains partout dans le monde et sur tous les plans.

Qu'est-ce qui me fait dire cela ? D'abord, je sais d'après ma propre expérience que quiconque se tourne vers Guru Rinpoché en période de difficultés ou de crise recevra infailliblement sa bénédiction et son pouvoir. Ensuite, plus spécifiquement, Padmasambhava a un lien très particulier avec notre époque. Mon maître, le grand Dilgo Khyentsé Rinpoché, lui-même incarnation de Padmasambhava, expliquait :

« Dans cet âge sombre de la lie des temps où les êtres sont plongés dans la souffrance constante des trois poisons de l'ignorance, de l'agression et de l'attachement, où les cinq émotions négatives sont plus turbulentes que jamais, et où maladies, pauvreté, famine et menaces de guerre engendrent de terribles souffrances, les bénédictions de Guru Rinpoché agissent encore plus promptement. Il a promis lui-même qu'en cet âge sombre, il répondrait toujours immédiatement par ses bénédictions à quiconque le prierait. Et ce ne sont pas de simples mots dits pour séduire, mais la parole vraie et infaillible de Guru Rinpoché. »

De nos jours, dans ce monde de conflits et de douleur où notre survie même en tant qu'espèce est incertaine et où les gens se débattent dans les tourments mentaux et toutes sortes de frustrations, la promesse de Padmasambhava prend un sens plus profond et plus large. Nous vivons à présent une époque où, comme Padmasambhava l'avait prédit, ses enseignements se sont répandus et enracinés dans le monde entier et ont montré par leur pouvoir et leur clarté combien ils sont adaptés à cet âge. Ils ont déjà apporté beaucoup de bienfaits et ont touché et transformé des êtres dans le monde entier. Ce qu'ils révèlent, et que toute personne qui les met en pratique découvrira, est que le véritable chemin pour faire avancer l'humanité réside non pas dans la maîtrise de l'énergie et des ressources du monde extérieur mais dans celle du pouvoir infini et de la profondeur de notre esprit, source ultime de paix.

J'adresse cette prière à Padmasambhava : Puisse votre bénédiction et votre compassion rayonner, ne laissant aucun être, aucun lieu intouché !

Puisse votre bénédiction, celle de tous les Bouddhas et de tous les êtres réalisés guider de plus en plus de personnes vers la voie spirituelle, les soulager de la souffrance et les mener promptement au bonheur définitif et à la félicité de l'Éveil !

Sogyal Rinpoché

CHAPITRE I

Le bouddhisme au Tibet

Aux origines

La spiritualité tibétaine a une longue histoire.

Durant les règnes des premiers rois tibétains, il semblerait que la religion ait consisté en un culte indigène des forces naturelles et des déités locales, auquel se seraient rajoutés un ensemble de rites royaux pratiqués par des prêtres *shen* et *bön*, ainsi qu'un système religieux dit « bön du svastika », originaire du Shang Shoung.

Ce puissant royaume, plus ancien que le royaume tibétain, s'étendait à l'ouest et au nord du Tibet, principalement dans la région du mont Kailash et du Ladakh actuel. De par son origine géographique, il paraît probable que le bön du Shang Shoung fut exposé à de nombreuses influences : shivaïsme, zoroastrisme peut-être, mais aussi bouddhisme, et ce fut sans doute une religion composite qui pénétra au Tibet central.

Les débuts du bouddhisme tibétain

Selon les annales bouddhistes et bönpos, un événement miraculeux marqua, au IVe siècle après Jésus-Christ, l'apparition du bouddhisme au Tibet[1], mais ce n'est que sous le règne du trente-troisième souverain, Songtsengampo (569-650), que le bouddhisme allait être officiellement introduit au Tibet. Le Tibet était alors en passe de devenir une grande puissance politique et militaire. Pour asseoir son pouvoir et établir de bonnes relations avec ses voisins, le roi fit plusieurs mariages. Un premier, avec la princesse chinoise bouddhiste Wengchen Konjo, allait lui permettre d'entretenir des relations culturelles avec la Chine. Un deuxième, avec Bhrikutî, une princesse bouddhiste népalaise, allait créer un lien avec le monde indo-népalais. D'autres mariages suivirent : il allait ainsi épouser la fille du roi Ligmikya du Shang Shoung, une princesse du Minyak[2] et enfin une princesse de Mong. Le roi Songtsengampo fit édifier sur le territoire tibétain les premiers temples bouddhistes, le Ramotché et le Jokhang, tous deux situés à Lhassa, et chargea son ministre Thönmi Sambhota de fixer la grammaire tibétaine et l'écriture *outchen*[3] afin de faciliter la traduction des textes bouddhistes sanscrits. Tout au long de son règne, il allait favoriser la propagation du bouddhisme, sans pour autant être hostile au bön, et, vers la fin de sa vie, il annexait le royaume

1. Il est dit que, sous le règne de Lhathothori, 28e souverain du Tibet, descendirent du ciel un stûpa en or, deux sûtras et le mantra de six syllabes, OM MANI PADME HÛM. Ne sachant comment les interpréter, le roi conserva pieusement ces reliques.
2. Contrée située au nord-est du royaume tibétain, bientôt annexée.
3. L'écriture *outchen (dbu-can)* est le modèle d'écriture standard du tibétain. Elle signifie « avec une tête » parce que la plupart de ses lettres sont marquées d'une barre ou d'un épaississement de trait en haut, sur la ligne de base. Si son attribution à Thönmi Sambhota est certaine, il n'en est pas de même pour certains autres styles d'écriture comme le *maryik* dont on soupçonne l'antériorité.

du Shang Shoung au Tibet. Sous son règne, les ministres choisis dans les grands clans nobles devinrent très influents. Leur puissance et leurs choix politiques et religieux devinrent par la suite une source fréquente de conflits avec l'autorité royale. Après la mort de Songtsengampo, le bouddhisme déclina rapidement et le bön retrouva sa prédominance, jusqu'au VIIIe siècle où le roi Trisongdétsen, en dépit de l'opposition et des intrigues des ministres Shang[1] favorables au bön, établit officiellement le bouddhisme au Tibet en invitant successivement l'Abbé Shântarakshita, Padmasambhava et enfin Vimalamitra.

Qu'en est-il du lamaïsme ?

Dans le passé et encore récemment, on a souvent dit du bouddhisme tibétain qu'il s'agissait d'un bouddhisme dégénéré, adultéré par un ensemble de croyances tibétaines antérieures. On l'a également affublé du nom de « lamaïsme », comme s'il s'agissait d'une caractéristique tibétaine que d'honorer ses maîtres appelés *lamas*. De telles idées révèlent une profonde ignorance de la véritable nature de l'enseignement bouddhiste prodigué au Tibet. Il est vrai qu'entre l'avènement du bouddhisme et son épanouissement au Tibet, pas moins de treize siècles s'étaient écoulés. En Inde même, le bouddhisme des premiers temps s'était déployé en de nombreuses écoles et, au Ier siècle après Jésus-Christ, le Mahâyâna, ou « Grand Véhicule », était apparu. Son insistance sur la compassion lui fit connaître une rapide diffusion et l'on vit apparaître au IIe siècle de grandes universités monastiques telles que Nâlandâ en Inde du Nord. Un prolongement du Mahâyâna,

---

1. Ministres choisis parmi les oncles du clan maternel, ils gouvernaient jusqu'à la majorité du roi, mais conservaient ensuite un grand pouvoir.

la Voie des Tantras, se développa au Cachemire et au Bengale, propagée par des yogis appelés Mahâsiddhas, « Grands Accomplis ». Le bouddhisme indien se diversifia ainsi sous des formes monastiques, scolastiques et tantriques. Dès le début de l'ère chrétienne, il s'était diffusé un peu partout en Asie. Le Mahâyâna gagna ainsi une grande audience en Asie centrale par la route de la soie et atteignit la Chine au IIIᵉ siècle. C'est dans un tel contexte général que le bouddhisme pénétra au Tibet entre le VIIIᵉ et le XIᵉ siècle. Lorsque, au XIIᵉ siècle, l'Islam conquérant porta un coup fatal au bouddhisme indien, le Tibet était devenu le dépositaire fidèle de toutes les lignées indiennes perdues. Il n'est donc pas étonnant que toutes les formes du bouddhisme soient représentées dans le bouddhisme tibétain : discipline monastique (Vinaya), enseignement des sûtras du Petit et du Grand Véhicule, et Véhicule des tantras, ou Vajrayâna.

La Voie des Tantras

C'est cette dernière voie qui caractérise le plus le bouddhisme tibétain aux yeux du monde. C'est peut-être parce qu'elle est la plus spectaculaire. La Voie de la Transformation des Tantras préconise en effet l'emploi d'une multitude de méthodes méditatives et yogiques qui, mal comprises, ont souvent nourri les fantasmes ou l'indignation de voyageurs occidentaux peu enclins à accepter une spiritualité si riche en symboles et si haute en couleur.

En réalité, le Vajrayâna s'inscrit dans le cadre bouddhique et philosophique du Mahâyâna et nécessite une bonne compréhension de la compassion et de la vacuité, *shunyata*. Dans le Mahâyâna, les pratiquants, en plus du vœu de libération individuelle, font celui d'aider autrui sur le chemin de l'Éveil. C'est le vœu de *bodhicitta*, la Pensée de l'Éveil, que l'on cultive dans toutes les activités dirigées vers le bien d'autrui. Cet idéal de compassion fait du pratiquant un *bodhisattva*, un « Héros de l'Esprit d'Éveil ». Cet engagement fondamental est indispensable pour accéder au Vajrayâna. D'autre part, il convient de réaliser la bodhicitta absolue, qui consiste en la double vacuité, celle du « soi » et celle des phénomènes extérieurs. « Vacuité » n'est en aucun cas synonyme de néant. Il s'agit de la réalité absolue de tous les phénomènes : n'existant qu'en dépendance les uns des autres, les phénomènes sont dépourvus d'existence autonome. Ils apparaissent cependant, mais leur apparence n'a qu'une réalité relative. Cette dernière réalité, appelée vérité conventionnelle ou d'enveloppement, est un piège pour l'ignorant qui prend ce qu'il perçoit par les sens pour l'unique vérité. Une telle croyance le plonge dans l'illusion qui engendre à son tour *karma* et souffrance. En fait, les réalités absolue et relative d'un phénomène sont indissociables comme les deux faces d'une pièce de monnaie. La philosophie de la vacuité n'est ni nihiliste, puisqu'elle admet la vérité relative des phénomènes, ni éternaliste puisque, selon elle, rien de réel n'a jamais été créé ni ne sera vraiment détruit. Cette vision débouche en vérité sur une ouverture spirituelle infinie et sur la compassion sans références, prémices indispensables à la compréhension du tantrisme.

Tandis que les voies des sûtras prônent le renoncement aux passions obscurcissantes pour maîtriser l'esprit et parvenir à la libération, les véhicules des tantras préconisent au contraire, pour ceux qui ont la capacité et la maturité nécessaires, l'utilisation de tout le potentiel des passions. Si l'on reconnaît qu'en leur nature profonde les agrégats du « moi », les passions et émotions sont des qualités de la Nature de Bouddha, il est possible de les purifier ou de les transformer en sagesses par divers « moyens habiles ». C'est la voie qui transforme les poisons en remèdes ou catalyseurs. Le *vajra*, ou sceptre-diamant, symbolise le principe de la transformation. Les cinq branches du bas représentent les cinq agrégats grossiers du « moi » ou les cinq émotions négatives, ignorance, colère, orgueil, désir et jalousie. Les cinq branches du haut symbolisent les cinq Bouddhas ou les cinq Sagesses résultant de la transformation des passions. Au milieu, la sphère de la vacuité est la clé de la transmutation.

Pour atteindre l'au-delà de la souffrance ou *nirvâna*, il n'est plus nécessaire de rejeter le *samsâra*, le « cercle vicieux » de notre existence conditionnée. L'idée est de transmuter les perceptions impures en pures visions. Le samsâra n'est jamais que notre perception karmique impure, elle-même le fruit de nos conditionnements et de notre ignorance. Il y a en fait indivisibilité du samsâra et du nirvâna. Loin d'être de simples techniques, les moyens habiles sont nés de la pure sagesse des Bouddhas. Très variés, ils comprennent entre autres la visualisation de déités de pratique, ou *Yidam*, la récitation de *mantras*, formules qui condensent l'essence des déités en sons, l'exécution de gestes symboliques ou *mudrâ*, des rituels complexes, l'élaboration de *mandalas*, l'utilisation d'objets rituels et des danses sacrées. Les déités *Yidam* ne sont pas des dieux extérieurs mais des archétypes de l'Éveil, des Bouddhas répartis en cinq classes ou familles selon leurs qualités respectives[1].

L'aspirant au Vajrayâna doit d'abord rencontrer un maître qualifié auquel il offre toute sa confiance et sa dévotion. Celui-ci lui accorde la transmission de pouvoir, ou *wang*, et les instructions qui lui permettront de pratiquer un *sâdhana*, ou « moyen d'accomplissement ». Ce sâdhana consistera principalement à visualiser la déité, ou *Yidam*, et à réciter son mantra, ce qui est un puissant moyen de transformation des caractéristiques émotionnelles ordinaires en sagesses. Quand le yogi réalise enfin que sa vraie nature n'est pas différente de celle de la déité, il atteint la libération.

Ce chemin nécessite l'absence de doutes, la pureté de vision et surtout un lien sacré, ou *samaya*, parfait avec le

1. Les familles Tathâgata ou Bouddha, Vajra (Diamant), Ratna (Joyau), Padma (Lotus) et Karma (Action).

maître. Incarnation vivante de la transmission des Bouddhas, détenteur de la Sagesse de toute la lignée des maîtres
qui l'ont précédé, le maître, ou *lama*, est effectivement
très important. Mais cette insistance n'est pas une manie
tibétaine, elle reflète l'essence même du Vajrayâna. N'est-
il pas dit que tous les Bouddhas du passé, du présent et du
futur ont atteint et atteindront l'Éveil en prenant appui sur
un maître spirituel ?

CHAPITRE II

Padmasambhava, « Le Précieux Guru »

La dimension spirituelle de Padmasambhava

Padmasambhava, que tous les Tibétains nomment d'ailleurs Guru Rinpoché, « Le Précieux Guru », est bien plus que le personnage historique dont les tibétologues s'accordent à reconnaître le passage bref au Tibet au VIIIe ou au début du IXe siècle. Les historiens situent bien le séjour de Padmasambhava au Tibet sous le règne du roi Trisongdétsen mais il n'y serait demeuré que quelques années, voire quelques mois. Pourtant, son impact sur les mentalités tibétaines et la dévotion immense qu'il a suscitée dès cette époque ne s'expliquent pas par ce court séjour. De même que l'homme Jésus prend toute sa dimension spirituelle dans le Christ, la venue de Padmasambhava a embrasé la foi tibétaine du VIIIe siècle jusqu'à nos jours. N'est-il pas considéré comme le second Bouddha, avec la mission d'enseigner le Tantra ? Cette dimension spirituelle exceptionnelle, nous la découvrons à travers l'immense littérature qui lui est consacrée.

Padmasambhava est en vérité le symbole vivant du bouddhisme tibétain, la personnification du principe essentiel de la transmission des enseignements tantriques et du Dzogchen, c'est-à-dire le Maître par excellence.

Le principe du « maître » dans le Vajrayâna

Tous les événements de sa vie légendaire, tous les enseignements et toutes les histoires innombrables qui s'y rapportent révèlent que Guru Rinpoché est l'archétype de tous les maîtres. Il est la personnification de la pureté primordiale de l'esprit et la source intarissable des enseignements. Il apparaît parfois paisible et bienveillant, souvent terriblement courroucé, et, cependant, jamais sa compassion ne peut être mise en doute. Il se manifeste tantôt comme un moine, tantôt comme un maître tantrique laïc, et le plus souvent ses aspects transcendent toute convention et toute règle de conduite ordinaire. Toutes ces expressions, tous ces comportements sont des enseignements précieux destinés à transcender le niveau de la dualité.

Le maître spirituel, appelé *guru* en sanscrit, *lama* en tibétain, est en effet la clé du bouddhisme tantrique. Par lui et par lui seul, l'enseignement est maintenu vivant. Il est donc le dépositaire de la sagesse de la lignée des maîtres qui l'ont précédé. S'il prend soin de ses disciples, leur transmet les initiations, les enseignements fondamentaux et les instructions pratiques, le maître n'est cependant pas une « nounou » spirituelle. Il est plutôt un catalyseur, celui qui bouscule notre petit monde de routines et ouvre en nous un espace de sagesse. Cette Sagesse en nous n'est pas quelque chose de nouveau ou de rajouté, elle est la Nature de Bouddha qui demeure en chacun des êtres. Mais elle est recouverte par les nuées de nos tendances karmiques obscurcissantes, accumulées pendant des éons d'ignorance et d'illusion. Selon un grand maître de notre époque, Jamyang Khyentsé Tchökyi Lodrö (1893-1960), la rencontre avec le maître extérieur est la cristallisation de nos aspirations les plus secrètes. Cette Nature de Bouddha en nous a un aspect actif, le « maître intérieur » qui n'a jamais accepté la confusion ni douté un seul instant de sa sagesse. Ce « maître intérieur », qui œuvre contre la confusion et recherche ardemment la vérité depuis d'innombrables vies, trouve enfin son miroir lorsque se manifeste le maître extérieur.

Dès lors, la dévotion du disciple envers le maître est loin de l'idolâtrie. Elle est la confiance du cœur. Le maître extérieur est l'exemple vivant de la Sagesse qui est encore voilée en lui, et, en suivant pas à pas ses conseils, il réalise enfin qu'en essence l'esprit de Sagesse du maître n'est pas différent de son propre « maître intérieur ». Cette expérience profonde est la transmission véritable de maître à disciple. Loin d'être une source d'assujettissement et de soumission, le maître est un ferment privilégié pour la croissance spirituelle et la liberté de l'être.

Guru Rinpoché incarne à merveille toutes ces qualités. Mieux, il joue tantôt le rôle du disciple, tantôt celui du maître dans ses aspects les plus variés, révélant ainsi une clé essentielle de la voie du Vajrayâna. Dans cette voie, il est crucial pour le méditant d'unir constamment son esprit à l'esprit de Sagesse du maître. C'est la pratique du Guru-yoga. Or, dans l'école Nyingmapa, on visualise habituellement son propre maître sous la forme de Padmasambhava, parce qu'il personnifie la perfection de tous les maîtres du passé, du présent et de l'avenir.

Au-delà des concepts

Mais Padmasambhava tranche aussi à travers tous les concepts et toutes les conventions. Ce n'est pas un maître ordinaire mais le maître de vajra par excellence. Sa vie inconcevable, riche en rebondissements, montre comment se comporte un maître du Tantra au gré des circonstances changeantes. Quand un étudiant décide de suivre la voie, le maître de vajra ne le laisse pas en repos et lui montre comment intégrer les circonstances les plus difficiles à la Vue, cette réalité absolue qu'il ne cesse de lui dévoiler. Au contact du maître, les repères et les concepts habituels volent en éclats. La vie de Padmasambhava est

exemplaire à cet égard : elle est choquante, voire scandaleuse, pour quiconque reste dans la perspective conventionnelle du monde ou des premiers véhicules du bouddhisme qui s'appuient sur l'idée d'un sage renoncement
au samsâra.

Les Trois Corps de Padmasambhava

Padmasambhava est d'emblée un parfait Bouddha, c'est-
à-dire un être pleinement éveillé qui s'exprime en Trois
Corps, ou *trikâya*. A la fois inséparables et distincts, les
Trois Corps sont un en essence. En *Corps absolu*, Padmasambhava est Amitâbha, le Bouddha « Lumière Infinie »,
la luminosité insubstantielle et illimitée qui jaillit de l'absolue pureté primordiale et dont les rayons lumineux
touchent tous les êtres tourmentés par la souffrance. Amitâbha est le Bouddha de la Compassion par excellence,
représenté sous l'aspect d'un bouddha rouge rubis éclatant
de lumière. Archétype de la famille Padma, « Lotus », la
famille de Bouddha plus spécialement liée à la transmutation du désir et au monde des êtres humains, Amitâbha est
universellement révéré dans le bouddhisme du Grand
Véhicule, tant au Tibet qu'en Chine, sous le nom d'O mi
to fô, ou, au Japon, sous le nom d'Amida. C'est le Bouddha de l'ouest, du couchant, et on l'invoque particulièrement dans les pratiques concernant la mort et l'au-delà.

Du Corps absolu qu'est Amitâbha émane le *Corps de
jouissance* Avalokiteshvara, le Seigneur de la Compassion
qui porte son regard sur ce monde de souffrances. Avalokiteshvara, *Tchenrézik* en tibétain, est le protecteur du
Tibet. Les Dalaï-lamas en sont les incarnations. Avalokiteshvara est l'énergie de la compassion qui embrasse tout
et se meut spontanément vers ceux qui sont en peine. Son
œuvre est incessante, au-delà du temps.

Enfin, pour agir plus spécifiquement parmi les hommes
en ce monde-ci, le Bouddha de la Compassion s'est manifesté en un troisième Corps, le *Corps d'apparition*, en la

ཧཱུྃ༔ ཨོ་རྒྱན་ཡུལ་གྱི་ནུབ་བྱང་མཚམས༔

པདྨ་གེ་སར་སྡོང་པོ་ལ༔

ཡ་མཚན་མཆོག་གི་དངོས་གྲུབ་བརྙེས༔

པདྨ་འབྱུང་གནས་ཞེས་སུ་གྲགས༔

འཁོར་དུ་མཁའ་འགྲོ་མང་པོས་བསྐོར༔

ཁྱེད་ཀྱི་རྗེས་སུ་བདག་བསྒྲུབ་ཀྱིས༔

བྱིན་གྱིས་རློབ་ཕྱིར་གཤེགས་སུ་གསོལ༔

གུ་རུ་པདྨ་སི་དྡྷི་ཧཱུྃ༔

HÛM ORGYEN YÜL GYI NOUP TCHANG TSAM
HÛM Aux confins nord-ouest du pays de l'Oddiyâna,

PÉMA GUÉSAR TONGPO LA
Sur le pistil d'une fleur de lotus,

YATSEN TCHOG GI NGÖDROUP NYÉ
Vous avez atteint le merveilleux et suprême accomplissement.

PÉMA DJOUNG NÉ SHYÉ SOU TRAK
Vous êtes connu sous le nom de « Né-du-Lotus ».

KHORDOU KHANDRO MANGPÖ KOR
Une assemblée de nombreuses dâkinîs vous entoure ;

KHYÉ KYI DJÉ SOU DAK DROUP KYI
Je suis vos pas afin d'accomplir votre nature :

TCHIN GYI LOP TCHIR SHEK SOU SÖL
Je vous prie de venir me bénir !

GOUROU PÉMA SIDDHI HÛM

La prière du Septain de diamant.

personne de Padmasambhava. Padmasambhava personnifie donc la compassion en action, compassion prompte à
œuvrer et aux moyens variés, parfois paisible, souvent
courroucée.

La prière du Septain de diamant

Archétype du maître spirituel, Padmasambhava est l'objet
d'importantes pratiques. La prière du Septain de diamant,
ou « prière en sept lignes », est l'invocation universelle à
Padmasambhava. On la trouve dans la plupart des *termas*
et elle constitue le cœur de la pratique de Padmasambhava.
Par elle, le yogi invoque avec ferveur l'esprit de Sagesse
du maître et reçoit sa bénédiction et ses transmissions
de pouvoir. Lama Mip'am (1846-1912) composa un traité
sur le sens de cette prière, « Le Lotus blanc, l'explication
de la prière en sept lignes au Guru[1] ». Selon ce texte, cette
prière vient directement des dâkinîs, les messagères célestes
de la sagesse :

> Autrefois, au temple de Shrî Nâlendra, des maîtres tir-
> thikas, ayant provoqué en débat les cinq cents Pandits,
> commençaient à mettre à mal les enseignements, et les
> Pandits bouddhistes s'avéraient incapables de soutenir
> la dispute. La plupart d'entre eux firent alors un même
> rêve où la dâkinî Shiwa Tchok prophétisait : « Qui donc
> parmi vous a la capacité de repousser les Tirthikas ?
> Mon frère, Vajra Thötrengtsel, demeure actuellement
> au charnier "Ténébreux". Si vous ne l'invitez pas, l'en-
> seignement du Bouddha sera détruit ! » Mais ils ne l'in-
> vitaient point car il était difficile de parvenir jusque-là.
> La dâkinî leur répliqua : « Tous ensemble, disposez à
> l'étage supérieur du temple cent vastes offrandes, brû-

---

1. Le *Guru tsik dün söldep kyi namshe pema karpo (Guru Tshig-bdun
gsol-'debs kyi rnam-bshad pad-ma dkar-po)*.

lez de l'encens, faites retentir de la musique et, emplis d'un immense respect, d'une seule voix, priez ainsi. » Et elle leur apprit la prière en sept lignes. Dès qu'il eut été fait ainsi, Guru Rinpoché apparut dans le ciel, prit la tête des cinq cents Pandits et défit les cinq cents Tirthikas par l'autorité des écritures. Puis se déroula un combat magique et Simhamukhâ, la dâkinî à tête de lion, lui donnant une boîte en peau de licorne, l'exhorta à subjuguer les Tirthikas. La foudre tomba sur les Tirthikas malveillants qui furent tous anéantis. Les autres embrassèrent l'enseignement du Bouddha, et c'est ainsi que la prière se répandit partout. Par la suite, lorsque Guru Rinpoché vint au Tibet pour y établir l'enseignement du Bouddha, il l'enseigna au roi et à ses sujets, ses disciples fortunés. Il n'est pas un seul parmi tous les trésors dissimulés à l'intention des générations futures où l'on ne trouve pas la prière en sept lignes. Même de nos jours, il est dit de ces mots essentiels de diamant qu'ils sont un grand trésor qui octroie les bénédictions de la réalisation et les accomplissements.

Fort simple au premier abord, cette prière, qui a la force d'un mantra, se prête cependant à plusieurs niveaux d'explication. En voici le sens classique selon Mip'am Rinpoché :

La syllabe-germe de l'esprit né de lui-même est HÛM. Par elle est invoqué l'esprit de Sagesse des Bouddhas. Située à l'ouest, la contrée des Vidyâdharas, *l'Oddiyâna* (ORGYEN), est le *pays* (YÜL) *des* (GYI) dâkinîs. A sa *frontière nord-ouest* (NOUP TCHANG TS'AM) se trouve le lac appelé « Dhanakoça ». Il s'agit de la vacuité parée des suprêmes moyens qui sont le reflet même de la reine de l'espace. Du point de vue des apparences ordinaires, c'est un trésor empli des qualités des mérites accumulés. Là, au milieu d'un bosquet de fleurs de lotus, parmi ces fleurs parfaites de *lotus* (PEMA) parées de leurs pétales et de leurs *étamines* (GUÉSAR) au complet, s'épanouit le *tronc* (DONGPO) d'un bouquet de cinq fleurs qui brillent de l'éclat des cinq couleurs, symboles des cinq familles. En leur centre, *au* (LA) cœur d'un lotus rouge – couleur de la famille Padma –, toutes les bénédictions et toutes les qualités des trois secrets de l'infinité des Vainqueurs des trois temps se condensèrent en une syllabe Hrî dans le cœur du Vainqueur Amitâbha. Quand le temps fut venu de discipliner les êtres à convertir, il en jaillit un faisceau de rayons lumineux des cinq couleurs (qui alla toucher) les Vainqueurs des dix directions en nombre infini et leurs fils les bodhisattvas. Émus, ils jetèrent chacun une fleur pour le bien de tous les êtres des trois mondes, et toutes atterrirent sur le lit d'étamines de la fleur centrale. Là, elles se transformèrent en la manifestation du roi des Vidyâdharas, le Grand Maître Padmasambhava, intrépide et inégalé dans les trois mondes. Éminent, paré de toutes les suprêmes qualités, son Corps discipline au moyen de grands mérites, son Verbe discipline par l'enseignement qu'il donne à suivre et son Esprit discipline au moyen de rigpa[1]. Par d'inconcevables miracles, il conduit tous les êtres à la délivrance. Apparu spontanément, son Corps immaculé montrait tous les signes et marques d'un Bouddha. Intronisé par le roi Indrabodhi comme son propre fils, il abandonna ensuite le royaume pour pratiquer l'ascèse tantrique dans les huit charniers. S'entraînant selon les méthodes de l'océan des Véhicules extérieurs et intérieurs, il déploya les formes des Huit Manifestations, apparitions illusoires. Par sa force et son pouvoir adamantins, il annihila les démons et domina les arrogants esprits du monde phénoménal. Il établit aussi de nombreux êtres sur le sentier de la maturation et de la libération selon le Mantrayâna secret. Telle est la manière *merveilleuse* (YA TSEN) dont il s'offrit pour combler les trois mondes de sa gloire admirable. Loin d'être un simple accompli, un tel être est pleinement éveillé depuis l'origine.

Son *accomplissement* est *suprême* (TCHOK GI NGÖ DROUP), car il a acquis ou *trouvé* (NYÉ) la maîtrise en

---

1. *Rigpa* est un terme qui désigne habituellement l'intelligence. Selon le Dzogchen, il prend le sens beaucoup plus fort de « conscience claire éveillée », qui n'est autre que la Nature de Bouddha elle-même.

tant que Grand Vajradhara de l'union. Il lui fut donné *le nom de « Né-du-Lotus »* (PÉMA DJOUNG NÉ SHYÉ SOU), qui est le plus universellement *connu* (DRAK). La conviction définitive qu'il est lui-même un refuge infaillible – l'essence qui réunit les trois refuges[1] – en fait l'objet de nos prières. Souverain suprême des Vidyâdharas, il a *pour entourage* (KHOR DOU) les disciples spéciaux du Mantrayâna secret, les dakas et *dâkinîs* (KHANDRO) qui sont dits *« nombreux »* (MANG PÖ) à *l'entourer* (KOR) parce qu'en nombre inconcevable, telles des graines de sésame amassées dans leur cosse prête à éclater. En vérité, immensurable est l'océan des trois racines[2] et des protecteurs assermentés, et bien qu'il constitue l'entourage (de Padma), il n'est autre qu'un déploiement illusoire de la sagesse du Maître sous l'apparence de disciples. De ce fait, le Seigneur et son entourage ne sont pas de nature différente et ils sont l'objet collectif de notre prière.

L'esprit animé d'une fervente dévotion, avec une intention pure, dirigé entièrement vers le Protecteur et son entourage aux qualités pareilles au joyau-qui-exauce-les-souhaits, entonnez la prière et, au moyen du corps, prosternez-vous. Connaissant le caractère infaillible des qualités de ces objets de Refuge, tous les autres dharmas de ce monde se révélant être de simples écorces, pensez avec conviction, l'esprit fixé en un seul point : « Protecteur, sans cesse de *suivre vos pas* (KHYÉ KYI DJÉ SOU), *moi-même* (DAK) et tous les autres êtres, nous nous *accomplirons* (DROUP). *De ce fait* (KYI), puisque votre nature de protecteur infaillible est une compassion infinie, à cet instant même, sans oublier ni rejeter aucun des êtres sensibles qui, comme moi, errent dans l'océan des trois souffrances, vos *bénédictions* (TCHIN GYI) inconcevables de l'Esprit, du

1. Les trois refuges ordinaires sont Bouddha, « Le Guide », Dharma, « Le Chemin », et Sangha, « La Communauté ». Au niveau tantrique, ce sont Guru (Lama), le maître, source des bénédictions, Deva (Yidam), les déités sources d'accomplissements, et Dâkinî (Khandro), les déités féminines sources des activités.

2. Guru, Deva et Dâkinî (*voir* note précédente)

Verbe et du Corps secrets, à la manière de la poudre de projection qui change le métal vil en or, *touchent* (LOP) le corps, la parole et l'esprit de ceux qui, comme moi-même et autrui, cherchent un refuge. *C'est pourquoi* (TCHIR), bien que vous demeuriez dans les champs purs du Corps d'apparition naturel tels que Ngayap Pelri, *je vous prie de venir* (SHEK SOU SÖL) en ce lieu grâce au puissant dynamisme de votre compassion. » Ayant prononcé ces mots qui octroient les bénédictions, dites également ce mantra : GURU est le *maître* qui est lourd de toutes les qualités et n'a pas son pareil, PADMA est le premier nom du *Grand de l'Oddiyâna*, SIDDHI signifie essentiellement les *accomplissements suprême et ordinaires*[1], et HÛM est une exhortation unique et essentielle pour obtenir de tels accomplissements.

Bref, quiconque prie ainsi invoque le Grand Maître de l'Oddiyâna qui réunit en lui tous les Bouddhas. De fait, le premier vers se réfère au pays de naissance de Padmasambhava, le deuxième à son mode de naissance, le troisième à ses qualités immenses, le quatrième au nom même de Guru Rinpoché, le cinquième au déploiement dynamique de sa compassion selon les besoins des êtres, le cercle de dakas et de dâkinîs qui, avec lui, constituent l'objet de la prière. Le sixième enseigne comment prier. En considérant ses qualités avec une dévotion inflexible, l'esprit attaché à suivre le Maître avec l'aspiration d'accomplir l'inséparabilité ultime avec Guru Rinpoché, vous priez en pleine conscience, votre corps et votre parole centrés vers ce but. En priant de la sorte, votre esprit sera béni et vous réunirez les accomplissements, ce qui est enseigné par le septième vers et le mantra qui suit.

---

1. C'est-à-dire l'Éveil et les pouvoirs secondaires acquis par la pratique.

Les pouvoirs du mantra de Guru Rinpoché

ༀ་ཨཱཿཧཱུྃ་གུ་རུ་པདྨ་སིདྡྷི་ཧཱུྃཿ

OM ÂH HÛM VAJRA GURU PADMA SIDDHI HÛM

Le Vajra Guru Mantra, la formule de Padmasambhava, est presque aussi célèbre au Tibet que le célèbre OM MANI PADME HÛM. Il faut à ce propos rappeler l'importance des mantras dans le Vajrayâna, ces formules mystiques en sanscrit ou en d'autres langues sacrées qui condensent le pouvoir spirituel des Bouddhas sous forme sonore. Mantra signifie « ce qui protège l'esprit ». Outre ce rôle protecteur contre la distraction et la confusion habituelles, les mantras ont une fonction purificatrice et transmutatrice. Récités à haute voix, chantés mélodieusement ou murmurés à voix basse, les mantras imprègnent le pratiquant tantrique de leur énergie transformatrice et inspirent sa méditation. Tel est le pouvoir du verbe de la déité : en récitant le mantra de Padmasambhava, le pratiquant entre instantanément en contact avec lui, jusqu'à ce qu'enfin il réalise que le Padmasambhava ultime réside dans son propre cœur.

Dans un enseignement terma de Karma Lingpa, Guru Rinpoché enseigne à Yéshé Tsogyal quelles sont les qualités de son mantra et sa signification.

> Ô fille de noble famille, ce qu'on appelle Vajra Guru Mantra n'est pas seulement mon nom mais incarne le cœur même de l'essence vitale des Yidam, des quatre sortes de tantras, des neuf véhicules et des quatre-vingt-quatre mille sections du Dharma.
> Ce mantra est complet et parfait parce qu'il est l'essence véritable de tous les Bouddhas des trois temps, de tous les maîtres, de toutes les déités, de toutes les dâkinîs et de tous les protecteurs. Si quelqu'un demande quelle est

la cause d'une telle perfection, fais-lui bien écouter le mantra et scelle-le fermement dans son esprit. Fais-lui répéter le mantra encore et encore. Fais-le lui écrire, puis instruis-le et explique sa signification à tous les êtres sensibles à venir.

OM ÂH HÛM VAJRA GURU PADMA SIDDHI HÛM

OM, ÂH et HÛM sont la suprême essence du Corps, de la Parole et de l'Esprit. VAJRA est celle de la famille Vajra, GURU est celle de la famille Ratna, PADMA celle de la famille Padma et SIDDHI celle de la famille Karma. Quant à HÛM, il s'agit de la suprême essence de la famille Tathâgata.

OM ÂH HÛM VAJRA GURU PADMA SIDDHI HÛM

OM est la perfection complète et immuable du Corps absolu (dharmakâya), ÂH est la perfection du Corps de jouissance (sambhogakâya) qui inclut les Bouddhas des cinq familles, HÛM est la perfection du Maître du Corps d'apparition (nirmânakâya) dans l'espace devant soi, VAJRA est la perfection de l'assemblée divine des Herukas, GURU est la perfection des Gurus Vidyâdharas ; PADMA est la perfection de la divine assemblée des dâkinîs. SIDDHI est le souffle vital de toutes les déités de la prospérité et des gardiens des trésors, et HÛM est le souffle vital de tous les protecteurs du Dharma sans exception.

OM ÂH HÛM VAJRA GURU PADMA SIDDHI HÛM

OM, ÂH et HÛM sont le souffle vital des trois sortes de tantras (Père, Mère et Non-duels). VAJRA est le souffle vital des deux sections appelées *Vinaya* et *Sûtra*. GURU est le souffle vital de l'*Abhidharma* et du *Kriya-tantra* ; PADMA est le souffle vital de l'*Upa* et du *Yogatantra* ; SIDDHI est le souffle vital du *Mahâyoga* et de l'*Anuyoga*. HÛM est le souffle vital de l'*Atiyoga*.

OM ÂH HÛM VAJRA GURU PADMA SIDDHI HÛM

Par OM, ÂH et HÛM, tous les obscurcissements issus des trois poisons seront purifiés ; par VAJRA, tous ceux nés de la haine ; par GURU, tous ceux nés de l'orgueil ; par PADMA, tous ceux nés de l'avidité ; par SIDDHI, tous ceux nés de la jalousie, et, par HÛM, tous ceux nés des passions.

OM ÂH HÛM VAJRA GURU PADMA SIDDHI HÛM

Par OM, ÂH et HÛM, on obtiendra le Dharmakâya, le Sambhogakâya et le Nirmânakâya ; par VAJRA, on obtiendra la Sagesse semblable-au-miroir ; par GURU, la Sagesse de l'égalité ; par PADMA, la Sagesse du discernement ; par SIDDHI, la Sagesse qui tout-accomplit, et par HÛM, on parachèvera tout ce qui découle des Sagesses.

OM ÂH HÛM VAJRA GURU PADMA SIDDHI HÛM

Par OM, ÂH et HÛM, on contrôlera les dieux, les démons et les hommes ; par VAJRA, les esprits hostiles tels que les Gandharvas « mangeurs d'odeurs » et les esprits du feu ; par GURU, les esprits hostiles tels que les Yamas et les Rakshasas ; par PADMA, les esprits hostiles tels que les esprits des eaux et de l'air ; par SIDDHI, les esprits hostiles tels que les Yakshas et les puissants démons et, par HÛM, on contrôlera les esprits hostiles tels que les génies planétaires (graha) et les Seigneurs du sol (sadak).

OM ÂH HÛM VAJRA GURU PADMA SIDDHI HÛM

Par OM, ÂH et HÛM, on maîtrisera les six actions transcendantes (pâramitâ). Par VAJRA, on maîtrisera les activités de pacification ; par GURU, les activités d'enrichissement ; par PADMA, les activités de magnétisation ; par SIDDHI, les activités de succès mondains et, par HÛM, les activités de subjugation terrible.

OM ÂH HÛM VAJRA GURU PADMA SIDDHI HÛM

Par OM, ÂH et HÛM, on contrecarrera les influences magiques des lamas et des bönpos ; par VAJRA, les influences hostiles de la vengeance des dieux ; par GURU, celles des dieux, des Rakshasas et des déités de la nature ; par PADMA, celles des déités mondaines et des démons mineurs ; par SIDDHI, celles des Nâgâs et des Seigneurs du sol (sadak) et, par HÛM, on contre-carrera toutes les mauvaises influences des dieux, des démons et des hommes.

OM ÂH HÛM VAJRA GURU PADMA SIDDHI HÛM

Par OM, ÂH et HÛM, on vaincra les armées des cinq poisons ; par VAJRA, celles qui proviennent de la haine ; par GURU, celles qui proviennent de l'orgueil ; par PADMA, celles qui proviennent de l'avarice ; par SID-DHI, celles qui proviennent de l'envie et, par HÛM, on vaincra les armées des dieux, des démons et des hommes.

OM ÂH HÛM VAJRA GURU PADMA SIDDHI HÛM

Par OM, ÂH et HÛM, on obtiendra les accomplisse-ments du corps, de la parole et de l'esprit ; par VAJRA, ceux des Déités paisibles et courroucées ; par GURU, ceux des Gurus Vidyâdharas ; par PADMA, ceux des dâkinîs et des protecteurs ; par SIDDHI, on obtiendra les accomplissements ordinaires et le suprême ; par HÛM, tous les accomplissements concevables.

OM ÂH HÛM VAJRA GURU PADMA SIDDHI HÛM

Par OM, ÂH et HÛM, on gagnera le champ pur primor-dial ; par VAJRA, on renaîtra dans le champ pur oriental « Joie Manifeste » ; par GURU, dans le champ pur méri-dional « Fortuné » ; par PADMA, dans le champ pur occidental « Grande Félicité » ; par SIDDHI, dans le champ pur septentrional « Paix Infinie » et, par HÛM, on renaîtra dans le Royaume de la Vacuité qui est au centre.

Une vie hautement symbolique

Il existe une différence de caractère entre les récits hagiographiques concernant la première partie de la vie de Guru Rinpoché et ceux qui concernent la seconde. Les uns tissent une vaste toile de récits à caractère hautement symbolique, avant son arrivée au Tibet, et les autres relatent sa venue au pays des neiges avec des événements de caractère nettement plus historique. Cependant, l'histoire de Padmasambhava ne se réduit jamais à une simple chronique. Elle déborde tout repère historique et fait littéralement exploser le cadre spatio-temporel. Car la vie du « Guru très précieux » est aussi un enseignement destiné à inspirer la dévotion des pratiquants et à dévoiler les vérités fondamentales du bouddhisme tantrique.

Les huit noms de Padmasambhava

Padmasambhava apparaît à divers moments de sa vie sous différents aspects, « Les Huit Manifestations » ou plus précisément « Les Huit Noms », qui symbolisent les expériences spirituelles caractérisant différentes facettes de l'Éveil. Chögyam Trungpa a été très clair à ce sujet : « En fait, les huit aspects ne constituent pas vraiment des stades successifs de développement en ligne directe. Nous sommes plutôt confrontés à une seule situation dotée de huit aspects – un principe central entouré par huit types de manifestation. Il existe huit aspects dans toute forme de situation [1]. » Il est donc toujours question de l'énergie fondamentale de Padmasambhava, qui se déploie dans

---

1. Chögyam Trungpa, *Folle Sagesse*, Paris, Le Seuil, « Points Sagesses », 1993, p. 28.

différentes perspectives, comme les multiples facettes d'un unique cristal. Pour le yogi, ces manifestations montrent comment on peut affronter, dépasser ou transmuter toutes les circonstances rencontrées sur la voie. Padmasambhava est donc non seulement l'archétype ou la personnification du maître spirituel tantrique, mais aussi un reflet ou un modèle des différents cheminements qui mènent à l'Éveil. Dans le tantrisme, on met l'accent sur les moyens habiles conjoints à la connaissance suprême. Padmasambhava montre combien ces moyens d'éveil peuvent être divers, mais doivent toujours découler d'une même claire conscience.

Péma Gyalpo

Le premier des huit noms est *Péma Gyalpo*, « Le Roi-Lotus ». Dans cet aspect, après sa naissance dans un lotus, Padmasambhava devient le fils adoptif du roi Indrabodhi et le prince héritier du royaume de l'Oddiyâna.

La naissance miraculeuse de Padmasambhava au sein d'un lotus dans le lac Dhanakoça en Oddiyâna est révélatrice pour le pratiquant. Elle signifie, entre autres, que la Nature de Bouddha présente en chacun des êtres est primordialement pure, et que sa naissance « intemporelle » se produit chaque fois que le yogi quitte l'agitation de l'esprit ordinaire pour s'établir dans la vraie nature de son esprit. Le lotus, fleur immaculée jaillie de la boue, est la métaphore idéale pour décrire l'aspect primordialement pur de la nature de l'esprit, laquelle n'est jamais souillée par les passions bourbeuses. Bien plus, le lotus naît et se nourrit de la boue.

De même, dans la pratique tantrique et dans le Dzogchen, les émotions négatives sont la *materia prima* que l'on transmutera en Sagesse. Elles servent alors de « nourriture » à *rigpa*, la pure présence éveillée de la Nature de Bouddha. Cette naissance dans un lotus souligne le caractère exceptionnel de Padmasambhava : il n'est pas engen-

dré selon un mode ordinaire[1], il est donc exempt des
souillures et des entraves de ce monde.

Dans l'iconographie, on le représente vêtu comme un
prince, jambe gauche repliée et jambe droite posée sur un
coussin de lotus, prêt à agir. De la main droite, il joue d'un
tambour à boules fouettantes ou damarou. Dans la gauche,
il montre un miroir.

Tout comme le Bouddha Shâkyamuni, Padma verra sa
jeunesse se dérouler dans un environnement privilégié.
Prince, il est entouré de tous les égards par le roi, son père
adoptif. Pourtant, même s'il accepte de se marier, il n'est à
aucun moment piégé par les vues mondaines[2]. Chögyam
Trungpa explique que, dans l'innocence de sa nature
éveillée, Padma explore le monde sans préjugés ni refus.
Mais explorer le monde ordinaire ne signifie pas y adhé-
rer. Un beau jour, décidé à quitter ce monde factice, il se
livre à l'ascèse tantrique dite *Tülshyouk Tchöpa*, qui a le
sens d'une folle sagesse, et commet un double crime suivi
d'un second, dévoilant ensuite, pour les expliquer, les
raisons karmiques de ces actes. Grâce au roi Indrabodhi,
Padma échappe à l'exécution mais il est condamné à
l'exil. Cette histoire, scandaleuse selon nos lois humaines,
recèle un enseignement profond et subtil : malgré les apparences, Padma ne se comporte à aucun moment comme un
être ordinaire. Pleinement éveillé, il n'est plus sujet à l'en-
chaînement causal : un Bouddha ne crée en effet aucun
karma pour deux raisons. D'une part, toutes les traces
karmiques du passé qui conditionnent habituellement la
vision ordinaire des êtres ont disparu en lui. Ce qui, pour
les êtres ordinaires, apparaît réel n'a pas plus de réalité
qu'un rêve évanescent pour un être éveillé. D'autre part,

1. Selon le bouddhisme, il existe quatre modes de naissance : dans une
matrice, dans un œuf, dans la moiteur, et miraculeuse. Ce dernier mode
est celui choisi par Padmasambhava. On le dit spontané et exempt des
entraves karmiques du samsâra.
2. Il existe huit dharmas mondains qu'un pratiquant doit se garder de
suivre : les soucis du gain, de la perte, du plaisir, de la douleur, de la
louange, du blâme, de la célébrité et de la chute.

ses actes transcendent les actions ordinaires. Leur seule motivation est la compassion et elles se déploient comme une illusion magique dans le seul but d'aider les êtres ordinaires à s'éveiller. Lui-même n'étant pas impliqué, que démontre Padma par le meurtre karmique, sinon le caractère inéluctable et absurde des résultats karmiques ? Certes, par la gravité apparente de son acte, Padmasambhava reste condamnable aux yeux du monde et il accepte d'ailleurs la sentence de l'exil qui sert ses desseins. Mais, en réalité, il libère secrètement l'esprit de ses victimes au sein de l'Éveil primordial, les délivrant à tout jamais. L'action de Padmasambhava est un double moyen habile destiné à la fois à libérer des êtres au lourd karma et à provoquer son expulsion du royaume. Bien entendu, ce genre d'action, d'ailleurs exceptionnellement mis en œuvre, ne concerne que les Bouddhas, et tout être qui se prendrait pour un éveillé et agirait ainsi ne ferait qu'alourdir terriblement son propre karma, ledit acte de « libération » n'étant alors qu'un vulgaire et sinistre crime.

Quant au roi Indrabodhi et son royaume, ils symbolisent ici la tentative de récupération matérialiste de la spiritualité. Le roi a souhaité rencontrer Padmasambhava et l'élève à la dignité princière, mais il désire aussi l'emprisonner dans son monde, c'est-à-dire domestiquer la spiritualité en la rendant mondaine. Or, la véritable spiritualité est sans compromis et lui échappe.

Orgyen Dordjé Tchang (Vajradhara)

Après cet épisode, Padmasambhava, devenu yogi, et
s'étant rendu dans le charnier du Frais Bocage en Inde, un
lieu terrifiant, bien plus lugubre et plus repoussant que nos
paisibles cimetières occidentaux, nous révèle comment
transcender la naissance et la mort. Dans les charniers
indiens, la mort est omniprésente et sans détour, à l'état
cru. Avec elle, la peur des manifestations surnaturelles,
des bêtes féroces et des vampires qui rôdent et dévorent
les cadavres. De tels lieux sont les séjours privilégiés des
yogis tantriques qui pratiquent la transmutation des émotions négatives en sagesse et développent la pure perception de toutes choses, au-delà de l'acceptation et du rejet.
L'Éveil d'un Bouddha est en effet le triomphe sur la
dualité, sur cette dualité qui produit naissance et mort.
Que triomphe l'ignorance et instantanément jaillissent le
doute et la dualité, avec leur cortège d'illusions innombrables : sentiment égoïste d'un « moi-je » séparé du monde
qui l'entoure, désir et agression, innombrables affects
négatifs qui nous plongent dans le multiple et la notion du
« temps ». Cette « entrée » dans l'existence phénoménale
est également « chute » dans l'espace-temps et dans la
ronde des naissances et des morts. Ainsi, dans le charnier
grouillent toutes sortes de créatures effrayantes qui symbolisent la foule de nos espoirs, de nos craintes et toutes
les névroses. En faisant du charnier sa demeure, Guru
Rinpoché campe au beau milieu des terreurs ancestrales,
des passions morbides et des névroses profondes qui
hantent l'esprit dualiste, et tous ces fantômes se dissipent
comme par enchantement. Il en triomphe car il a compris
la vacuité intemporelle de toutes les apparences phénoménales. Cette manifestation de Padma est appelée *Orgyen
Dordjé Tchang* ou *Oddiyâna Vajradhara*, « Détenteur du
Vajra de l'Oddiyâna », le vajra étant le diamant, symbole
immuable et indestructible de l'Éveil qui dissipe ou libère
spontanément toutes les névroses. De couleur bleue –

symbole de la vacuité –, il enlace une dâkinî blanche, symbole des apparences. Il se pare des ornements précieux du Corps de jouissance au-delà du temps, avec une tiare de cinq joyaux, des bracelets et des soieries. De la main droite levée, il montre un vajra, et, dans la gauche, tient une clochette [1]. Sur un siège de lotus, il est assis jambes croisées en posture du diamant, signe que samsâra et nirvâna sont indivisibles.

Shâkya Sengué

Dans sa manifestation suivante, *Shâkya Sengué*, « Le Lion des Shâkyas », Padmasambhava embrasse la vie monastique, soulignant ainsi l'importance de l'enseignement du Véhicule fondamental, ou Hinayâna. *Shâkya* est le nom de clan du Bouddha historique, Shâkyamuni. La proclamation de la vérité est comparée au « rugissement du lion » qui éveille les êtres de l'ignorance et de la torpeur. Ici, Padmasambhava peut être considéré comme une manifestation spéciale du Bouddha Shâkyamuni, destinée à diffuser l'enseignement des tantras. Professer et pratiquer les tantras ne dispense pas de connaître les enseignements fondamentaux du Bouddha, bien au contraire. Que ce soit dans le tantrisme ou même dans le Dzogchen, les prémisses du Bouddha sont toujours présentes : c'est le constat de la souffrance des êtres qui a poussé le Bouddha à s'éveiller, elle sera de même le moteur de toute pratique de compassion et de transformation. La base ferme des quatre nobles vérités, la conscience de l'impermanence et le renoncement sont plus que jamais nécessaires à l'envol vers les cimes. Certes, Padmasambhava est un Éveillé affranchi de la souffrance et du karma, mais il ne néglige pas pour autant la vérité relative et conforme ses actes à cette réalité. Il renonce au monde et gagne ainsi une crédi-

---

1. Symboles de l'union des moyens habiles (vajra) et de la sagesse (cloche).

bilité auprès des hommes ordinaires qui ne peuvent concevoir qu'il s'est éveillé sans effort. Dans cette manifestation, Padmasambhava est représenté comme un bouddha
en habits monastiques, tenant un bol de mendiant dans la
main gauche et un vajra dans la droite.

Nyima Öser

Sous le nom de *Nyima Öser*, « Rayons du Soleil », il
apparaît sous la forme d'un yogi farouche au teint jaune
doré, les cheveux longs noués en chignon, la tiare ornée
de cinq crânes, et portant un pagne en peau de tigre. Dans
la main droite, il tient un trident ou *khatvanga* et, dans la
gauche, il retient le soleil avec un lasso de rayons. Retenir
le soleil signifie détruire les concepts habituels du temps
et de la routine quotidienne en demeurant fermement dans
la conscience de l'instant présent. Cette présence éveillée
est « hors temps » : c'est le « temps de Samantabhadra »,
le Bouddha primordial, « l'intemporalité des trois temps ».
D'ordinaire, la conscience du temps induit une préoccu-
pation constante qui piège l'esprit dans la distraction. Le
passé est définitivement révolu et impalpable, et pourtant
il nous enchaîne. Le futur n'est pas apparu et cependant
il inspire tous nos espoirs et toutes nos craintes. Quant au
présent, il demeure insaisissable. Nous appuyant sur le
souvenir, nous nous projetons sans cesse en avant. La
présence de rigpa, alerte et non distraite, effectue une
percée dans les filets du temps.

Padmasambhava

Sous le nom de *Padmasambhava*, « Né-du-Lotus », il se
manifeste en grand Pandit, ou érudit, dans le Dharma.
Habillé en docteur en philosophie et portant la coiffe de
Pandit, il enseigne la philosophie bouddhique. Se contenter
de pratiquer et de faire des expériences spirituelles ne

suffit pas. On peut éprouver toutes sortes d'expériences méditatives, mais, sans une connaissance claire du but ultime, elles ne seront que des pièges générateurs d'attachements subtils, à l'instar des hallucinogènes qui peuvent un instant faire penser que l'on a tout compris. Une fois leur effet dissipé, les problèmes reviennent comme à l'accoutumée. La compréhension des enseignements est donc tout aussi nécessaire que la pratique pour parvenir à l'Éveil. Ainsi, l'étude et la pratique sont comme deux ailes. Ne développer que l'une ou l'autre ne permet pas de voler. Comprendre la vacuité qui détruit tous les concepts et toutes les opinions partiales ouvre grand la porte au tantrisme et au Dzogchen.

Loden Tchoksé

Le nom suivant est *Loden Tchoksé*, « Érudit amoureux de l'Intelligence ». Selon le *Kathang Zanglingma*, c'est dans cette manifestation que Padma reçoit les principaux enseignements tantriques de ses huit maîtres, les Huit Vidyâdharas. Ensuite, fort de leur transmission, il se rend au royaume de Zahor où il prend pour disciple la princesse Mandâravâ. Accusé par le roi d'avoir dévoyé sa fille, Padma est condamné à brûler sur le bûcher, mais celui-ci se transforme en un lac au centre duquel un lotus porte Padma rayonnant. Pris de remords, le roi lui offre alors ses habits et son royaume.

Dans cette manifestation, Padma est vêtu des habits royaux, porte la tiare à cinq joyaux et brandit un damarou dans la main droite, tandis qu'une coupe crânienne d'ambroisie repose dans sa main gauche. *Loden Tchoksé* est identique à Mañjushrî, le Bouddha de la Sagesse. Il incarne la force de la vérité qui triomphe de toutes les fausses accusations et de tous les blâmes. En effet, la confiance totale née de la connaissance de la vérité permet de surmonter tous les préjugés sans luttes inutiles : l'erreur s'annihile d'elle-même. Padma porte ici les emblèmes royaux en vainqueur des doutes et des concepts impurs.

Les deux derniers noms de Padma sont liés à ses manifestations courroucées.

Sengué Dradrok

Le premier est *Sengué Dradrok*, « Le Lion Rugissant ». Alors que les Pandits bouddhistes à Bodhgâya sont sérieusement menacés par de puissants Tirthikas[1] qui les défient en combat magique, une dâkinî, sous l'apparence d'une vieille femme, leur conseille de faire appel à son « frère » par la prière. Padma se manifeste et défait les Tirthikas par ses pouvoirs miraculeux. Mais quand ces derniers décident d'employer la magie noire pour le tuer, il prend un aspect terrible, et à l'aide de mantras féroces, réduit à néant ses ennemis par la foudre et les météores, et libère leur conscience. Il proclame alors la vérité en rugissant tel un lion.

Les Tirthikas symbolisent ici les vues dualistes du bien et du mal et les pratiques occultes et magiques liées à la volonté de puissance égoïste. Mais on ne manipule pas impunément la réalité et les forces naturelles pour son propre compte : le choc en retour est inévitable. Des Occidentaux ont voulu rapprocher la pratique des tantras de celle de la magie dans l'occultisme : mêmes techniques de visualisation, d'invocation, utilisation de formules ou de mantras, etc. Mais la grande différence réside dans la perspective et la motivation. L'occultisme ne vise pas l'Éveil libérateur, et sa motivation n'est malheureusement pas toujours la compassion pour autrui. L'accent étant plutôt mis sur les techniques opératives, la méprise est facile et la volonté qui sous-tend ces pratiques dérive aisément vers l'attrait du pouvoir occulte, la possibilité de

---

1. « Les passeurs », nom donné aux sectateurs de doctrines religieuses, occultes ou philosophiques non bouddhistes.

manipuler les forces naturelles à des fins personnelles. Jouer avec de telles forces dans un but égoïste engendre malheureusement un lourd karma et beaucoup finissent sous l'emprise des forces qu'ils ont réveillées. Ce grave obstacle vient de n'avoir pas compris la vacuité des phénomènes. Le désir malsain de puissance ou de manipulation n'est que le reflet d'une vision matérialiste du monde. Il faut être en effet encore rivé à la croyance en la solidité des choses comme en l'existence d'un soi pour espérer obtenir une puissance spirituelle de ce genre. En outre, quand la motivation n'est pas juste, le résultat d'une pratique est limité, voire douloureux au bout du compte.

Sengué Dradrok est le pouvoir de la vérité qui, tel un miroir, renvoie la négativité à sa source. Cette fois-ci, la vérité exige un courroux adamantin qui détruit la malignité. Entouré des flammes de la sagesse, bleu-noir et d'aspect terrible, Sengué Dradrok danse et brandit un vajra de la main droite d'un geste qui menace les négativités et ceux qui jouent avec.

Dordjé Drolö

Le dernier nom est *Dordjé Drolö*, « Diamant à la Panse Tombante », la plus étonnante des Huit Manifestations. Rouge foncé, très courroucé, trois yeux injectés de sang, les cheveux roux, environné de flammes, *Dordjé Drolö* brandit un vajra de la main droite et pointe son *p'ourba* de la main gauche tout en lançant un scorpion. Habillé d'une cape rouge et d'une robe bleue, il se tient debout sur une tigresse affamée qui piétine un moine et dévore son cœur. Padmasambhava manifesta cet aspect au Bhoutan, lorsqu'il séjourna à *Paro Taktsang*, « La Tanière du Tigre », pour y subjuguer démons et déités locales, puis au Tibet. On dit qu'alors les déités locales lui demandèrent ce qui l'effrayait le plus. « *Dikpa* » répondit-il. Or *dikpa* signifie « les actions négatives », mais aussi « scorpion ». Aussi les déités prirent-elles la forme d'un énorme scorpion qu'il réduisit en poussière. Sous cette forme courroucée, Padma cacha de très nombreux trésors spirituels au Népal, au Bhoutan et au Tibet.

La tigresse gravide qu'il chevauche est en réalité une de ses épouses mystiques, Tashi Khyidren, sous une forme animale. Le moine piétiné est un mauvais esprit de la classe des gyalpos, qui prennent l'apparence de moines pour mieux semer la confusion, la discorde et la folie dans les communautés de pratiquants. Les amulettes en forme de scorpion, liées à *Dordjé Drolö*, sont réputées protéger de la folie et des négativités d'ordre spirituel.

Dordjé Drolö est l'aspect spécifique qui détruit toutes les corruptions et les négativités spirituelles. Il est la person-nification de *tülshyouk tchöpa*, l'ascèse de folle sagesse.

Dans la symbolique de Padmasambhava, le nombre huit est une constante. Mais, de toutes les octades, celle des huit noms du Maître, *Guru Tsengyé*, occupe une place centrale.

D'innombrables manifestations

Ces huit noms du Guru ne sont pas les seuls que porte Padmasambhava. Il apparaît en effet sous d'innombrables formes qui, toutes, font l'objet de pratiques tantriques spécifiques. Sa représentation iconographique la plus fré-quente a pour nom *Nang Si Zilnönsel*, « Celui qui, par son propre éclat, conquiert le monde phénoménal ». Cette manifestation réunit tous les points importants du symbo-lisme attaché à Padmasambhava. Dilgo Khyentsé Rinpoché l'a ainsi décrite :

> Il a l'aspect du Guru Né-du-Lac, d'apparence juvénile, tel un enfant de huit ans, sans aucune marque de vieillesse, ce qui symbolise son accomplissement du Corps de vajra immuable, le Corps lumineux de dia-mant au-delà de la mort, la parfaite libération.

Sa couleur est blanche, son teint rayonnant. Il est paré des différents habits des neuf Véhicules : l'habit intérieur est blanc ; au-dessus, il porte une robe bleue, puis les trois robes monastiques sur lesquelles s'ajuste une cape de brocart rouge. Les trois robes monastiques symbolisent la maîtrise du Hinayâna, la bleue celle du Mahâyâna et la cape rouge celle du Mantrayâna secret. Il est mi-paisible, mi-courroucé. Par son attitude paisible, il indique la Nature suprême, et, par son expression de courroux, il subjugue toutes les forces négatives.

Des yeux, il fixe le ciel de la Nature absolue, avec un regard de vajra. Il lève sa main droite vers le ciel, tenant un vajra dans un geste de menace, afin de subjuguer les forces ennemies et les émotions négatives de cette époque décadente. Dans la main gauche, formant le mudrâ de l'équanimité, il tient une coupe crânienne, le kapâla, où repose un vase empli d'ambroisie, le nectar d'immortalité. Ainsi est signifié son accomplissement de Vidyâdhara au-delà de la mort.

Sa jambe droite est légèrement détendue, tandis que la gauche est pliée vers l'intérieur. C'est la posture de l'aise royale […], car il est le roi de la Sagesse absolue. Il porte la coiffe de lotus à cinq pétales qui signifie que Guru Rinpoché appartient à la famille du Lotus en tant qu'émanation du Bouddha Amitâbha.

Dans le creux de son bras gauche, il tient le trident orné d'un vajra à trois pointes, qui symbolise Mandâravâ, la Mère secrète sous une forme cachée.

Le Guru Né-du-Lotus est la manifestation de l'union des apparences et de la vacuité. Son apparence est parfaitement claire et, simultanément, il est absolument immatériel comme un arc-en-ciel, n'étant en aucune manière constitué de substances solides telles que le sang, la chair et les os. Fait de lumière, il est parfaitement transparent et cependant d'une vive clarté [1].

1. Dilgo Khyentsé, *The Wish-Fulfilling Jewel*, Boston, Shambhala Dragon Editions, 1988, et enseignement oral sur le Guru-yoga en Dordogne, 1984, paru en français sous le titre *La Fontaine de grâce*, Padmakara, Comité de traduction Padmakara, 1995.

Guru Rinpoché a pour nom secret *Péma Thötrengtsel*, « Lotus au Collier-de-crânes ». Ce nom ne s'applique pas à une forme particulière du Guru, mais est utilisé pour l'invoquer. En outre, dans bien des sâdhanas, il se diffracte en quatre autres Thötrengtsel, quatre émanations du Guru Padma Thötrengtsel placées aux quatre points cardinaux et œuvrant aux quatre activités éveillées d'un Bouddha : Vajra Thötrengtsel, blanc, accomplissant l'activité d'apaisement ; Ratna Thötrengtsel, jaune, accomplissant l'activité d'enrichissement ; Padma Thötrengtsel, rouge, accomplissant l'activité de magnétisation, et Karma Thötrengtsel, vert, accomplissant l'activité de subjugation.

A diverses fins, Padmasambhava déploie d'innombrables manifestations, les unes paisibles, les autres terribles. Pour aider les êtres plongés dans chacun des six mondes du samsâra, six émanations paisibles de Guru Rinpoché se manifestent, analogues aux six Munis[1]. Dans le *Léou Dünma* existe une prière célèbre, *Sampa Lhündroupma*, « l'accomplissement spontané de tous les souhaits », où sont invoquées treize émanations de Guru Rinpoché : contre la guerre, la maladie, la famine et les privations, Guru Rinpoché identique au *Yidam*, pour les voyages, comme protection contre les animaux sauvages, contre les déséquilibres des éléments, contre le vol, contre les assaillants, pour le moment de la mort, pour le bardo, contre les maladies mentales et contre la souffrance dans le monde en général[2]. Parmi elles, les plus populaires sont *Orgyen Menlha*, « Guru Rinpoché de Médecine », de couleur lapis-lazuli, tenant une branche d'*arura*[3] à la place

1. Cf. dans *Le Livre des morts tibétain* : parmi les cent déités paisibles et courroucées sont six Munis, six émanations de bouddhas destinées à aider les êtres des enfers, les esprits avides, les animaux, les humains, les asuras et les dieux (cf. *Le Miroir du cœur*, Paris, Le Seuil, « Points Sagesses », 1995, p. 203, 208 et 237).

2. Cf. Sogyal Rinpoché, *Dzogchen et Padmasambhava*, Paris, Rigpa Publications, 1991.

3. L'arura est le myrobolan, *Terminalia Chebula*, plante chère à la médecine tibétaine.

du vajra et une coupe remplie de médicaments, et *Guru Déwa Tchenpo*, « Guru de Grande Félicité », où le Maître apparaît avec la coiffe pointue des Pandits, souriant paisiblement, les mains en mudrâ d'égalité tenant un bol d'ambroisie. Cette dernière représentation est réputée soulager les souffrances mentales et affectives.

Ses formes courroucées sont nombreuses. Dans le tantrisme, les manifestations courroucées ou terribles n'ont rien à voir avec quelque chose de démoniaque. Elles sont l'expression de la clarté insoutenable de la vérité qui dissipe la confusion. La transmutation de certaines émotions perturbatrices et des négativités nécessite en effet la mise en œuvre d'une puissante énergie d'éveil qui se traduit par des manifestations au courroux divin. Ce courroux est celui de la réalisation spirituelle qui détruit l'ignorance. Rien à voir, donc, avec la colère ordinaire. La manifestation terrible principale de Guru Rinpoché a pour nom *Guru Drakpo*, « Le Féroce Guru », ou *Düdül Drakpo Tsel* « La Féroce Énergie qui dompte les démons ». On le représente terrifiant, tout environné des flammes de la sagesse, trois yeux fixes, grands comme des soucoupes, couronné de crânes et paré d'ossements, d'une guirlande de crânes et de bracelets de serpents. Dans la main droite, il brandit un vajra et, de la gauche, il lâche un scorpion de fer. Jambes fendues, il piétine quelque démon et se tient sur un lotus assorti d'un coussin de soleil. De cette forme dérivent quantité de manifestations spécifiques : Guru Drakpo Kilaya, à ailes de garuda et à la partie inférieure du corps en forme de p'ourba pyramidal ; *Takhyoung Barwa* qui, le chef orné d'une tête de cheval hennissant surmontée d'un garuda, lâche un garuda de feu en place du scorpion... Beaucoup de ces formes sont pratiquées dans des buts thérapeutiques, contre des maladies mentales ou physiques telles que le cancer, ou même, récemment, contre le sida. Dans la médecine traditionnelle tibétaine et selon certaines prophéties attribuées à Padmasambhava, ces maladies sont dues à des attaques des forces naturelles, démons ou déités locales, perturbées par la dégradation infligée à

l'environnement par l'homme. En assumant une forme
courroucée de Padmasambhava, le pratiquant devient
capable de dissiper ces négativités.

Huit charniers, huit maîtres
et huit enseignements...

Durant ses pérégrinations, Padmasambhava séjourna
dans les huit grands charniers indiens où il subjugua
toutes sortes de manifestations surnaturelles[1] et reçut les
transmissions tantriques principales ; il y rencontra les
Huit Vidyâdharas et reçut d'eux les « Huit Principes d'Accomplissement », *Droupa kagyé*, qui devinrent le cœur de
son enseignement tantrique au Tibet.

Les huit grands charniers sont particulièrement importants d'un point de vue symbolique. Extérieurement, ce
sont ces lieux terribles où rôde la mort, lieux sacrés pro-
pices à l'initiation en tant que symboles tantriques de la
transformation. Intérieurement, les huit charniers symbolisent les huit types de conscience[2] de la philosophie bouddhique. Secrètement, ils sont aussi huit lieux sacrés du
corps subtil du yogi.

Ceux que l'on appelle les Huit Vidyâdharas furent les ini-
tiateurs de Padma dans les tantras du *Mahâyoga*. Vidyâdhara, *rigdzin* en tibétain, signifie « détenteur de rigpa »,
c'est-à-dire de la présence éveillée. Les Vidyâdharas en
question sont donc huit grands maîtres accomplis. Certains
d'entre eux sont connus pour leur maîtrise, d'autres pour
leurs enseignements, tels Mañjushrîmitra et Vimalamitra,
tous deux des maîtres appartenant à la lignée du Dzogchen,

---

1. Cf. Orgyen Dordjé Tchang, l'aspect Vajradhara de Padmasambhava.
2. C'est-à-dire les cinq consciences des sens, la conscience mentale, la
conscience mentale entachée de passions et la conscience de base
(*alayavijñâna*).

et Nâgârjuna, le célèbre dialecticien de la vacuité[1]. Parfois, leur liste varie, ou bien ils apparaissent sous d'autres noms.

Les « Huit Principes d'Accomplissement », *Droupa kagyé*, constituent les huit grands cycles d'enseignements et de pratique du Mahâyogatantra. *Ka* signifie « parole » ou « verbe », *gyé* « huit », *droupa* « accomplissement ». Chacun des Huit Principes[2] est un moyen habile et un principe universel que le yogi s'efforce de maîtriser. Ce principe est personnifié par une déité de pratique *(Yidam)* courroucée. Cinq des *Kagyé* sont « supramondains », c'est-à-dire qu'ils mènent à l'Éveil complet. Les trois autres sont dits « mondains » et mènent à des accomplissements considérés comme de précieux auxiliaires. Disposés en un mandala, les Huit Déités se répartissent dans les quatre directions cardinales et les quatre intermédiaires. Au centre préside *Tchemtchok Heruka*, « Le Grand Glorieux Heruka », l'émanation terrible de Samantabhadra, le Bouddha primordial. A l'est se rencontre *Yangdak Heruka* ou *Vishuddha*, le principe de la pureté primordiale de l'esprit qui met fin aux concepts erronés. Au sud est placé *Djampel kou*, « Le Corps de Mañjushrî » ou *Yamântaka*. *Yamântaka* signifie : « Qui met fin à Yama, le Seigneur de la Mort. » C'est l'aspect courroucé de Mañjushrî, la Sagesse non duelle dont la réalisation met fin à l'illusion de la naissance et de la mort. A l'ouest trône *Péma soung*, « Le Verbe du Lotus » ou *Hayagriva*, « Le Cheval Hennissant » qui contrôle les passions et les plaisirs des sens et détruit l'attachement dans la non-dualité. Au nord se trouve *Dordjé P'ourba* ou *Vajrakîlaya*, « La Dague Adamantine », principe de l'activité courroucée des Bouddhas dont l'arme est le *p'ourba* ou *Kîla*, dague pyramidale qui détruit les obstacles à l'Éveil et symbolise la force pénétrante de

1. Nâgârjuna a deux aspects : celui d'un philosophe dialecticien de la Vacuité et celui d'un tantriste et alchimiste. La tradition ne les différencie point, mais les chercheurs occidentaux y ont vu deux personnages distincts.
2. Chögyam Trungpa a proposé la traduction « les Huit Logos » pour désigner les *Droupa kagyé*.

l'Éveil qui perce au travers des trois poisons de l'esprit confus. Au sud-ouest siège *Amritakundalî*, « La Spirale d'Ambroisie », l'*amrita* ou ambroisie étant le principe alchimique de la transmutation de la souffrance en félicité, remède universel lié aux pratiques de yoga interne.

Les trois derniers *kagyé* sont appelés principes « mondains », parce qu'ils octroient des accomplissements *(siddhi)* en relation avec l'aspect relatif de l'existence. Au sud-est on trouve *Mamo Bötong*, « La Malédiction de la Mère » : le monde phénoménal est sous le contrôle des cinq éléments, dont l'essence est personnifiée par les cinq « mères » qui dirigent leur pouvoir destructeur contre les pollueurs de toutes sortes perturbant l'ordre naturel. Cette pratique des Mamos est faite pour rétablir l'harmonie. Au

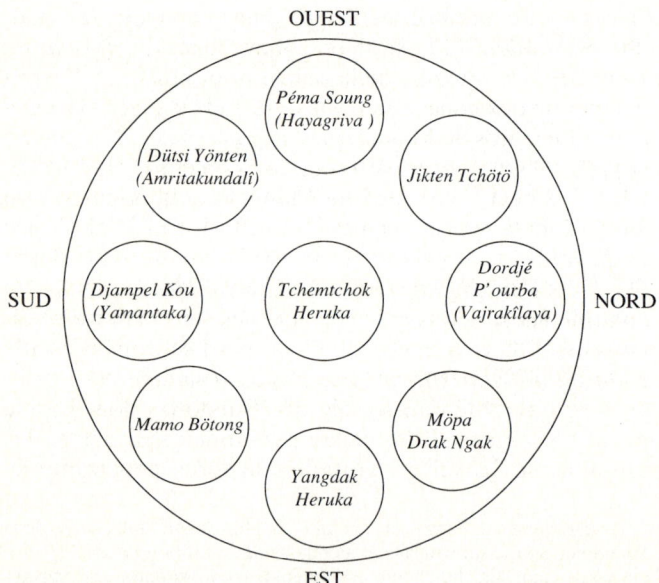

Le Mandala des Droupa Kagyé.

Charnier	Direction	Vidyâdhara	Droupa kagyé	Catégorie
Silwai tsel (Le Frais Bocage)	Est	Hûmkara	Yangdak Heruka ou Yangdak T'ouk (Vishuddha)	Supramondaine (Esprit)
Kou la Dzogpa	Sud	Mañjushrîmitra	Djampel Kou (Yamântaka)	Supramondaine (Corps)
Péma tsek	Ouest	Nâgârjuna	Péma Soung (Hayagriva)	Supramondaine (Parole)
Lanka tsek	Nord	Prabhahasti	Dordjé P'ourba ou P'ourba Trinlé (Vajrakîlaya)	Supramondaine (Activités)
Lhundroup tsek	Sud-ouest	Vimalamitra (Mahâvajra)[1]	Dütsi Yönten (Amritakundalî)	Supramondaine (Qualités)
Sangchen rölpa	Sud-est	Dhanasamskrita	Mamo Bötong	Mondaine
Hetchen delwa	Nord-ouest	Rombuguhya	Jikten Tchötö	Mondaine
Djikten tsekpa	Nord-est	Shantigarbha	Möpa Drak ngak	Mondaine

*Les huit charniers où les Huit Vidyâdharas transmirent
à Padmasambhava les Huit Mandalas des Kagyé.*

nord-ouest siège *Jikten Tchötö*, « La Louange du Monde »
ou « L'Arrogante Louange » : le déploiement du monde où
nous vivons est la production de notre esprit illusionné. Sa
maîtrise donne le contrôle sur les perceptions et sur les forces
naturelles, les huit classes de dieux et de démons arrogants.
Une perception pure engendre la louange du monde, parfait
en lui-même. Enfin, au nord-est réside *Möpa Drak Ngak*,
« Le Mantra Terrible », le pouvoir des mantras courroucés
destinés à soumettre les démons et les jeteurs de sorts.

1. Cf. dans le *Kathang Zanglingma*.

Les autres maîtres de Padmasambhava

Padmasambhava reçut des enseignements tantriques d'autres maîtres. Ainsi de la dâkinî Sûryachandrasiddhi, encore nommée Lékyi Wangmo, « Maîtresse du Karma », qui, pour l'initier, le transforma en une syllabe Hûm, symbole de l'Esprit de tous les Bouddhas, et l'avala. En parcourant chaque niveau du Corps divin de son initiatrice, Padma reçut les transmissions de pouvoir des mandalas intérieur et secret, caractéristiques du *Mahâmudrâ* et des yogas internes où l'on se concentre sur les canaux, les chakras, les souffles et les quintessences (*tsa loung thiglé*) du corps subtil. A la fin de ce cheminement interne, Padma ressortit par le lotus secret de la dâkinî.

Puis Padma recueillit les enseignements du Dzogchen, l'enseignement ultime de la « Grande Perfection ». Il reçut d'abord les tantras du *Dzogchen Semdé* de Samantabhadra, la personnification du Corps absolu, ce qui signifie qu'il en eut la révélation directe au sein de son propre esprit de Sagesse. Puis il obtint les tantras du *Men Ngak dé* avec les préceptes pratiques de Garab Dordjé. A Serling enfin, auprès de Shrî Simha, Padmasambhava reçut les points cruciaux concernant l'émergence-libération. Cet enseignement célèbre du *Trektchö* lui fut donné sous l'apparence de paroles énigmatiques, à la manière d'un koan[1] zen. Son secret réside dans la présentation suivie immédiatement de la reconnaissance de l'état de *rigpa*, la présence éveillée. Dans cette présence, tout ce qui émerge dans l'esprit, pensées ou émotions, est directement libéré dès son apparition, sans trace aucune. Dans l'état de *rigpa*, le yogi cesse de manipuler ce qui s'élève dans l'esprit et reconnaît l'émergence pour ce qu'elle est, simple vacuité, sans s'y attacher ni la rejeter. Ce simple regard, claire présence

1. Enigme – impossible à résoudre intellectuellement – destinée, dans le Zen Rinzaï, à faire exploser littéralement l'esprit conceptuel du disciple.

non distraite, amène à la libération. Dans le *Léou Dünma*, Padma déclarera en réponse à Namkhaï Nyingpo :

« Faites ainsi envers tout mouvement dans l'esprit :
Quoi qu'il s'élève, émotions perturbatrices ou pensées des cinq
　poisons,
Ne donnez pas prise à la manipulation intellectuelle qui les
　invite ou les poursuit.
Quand on laisse cette agitation se déposer d'elle-même, elle se
　libère dans le Corps absolu ! »

Les lieux et les ermitages sacrés de Padmasambhava

Au cours de sa vie itinérante, Padmasambhava séjourna en de nombreux lieux dont certains, particulièrement célèbres, sont devenus des lieux de pèlerinage.

Avant son arrivée au Tibet, Guru Rinpoché avait séjourné en Inde, au Népal, puis au Bhoutan. Le premier de ces lieux sacrés est le lac de Rewalsar, *Tso Péma* en tibétain, qui se situe en Inde, près de Mandi, dans l'actuel Himachal Pradesh[1]. C'est le célèbre « Lac des Yogis » du film d'Arnaud Desjardin. C'est là, dit-on, que le bûcher de Guru Rinpoché se transforma en lac. Au Népal on trouve deux lieux sacrés : les grottes de *Mâratika*, à l'est du Népal, où Padma et la princesse Mandâravâ obtinrent l'accomplissement de la vie éternelle, et celle de *Palp'ing*, autrefois appelée *Yangléshö*, où Guru Rinpoché séjourna trois ans en compagnie de Shâkyadevî. Là, après avoir dissipé les obstacles par la pratique de Vajrakîlaya, il réalisa le niveau ultime du *Mahâmudrâ* par la pratique de *Yangdak Heruka*.

---

1. Là se situait le royaume de Zahor.

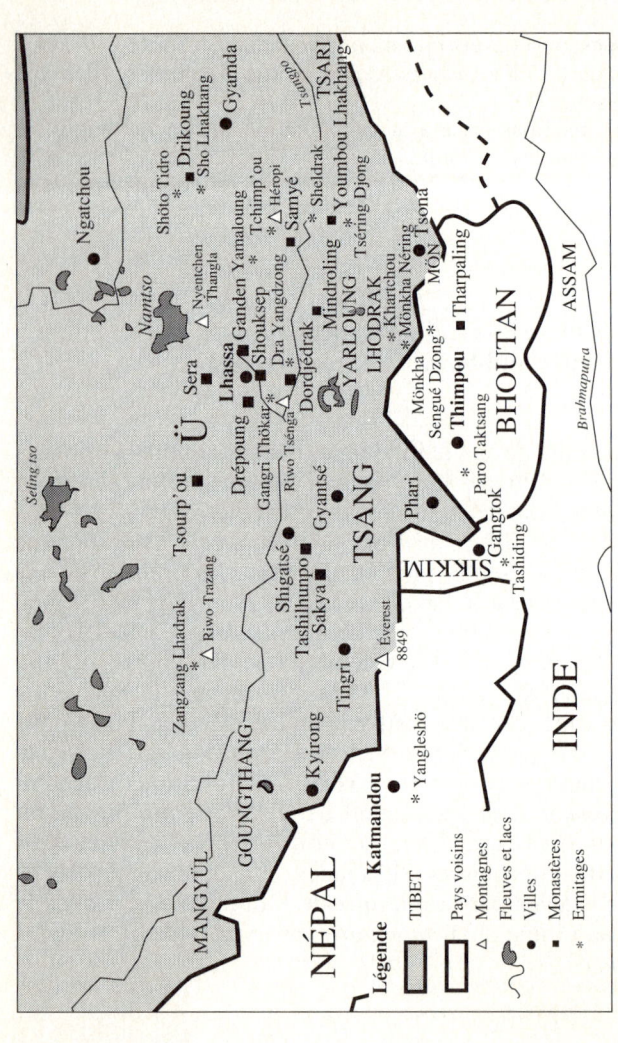

Carte des principaux sites religieux nyingmapas du Tibet central.

Les huit ermitages solitaires de Guru Rinpoché

Les huit sites en question forment un groupe particulier d'ermitages, dont quatre sont au Bhoutan et les quatre autres au Tibet central, dans le Ü et le Tsang.

Paro Taktsang, sur le flanc d'une impressionnante paroi verticale au-dessus du village de Paro au Bhoutan, est « Le Repère du Tigre » où Guru Rinpoché, sous la forme de *Dordjé Drolö*, subjugua les forces négatives.

Mönkha Néring et **Sengué Dzong**, au Bhoutan oriental, sont des lieux consacrés à la pratique de Vajrakîlaya. Là séjournèrent Yéshé Tsogyal et Guru Rinpoché. Enfin, **Lhodrak Khartchou**, à la frontière tibéto-bhoutanaise, est un ermitage où Guru Rinpoché médita huit mois durant. L'un de ses vingt-cinq disciples, Namkhaï Nyingpo, s'y réalisa complètement.

Les quatre autres grands ermitages, qui ne sont que les plus célèbres parmi beaucoup d'autres, se situent au Tibet où Guru Rinpoché pratiqua et transmit la plupart de ses enseignements et cacha également de très nombreux termas. La région autour de Samyé, au sud-est de Lhassa, est la plus riche en ermitages et parmi ceux-ci **les grottes de Tchimp'ou** sont les plus célèbres. Durant la construction du monastère de Samyé tout proche, Guru Rinpoché y passa de longues périodes à méditer. Situé à douze kilomètres environ de Samyé, le site comprend trois ermitages principaux. Le premier, *Zangdok Pelri*, « La Glorieuse Montagne Cuivrée », porte le nom du paradis de Guru Rinpoché. Il y enseigna « L'Intention des Dâkinîs » à ses disciples, et, par la suite, de très nombreux maîtres méditèrent dans ces grottes : Nyang Tingdzin Zangpo, Longchenpa, Jigmé Lingpa et bien d'autres. Le deuxième ermitage, *Drakmar Kéou Tsang*, est « Le Trésor du Rocher Rouge », où les huit disciples les plus proches de Guru Rinpoché reçurent la transmission de pouvoir des « Huit Principes d'Accomplissement ». C'est là également que Guru Rinpoché ressuscita la fille du roi Trisongdétsen, la princesse Péma Sel, avant de lui transmettre le *Khandro Nyingthik*. Le troisième site de Tchimp'ou est *Bairo P'ouk*, « La Grotte de Vairocana », où séjourna le roi des traducteurs. C'est à Tchimp'ou également que Longchenpa séjourna à plusieurs reprises. Dans une vision, Guru Rinpoché lui donna le nom de *Drimé öser*, « Rayons Immaculés ». Longchenpa mourut à Tchimp'ou en 1364 et ses reliques y furent enchâssées.

Drakmar Yamaloung est situé à dix-huit kilomètres de Samyé. Guru Rinpoché y instruisit Yéshé Tsogyal dans les prémisses du Dharma et elle y reçut sa première initiation. Après la transmission de pouvoir des « Huit Principes d'Accomplissement » à Tchimp'ou, Vairocana vint méditer trois ans à Yamaloung sur le mandala de *Möpa Drak Ngak*. Guru Rinpoché y cacha un terma, découvert par Orgyen Terdak Lingpa au XVIIe siècle.

Drak Yangdzong est situé dans le pays de Drakyül, au nord du Tsangpo. Guru Rinpoché y cacha de nombreux termas concernant Vajrakîlaya. Yéshé Tsogyal y séjourna un an, et deux disciples de Guru Rinpoché, Noup Sangyé Yéshé et Nanam Dordjé Düdjom, y accomplirent la pratique de *Yamântaka*. Plus tard, tout près de là, fut édifié le célèbre monastère nyingmapa de Dordjé Drak.

Sheldrak, « La Grotte de Cristal », est située dans le Yarloung. Guru Rinpoché y subjugua les esprits de la région et en fit des protecteurs assermentés du Dharma. Ce fut l'un des ermitages favoris de Yéshé Tsogyal. Parmi les termas cachés en cet endroit, citons le célèbre *Padma Kathang*, « Le Dict de Padma », redécouvert par Orgyen Lingpa, au XIVe siècle.

Les sources littéraires sur la vie de Padmasambhava

Retracer la vie légendaire de Padmasambhava est à la fois aisé, de par l'abondance des sources, et difficile, de par la profusion des versions existantes. Les biographies[1] de Padmasambhava sont en effet très nombreuses. Elles sont plus spécialement appelées *Kathang*, qui signifie « Dict ». La plus ancienne, le *Kathang Zanglingma*, est un terma du premier grand tertön, Nyang Rel Nyima Öser (1124-1192). Cette biographie présente un intérêt considérable par sa relative sobriété. La vie de Padma avant son arrivée au Tibet y est décrite brièvement, et c'est son séjour au Pays des Neiges qui est conté en détail, avec des précisions historiques. Mais la plus célèbre est sans doute le *Padma Thang Yig* encore appelé *Padma Kathang*, un texte-trésor révélé par Orgyen Lingpa au XIVᵉ siècle. Son titre complet est « L'Histoire détaillée de la libération et des vies successives du maître d'Orgyen, le Né-du-Lotus[2] ». Cet ouvrage volumineux en cent huit chants a été traduit en français par Gustave-Charles Toussaint dans les années trente[3]. Cette traduction, dont la prose magnifique témoigne d'un génie littéraire et poétique rare, ne peut malheureusement pas de nos jours être considérée comme un texte de référence précis, eu égard aux nombreuses imprécisions et confusions qu'il contient. Ce n'est d'ailleurs point la faute de Toussaint, et cette critique, facile à formuler aujourd'hui, ne se justifie qu'à la lumière

---

1. Les biographies de maîtres sont appelées *namthar*, ce qui signifie « Libération Complète »
2. *Urgyan Guru Padma 'byung gnas kyi skyes-rab rnam-thar rgyas-par bkod-pa.*
3. *Le Grand Guru Padmasambhava, Histoire de ses existences*, traduit du tibétain par Gustave-Charles Toussaint, Paris, Éditions orientales, plusieurs rééditions dont une en 1979. Titre récemment repris aux Deux Océans.

du bond considérable que les études tibétaines ont réalisé ces vingt dernières années. Que cela ne nous empêche pas de rendre hommage à ce pionnier dont l'œuvre a enchanté des générations d'amoureux du Tibet et continuera long-temps à inspirer les amateurs de poésie épique.

Parmi les autres biographies de Padmasambhava, on trouve un second « texte-trésor » révélé par Orgyen Lingpa, le *Kathang dé nga*[1], constitué de cinq écrits : « Le Dict des Dieux et des Démons », « Le Dict du Roi », « Le Dict de la Reine », « Le Dict du Maître » et « Le Dict des Ministres » : ce groupe de textes a été l'objet d'une étude de Mme A. M. Blondeau. Citons enfin la biographie dite « Le Rosaire d'Or », *Sergyi Trengwa*, terma de Sangyé Lingpa, traduit partiellement en anglais par plusieurs lamas sikkimais sous la direction de W. Y. Evans-Wentz en 1954, dans *Le Livre tibétain de la Grande Libération*.

Selon l'avis même de nombreux maîtres et commenta-teurs tibétains[2], beaucoup de ces *Kathang*, bien que consi-dérés comme d'authentiques textes termas, ont été adul-térés par des interpolations ultérieures et par une inflation de récits légendaires. Ce sont plutôt des hagiographies que des sources historiques fiables et il serait absurde d'y rechercher une chronologie cohérente des événements de la Vie de Padmasambhava. Faut-il rappeler que ce n'est pas le but premier de ces œuvres inspirées, destinées à inspirer la foi par un récit épique riche en enseignements ? Il existe toutefois une trame commune à tous ces textes, qui souligne les épisodes les plus importants de la Vie de Guru Rinpoché.

En dehors des *Kathang*, on rencontre de nombreux

---

1. Le terma des « Cinq Kathang », Kathang Dé Nga *(bka'-thang sde-lnga)*, est composé du Lhadré Kathang *(lha-'dre bka'-thang)*, du Gyalpo Kathang *(rgyal-po bka'-thang)*, du Tsünmo Kathang *(btsun-mo bka'-thang)*, du Lopen Kathang *(lo-pan bka'-thang)* et du Lönpo Kathang *(blon-po bka'-thang)*.
2. Cf. Tsele Natsok Rangdröl *in* « Clarifying the true meaning », en introduction à *The Lotus-Born Guru, the Life Story of Padmasambhava*, Boston & Londres, Shambhala Dragon Editions, 1993.

détails sur la vie de Padmasambhava dans les biographies
de ses disciples, notamment dans celle de Yéshé Tsogyal,
son épouse spirituelle[1]. On en trouve également dans
beaucoup d'enseignements attribués à Padmasambhava,
comme le *Léou Dünma*, « Les Sept Chapitres », terma de
Rigdzin Gödem.

L'histoire traditionnelle
de Padmasambhava

Pour conter l'histoire de Guru Padmasambhava, j'ai
suivi le plus souvent la trame du *Padma Kathang* d'Orgyen Lingpa dont j'ai traduit les épisodes versifiés les
plus significatifs en les reliant par de courts résumés.
Les extraits en prose qui jalonnent le récit proviennent
d'une courte biographie de Padmasambhava découverte
au XIXe siècle par Tchögyour Lingpa, « L'Arbre qui Exauce
les Souhaits », *Namthar Paksam Djön Shing*[2]. Le *Padma
Kathang* passe en effet sous silence certains faits importants : les Huit Vidyâdharas y sont à peine mentionnés et
l'épisode de la princesse Péma Sel y est incomplet. Pour
insérer ces épisodes manquants, le *Kathang Zanglingma* a
été d'un grand secours ainsi que la courte biographie citée
plus haut, *La Vie de Yéshé Tsogyal*, et l'histoire du *Khandro Nyingthik*.

Laissons tomber à présent l'esprit discursif et l'analyse
critique. Vous glissant dans la peau d'un enfant émerveillé
ou dans celle d'un pratiquant tibétain empli de fervente
confiance, laissez donc la magie des textes pénétrer en vous
et y faire résonner l'écho d'une expérience tout intérieure…

1. Lire *La Vie de Yéshé Tsogyal, souveraine du Tibet*, traduite en français et éditée à Padmakara, Dordogne, 1995.
2. Publié dans *The Legend of the Great Stupa*, Berkeley, Dharma
Publishing, 1973.

Padmasambhava.

CHAPITRE III

La vie légendaire
du Guru Né-du-Lotus

L'épanouissement des qualités

La prophétie du Bouddha

Le Bouddha Shâkyamuni ayant atteint l'âge de quatre-vingts
    ans
Avait fait tourner les trois roues graduelles des véhicules à
    caractéristiques
Et, en quatrième, celle des mantras secrets externes.
Des trois véhicules adamantins insurpassables, celui du
    développement, celui de la perfection et celui de la Grande
    Perfection,
Il ne souffla mot mais prophétisa ce qui allait advenir :
Afin de libérer complètement [les êtres] par l'union de la Vue
    et de l'Action,
De jouir des cinq qualités désirables
Et d'établir une communauté pour fonder l'enseignement
[...]
Le Tathâgata se manifestera comme le dieu des dieux,
Homme suprême sans pareil, le Né-du-Lotus
Dont les sûtras, tantras et âgamas ont parlé comme d'un fils de
    Bouddha.

Dans le *Sûtra de la Prophétie du Parc du Milieu*, il est dit :

« D'ici huit ans, dans une île du lac Dhanakoça,
Sur un lotus apparu spontanément,

Celui que l'on nomme Né-du-Lotus
Viendra en maître des enseignements du mantra secret. »

Et dans le *Tantra qui Condense le Sens Parfait Inégalable* :

« Douze années après mon parinirvâna,
Suprême Vainqueur de tous les mondes,
Je (re)viendrai en la contrée de l'Oddiyâna,
Sous le nom du "Né-du-Lotus",
Et enseignerai les préceptes du Mantrayâna secret. »

Enfin, dans le *Mahâparinirvâna sûtra* :

« Près de l'arbre sâla, parmi les herbes Kusha,
Le Vainqueur [1], entouré outre Kâshyapa et Nanda
D'une assemblée de dix fois cent moines,
S'adressa à ses grands disciples Kâtyayana,
Cunda et Ananda et dit ces mots :
"Me voici complètement passé dans l'au-delà de la souffrance,
Mais n'en soyez pas affligés,
Car au cœur d'un lac immaculé éclatant de lumière,
Naîtra un être qui me sera bien supérieur.
Ne pleurez point,
Même en possession d'une vie aux longues années,
L'on connaîtra finalement la mort." »

De telles paroles sont absolument vraies et sans mensonge.
En ce qui concerne les sûtras, le Vainqueur Shâkyamuni est
    maître,
Mais pour le Mantrayâna secret, ce sera le Né-du-Lotus.

La naissance de Padmasambhava

Les êtres sensibles ont depuis toujours erré dans l'ignorance et l'illusion au sein des royaumes samsâriques
des dieux, des hommes, des anti-dieux, des animaux,
des esprits avides et des êtres infernaux. Mais à présent,

1. C'est-à-dire le Bouddha.

dans cette « lie des temps » des conflits et des luttes, les êtres se roulent sans discrimination dans la boue empoisonnée de la haine, de la convoitise, de la confusion et de la jalousie. Ces êtres sont d'un caractère si difficile que les Bouddhas en Corps absolu unirent leurs esprits pour me concevoir. Les Bouddhas en Corps de jouissance, pleins de compassion, ordonnèrent le cours de ma vie, et les Bouddhas de la compassion incarnée soutinrent mon incarnation par le pouvoir de leur assemblée.

Ainsi, moi, Orgyen Péma, le Guru Né-du-Lotus, j'apparus en ce monde. Certains croient que je me suis révélé au monde sur le tapis d'étamines d'un lotus dans le lac Dhanakoça, en la contrée de l'Oddiyâna. D'autres croient que je naquis Prince de l'Oddiyâna. D'autres encore pensent que je vins dans la lumière d'un éclair au sommet de la colline Namtchak. Il existe ainsi de nombreuses croyances, auxquelles différentes gens prêtent foi, et il est vrai que je suis apparu sous de nombreuses formes.

Quoi qu'il en soit, vingt-quatre ans après le parinirvâna du Bouddha Shâkyamuni, Amitâbha – le Bouddha primordial Lumière Infinie – manifesta la Pensée de l'Éveil sous la forme du Grand Compassionné, Avalokiteshvara, et du cœur de celui-ci, moi, Padma, le Guru Né-du-Lotus, je jaillis sous la forme d'une syllabe HRÎ. Sous d'innombrables myriades de formes, pareil à une pluie à travers le monde, je vins vers ceux qui étaient prêts à me recevoir. Inconcevables sont les Actions des Éveillés ! Qui donc pourrait formuler ou mesurer celles-ci !

(Extrait du *Namthar Paksam Djön Shing.*)

Padmasambhava vint en ce monde à l'ouest de l'Inde, dans un pays durement éprouvé, le royaume de l'Oddiyâna. Le souverain de ce royaume, le roi Indrabodhi, était très puissant mais il était aveugle et n'avait plus de fils. Tout ce qui était en son pouvoir avait été tenté. il avait consulté les prêtres, fait d'abondantes offrandes, rien n'y faisait. Le trésor royal fut bientôt épuisé et, pis encore, toutes sortes

de calamités vinrent s'abattre sur le pays : tremblements
de terre, grêle, vents noirs, pluies de pierres, troubles,
maladies et, pour finir, le spectre de la famine.

Sans plus d'autre ressource, le roi prit la mer à la
recherche du Joyau qui accomplit les souhaits et accosta
enfin la Terre des Joyaux. Parvenu au château des sept
substances précieuses, il reçut le précieux joyau bleu des
mains de la déesse gardienne. Dès qu'il l'eut entre les
main, une prière monta de son cœur : alors son œil gauche
s'ouvrit.

Le vaisseau prit le chemin du retour
Et le roi accompagné de sa suite revint au pays.
Levant haut un lotus, ce ministre
Appelé Trigunadhara, ministre du culte,
Avait pris une barque et était venu à sa rencontre.
Au sud-ouest du Siège de Diamant en Inde,
Vers le nord-est du pays occidental de l'Oddiyâna,
Au sein d'un massif de lotus du nord-ouest du lac Dhanakoça,
Se trouvait l'île océane à l'éclat immaculé,
Et là, au milieu d'oiseaux aquatiques de toutes sortes, canards
     écarlates, grues cendrées
Venus en vols innombrables,
Se dressait une tente lumineuse aux cinq couleurs de l'arc-en-
     ciel.
Le roi s'adressa à Trigunadhara :
« Va voir et dis-moi ce qu'il y a là-bas ! »
– Mais comment le roi aveugle a-t-il pu voir ?
– J'ai reçu le Joyau qui exauce les souhaits
Et, à ma prière, mon œil gauche s'est ouvert. »
Le ministre lui répondit : « Au milieu du massif de lotus
Se trouve un merveilleux petit enfant ! »
Troublé, le roi songeait à emmener l'enfant.
« Que le roi daigne voir par lui-même ! » [dit le ministre.]
Alors, le roi Indrabodhi relata :
« La nuit dernière m'est venu un songe très clair :
Un vajra d'or à neuf pointes émettant de la lumière
Surgissait du ciel et parvenait dans ma main,
Puis le soleil se levait de mon cœur. »
Quand il eut dit cela, le roi et le ministre

Qui avaient pris une barque parvinrent sur les lieux
Tandis que s'élevait la clameur des bandes de canards écarlates.
Sur un lotus, un enfant d'environ huit ans,
Plaisant à voir, les traits d'une beauté parfaite,
Se tenait là, le corps incarnat.
Le roi, émerveillé, interrogea l'enfant :
« Prodige ! Merveilleux enfant en tout point sublime,
Qui est ton père, qui est ta mère ?
Quel est ton pays, à quelle famille appartiens-tu ?
De quoi te nourris-tu, que fais-tu ici ? »
L'enfant répondit :
« Mon père est la Sagesse de rigpa,
Ma mère est la félicité-vacuité, Samantabhadrî.
Mon pays est l'espace de la réalité absolue sans naissance,
J'appartiens à la famille de l'indivisibilité de l'espace et de
     rigpa.
Je me nourris des apparences dualistes et des pensées
     discursives
Et suis ici pour accomplir l'activité de destruction des affects
     négatifs. »
Entendant ces paroles, le roi versa des larmes
Et son œil droit, à son tour, s'ouvrit.
Trigunadhara, le ministre du culte, éclata en sanglots.
Il fut donné au prince le nom de « Diamant Né-du-Lac ».
Le roi se prit à songer : « C'est un Corps d'Apparition.
Je vais le prendre pour fils et il sera l'objet de nos offrandes. »
La tige du lotus, avec l'enfant,
Fut emmenée aux côtés du roi.
Alors, toutes les bandes d'oiseaux aquatiques, que ce soit les
     canards, les grues ou les autres,
Se mirent les unes à le suivre, les autres à pousser des cris
     perçants de douleur,
Certaines à se laisser choir sur l'enfant,
D'autres encore à tournoyer autour du lac dans toutes les
     directions,
Et les dernières à s'amasser, le bec planté dans le sol.
En cheminant, on parvint à la rive du lac,
Où un vieillard à la tête chenue avait jeté ses filets.
A chaque hameçon était pris un poisson,
Qui, tiré au sec, tressautait en se débattant.
Le Guru Diamant Né-du-Lac songea en lui-même :

« Lorsque moi-même je prendrai la direction du royaume du
   roi,
Je souffrirai comme les poissons pris à l'hameçon. »
Ainsi comprit-il ce signe qui se rapportait au Dharma.
Poursuivant leur route, ils atteignirent une forêt
Où une pie poursuivait une perdrix.
La perdrix, serrée de près, se réfugia dans un buisson épineux
Où la pie plongea également.
La pie venant par la gauche, la perdrix fuyait sur la droite.
Cette chasse-poursuite dura longtemps,
Jusqu'au moment où la perdrix trouva la liberté en s'échappant.
« Ce buisson d'épines est le royaume du roi,
Cette pie est semblable à Indrabodhi,
Et cette perdrix est le Diamant Né-du-Lac ! »
Et [Diamant Né-du-Lac] comprit cela comme le symbole de
   l'abandon du royaume par des moyens habiles.
[...]
Ils aperçurent enfin le palais royal.
Le peuple en liesse vint à la rencontre de la procession.

Péma Gyalpo, le Prince du Lotus

Accueilli somptueusement par la population, les musi-
ciens et les danseurs, Padma fait son entrée au palais.

Le roi Indrabodhi,
Avec de l'eau salée lava soigneusement
Ce joyau qui exauce tous les souhaits et nécessités
Et après l'avoir frotté de coton de Kâshika
Le posa sur un palanquin recouvert de soie.
« Si ce précieux joyau que j'ai trouvé
Est véritablement le joyau qui exauce les souhaits,
Que le siège destiné à ce petit enfant qui est mien
Se transforme en un trône élevé fait des sept gemmes pré-
   cieuses,
Pareillement surmonté d'un parasol à sept gemmes ! »
A peine eut-il prononcé ces mots qu'il en fut ainsi.
L'enfant, assis, fut investi des pouvoirs royaux
Et reçut pour nom Péma Gyalpo, « Le Roi-Lotus ».

Le roi exprima ensuite le souhait que le trésor se remplisse, et son vœu fut exaucé. Il demanda que revienne la prospérité, et toute misère cessa dans le royaume.

Dans un halo de lumière irisée, une voix céleste s'éleva et prophétisa la propagation des enseignements tantriques dans tout le royaume. Puis retentit cette évocation :

Le Lotus en fleur d'Udumbâra
Ne pousse pas en n'importe quel lieu de naissance :
Au lac septentrional d'Anavaptapta, sur la voie des cinq
    transcendances,
Dans le lac Dhanakoça à l'éclat immaculé,
Se trouve un bosquet aux fleurs Udumbâra
Grandes comme des palmiers.
Il couvre un yojana de circonférence.
Là, au centre de la fleur rouge des Brahmanes,
La syllabe-germe HRÎ, issue du cœur d'Amitâbha
Se fondit en lumière et devint le Corps de délivrance
Marqué des trente-deux signes de perfection d'un Bouddha :
Padmakâra, suprême expert en moyens habiles.
Ces immenses prodiges qui n'ont rien d'ordinaire,
Ne les repoussez pas pensant qu'ils sont duperie.
Au sein du fleuve démoniaque de la naissance, de la vieillesse,
    de la maladie et de la mort,
Tous les êtres meurent sans exception.
En est-il un seul parmi eux dont la connaissance égale celle du
    Maître qui nous guide ?
Ceux qui n'ont rien réalisé ont une nature obtuse
Et pour eux il est comme une couleur que l'on montrerait à un
    aveugle de naissance.
Pourtant, il surpasse l'or, même s'il n'est pas vu.
Êtres humains, béni soit votre Maître !
Le triple univers se transmuerait en or qu'il surpasserait encore
    cet or.
S'il devient le Maître de tous, béni soit votre Maître,
Voilà qui rend les dâkinîs joyeuses :
Les huit classes de dieux et de démons, tenus d'obéir,
Deviennent capables d'œuvrer au bien de tous les êtres.
Il a pour entourage une foule de dâkinîs,
Celles qui incarnent la longévité, celles que l'on nomme les
    sœurs, celles des ravines, celles qui se délectent,

Celles que l'on appelle les danseuses, celles qui ont de longues
   jambes, celles qui exercent leur intelligence ;
Il y a aussi les radieuses et, enfin, celles qui débordent d'ac-
   complissements glorieux.
Toutes sont écarlates, ont deux bras et brandissent lame courbe
   et coupe crânienne.
Dans les airs, quatorze dâkinîs évoluent.
D'elles surgissent d'innombrables émanations des cinq classes
   de dâkinîs
Qui offrent de leurs mains d'infinis présents :
Déesses porteuses de fleurs, déesses de l'encens,
Déesses porteuses de lumière, déesses de l'eau parfumée,
Déesses aux onguents, déesses des mets,
Déesses aux offrandes de ganapûja, déesses de musique,
Et toutes, rassemblées, lui offrent ce chant de louange :
« HRÎ
Le pays a pour nom Oddiyâna ;
Le lieu a pour nom Dhanakoça ;
La fleur a pour nom Udumbâra ;
Sa caste est celle des Brahmanes rouges ;
Sa mère est la corolle qui condense le pouvoir des trois
   domaines :
Corps d'Apparition qui n'est pas entaché par une naissance
   dans la matrice,
Il est paré des trente-deux marques suprêmes :
A celui qui est le meilleur parmi les excellents, hommage et
   louange ! »
Telle fut la louange que les dâkinîs lui adressèrent d'une voix
   unique.

Puis les dâkinîs célestes adressèrent cette prière à Péma
Gyalpo :

« HÛM
Sur le pistil d'un lotus merveilleux
Dont l'éclat immaculé est celui du pur Espace absolu,
Tu es venu dans une grande félicité sans artifices ni élaborations.
Corps unique aux huit noms, hommage et louange !

A l'est du lotus né de lui-même et spontanément accompli,
Tu te manifestes en Shâkya Sengué, "Lion-des-Shâkyas",
   émanation absolument parfaite.

Entouré d'une foule de dâkinîs du Diamant,
Tu sièges au sein d'une luminosité non née et absolument pure :
Hommage au Lion des Shâkyas !

Au sud du lotus vaste et riche en moyens habiles,
Tu te manifestes en Péma Gyalpo, « Roi-Lotus », immensité de
   la Sagesse.
Entouré d'une foule de dâkinîs du Joyau,
Rigpa qui se manifeste partout, tu demeures, domptant chacun
   des êtres selon ses besoins.
Hommage à Péma Gyalpo !

A l'ouest du lotus érigé dans l'océan,
Tu te manifestes en Padmasambhava au corps de ciel.
Entouré d'une foule de dâkinîs du Lotus,
Tu demeures au milieu des miracles qui ont le pouvoir
   d'accomplir tous les désirs.
Hommage à Padmasambhava !

Au nord du lotus qui répand partout les activités éveillées,
Tu te manifestes en Dordjé Drolö, "Diamant à la Vaste Panse"
   qui dompte les démons des passions.
Entouré d'une foule de dâkinîs de l'Action,
Tu demeures au milieu des cinq couleurs de la perfection des
   cinq Sagesses.
Hommage à Dordjé Drolö !

Au sud-est du lotus des branches de l'Éveil
Tu te manifestes en Nyima Öser, "Rayons Lumineux du
   Soleil" qui dissipe les ténèbres de l'ignorance.
Entouré des Gings, héros du Diamant,
Tu sièges parmi les bodhisattvas qui œuvrent au bien des êtres.
Hommage à Nyima Öser !

Au sud-ouest du lotus qui met en œuvre la force des neuf
   véhicules,
Tu te manifestes en Padmakâra, "Le Né-du-Lotus" qui réduit
   au silence les Rakshasas.
Entouré des Gings, héros du Joyau,
Tu demeures au milieu des cinq voies et des dix terres sans être
   sujet à aucune progression.
Hommage à Padmakâra !

Au nord-ouest du lotus qui fait naître le Corps non né,
Tu te manifestes en Sengué Dradrok, "Rugissement du Lion",
    qui révèle le Dharma aux six classes d'êtres.
Entouré des Gings, les héros du Lotus,
Tu demeures à la croisée de toutes les directions, libre du sujet-
    objet.
Hommage à Sengué Dradrok !

Au nord-est du lotus que rien ne peut modifier,
Tu te manifestes en Loden Tchoksé, "Érudit Amoureux de
    l'Intelligence", Flamboiement de la connaissance suprême.
Entouré des Gings, les héros de l'Action,
Tu demeures au centre, fort des quatre incommensurables qui
    ébranlent les tréfonds (du samsâra).
Hommage à Loden Tchoksé !

A la foule de dâkinîs qui forment le cortège du Maître,
Aux protecteurs du Dharma, aux quatre gardiens et aux quatre
    gardiennes des portes,
Aux Mamos Dâkinîs qui protègent des obstacles extérieurs et
    intérieurs,
Aux protecteurs assermentés des enseignements oraux, hom-
    mage ! »

Toutes les dâkinîs exécutèrent une danse dans les airs,
Tandis que les dieux faisaient retentir une musique venue du
    plus profond de l'espace.
Les huit classes de dieux et de démons l'entourant en un cercle
    extérieur,
Les huit grands Nâgâs encerclant le tronc du lotus,
Tous dispensèrent de grandes richesses jour et nuit.

Le prince grandissait en beauté et en sagesse. Tous
étaient frappés d'admiration, mais il ne semblait guère
attaché aux plaisirs de la vie princière. Se doutant qu'il
inclinait davantage à la vie contemplative, les ministres
conseillèrent au roi de marier le prince. Hélas, aucune des
jeunes filles présentées par Trigunadhara ne sembla ravir
l'âme du prince. Devinant cette tentative de l'enchaîner à
la vie mondaine, il les refusait toutes. Quand enfin il céda
à la volonté du roi, il dicta ses conditions :

« Éloigne de ma demeure l'épouse dont le corps est beau mais
  qui n'a point de vertu !
Celle qui est jeune, d'une pure lignée, l'esprit souple, me convient.
Stable, sans colère, ni jalouse ni avare,
Je la souhaite respectueuse et connaissant la pudeur,
Elle sera peu encline à l'attachement, à l'aversion et à la
  stupidité,
Et n'ira pas à l'encontre de mon esprit.
Si une telle jeune fille existe, dis-le moi !
Nombreuses sont les filles ordinaires, mais je n'en ai cure. »

Trigunadhara découvrit enfin celle qui allait être digne
du prince : Bhâsadharâ, fille du roi Candrakumâra. Elle
était cependant déjà promise à un autre. Devant la détermination du Prince du Lotus à épouser Bhâsadharâ et le
refus du roi son père, le roi Indrabodhi fit une fois de
plus appel à la puissance du Joyau qui exauce les souhaits,
et, la jeune fille enlevée miraculeusement, on célébra le
mariage en grande liesse.

Le choix de l'exil

Cinq années s'écoulèrent, passées à vivre selon les
coutumes du monde. Bientôt, Vajrasattva se manifesta au
prince, lui signifiant qu'il était temps de quitter le règne :

« Merveille !
Au centre du palais royal
Réside le roi du dharma
Entouré d'une foule de reines ravissantes.
Mais d'un lieu à l'autre, tous ceux qui s'assemblent
Sont malheureux ;
L'esprit effrayé, ils se tourmentent.
Le temps est venu
de rejeter ce royaume pourri ! »
Ayant ainsi dit, il s'évanouit dans l'espace.

Le roi Indrabodhi fit de mauvais songes. Il rêva que le
soleil et la lune se couchaient simultanément, que le palais

était empli de pleurs et que les ministres se répandaient en lamentations.

Dans la journée, le prince s'étant rendu au jardin avec les ministres, le signe qu'il était près de devenir empereur du monde se manifesta : une roue à mille rayons apparut dans le ciel. Alors que tous lui faisaient soumission, le prince songea en lui-même :

« En prenant les rênes du pouvoir, je n'accomplirai pas le bien
    des êtres.
Nombreux seront ceux qui se précipiteront dans les mauvaises
    destinées.
Je dois songer à un moyen d'abandonner ce royaume. »

Voyant là une abeille se poser sur le front du jeune fils d'un vassal, il lança un caillou pour la tuer. L'abeille en mourant piqua l'enfant qui mourut à son tour. Tous s'offus-quèrent d'un tel acte. Alors, aux questions d'Indrabodhi, le prince du Lotus répondit :

« Excellent père, écoute donc et sois rassuré à mon égard !
Avant cette vie présente,
J'avais, fils de Nawatchen, roi d'Aparânta,
Repris naissance sous le nom de Gautama.
Ayant pris l'ordination auprès du Rishi "Couleur noire",
Je m'installai au pays de Potala, dans une hutte de feuilles.
En ces lieux vivaient Bhadrâ la prostituée
Et Padma Tsalag, le débauché.
Tous deux avaient projeté de se livrer au plaisir charnel,
Mais en chemin Bhadrâ rencontra Ari, un marchand,
Qui lui offrit cinq cents karshapani.
Ils prirent leur plaisir mais la servante le rapporta
A Padma Tsalag qui, pris de colère, tua Bhadrâ sur le coup
Et jeta son épée devant Gautama.
Pris par le roi (et accusé à tort), Gautama dut mourir.
Or, Padma Tsalag a repris naissance dans cette abeille,
La prostituée Bhadrâ dans le fils du ministre
Et Gautama en moi à présent.
Ainsi va la vie selon le karma, telles sont les passions ;

Si cela n'avait été un résultat en retour, la cible n'aurait point
    été détruite,
Sache-le, ô roi, la loi n'a pas été bafouée. »

Le roi le consigna cependant au palais et fit redoubler la
vigilance des gardes. La nuit venue, la terre se mit à trem-
bler et la tempête se leva. Le prince rassura Bhâsadharâ,
sa femme, puis se rendit chez le roi :

Les mains jointes, le Prince s'agenouilla devant son père :
« Écoute, père, en une seule vie j'accomplirai le Plein Éveil,
Je n'éprouve aucune joie à jouer le cadavre vautré dans la
    stupidité.
En abandonnant complètement paresse et distractions,
Je m'apprête à enseigner les préceptes nombreux et variés du
    Dharma.
De cela, ne conçois point de tristesse ! »
A ces mots, son père éclata en sanglots et rétorqua :
« Toi qui songes à faire le bien des êtres sensibles,
Tu es, mon fils, encore si faible !
Par la bonne fortune de mon karma,
J'ai obtenu ce corps humain et suis devenu roi.
Puis j'ai perdu un fils, laissé en dons mes richesses
Et au prix d'un voyage difficile, me suis emparé du Joyau de
    l'océan.
Sur le pistil d'un lotus, sans père ni mère,
Je t'ai rencontré, toi le Corps d'Apparition sans causes ni
    conditions.
Je t'ai offert le royaume et je te fais cette requête, ô prince
    suprême :
Sans concevoir d'affliction quant aux dharmas du samsâra,
Par amour pour moi, le pays et mes sujets, gouverne !
– Pas davantage ailleurs qu'ici on ne trouve des êtres
Libérés de l'attachement, de l'aversion et de la stupidité ;
Ne supportant déjà pas les petites misères de ce corps-ci,
Il nous faudra hélas endurer les souffrances des trois mauvaises
    destinées [1] !

1. Ces trois mauvaises destinées sont : les enfers, la vie d'un esprit
avide ou preta, et celle d'un animal, résultats karmiques respectifs de la
colère, de l'attachement et de la stupidité.

Ne sachant l'heure de la grande douleur[1],
On croit cette vie permanente et l'on y donne toute son
   attention.
Je ne demeurerai pas au sein de l'erreur et de l'absurde ;
Sans plus m'attacher au samsâra illusoire, je vais prendre les
   vœux
Et veillerai à me comporter en abandonnant distractions et
   bruits inutiles. »
Alors, le roi, plein de larmes :
« Hélas ! Avant que je ne te rencontre,
J'étais tel un mort vivant.
Pourquoi donc le Seigneur de la Mort n'est-il pas venu à moi
   plus tôt !
Aucune douleur à venir ne peut surpasser celle-ci ! »
L'excellent prince le consola :
« Les Fils de Vainqueurs[2] du passé ont exposé cet enseignement :
En m'en tenant à la vérité relative,
Pour réconforter le cœur du roi, mon excellent père,
Je m'en vais déclamer ces vers, écoute !
"Ce qui était uni hier, sans aucune stabilité, se séparera, c'est
   certain.
Les circonstances en un instant se désagrègent, c'est sûr,
Roi et ministres, comme sur un marché, se dispersent.
Dans tous les mondes, il n'est rien de permanent.
Tous mourront sans davantage demeurer, c'est indéniable,
Ce corps, simple réunion d'agrégats, sera détruit.
La vie humaine se poursuit sans même demeurer un instant ;
Tout ce qui a été fait tient du transitoire.
Tes édifices ne t'accompagneront pas dans la mort,
Tes amis proches ne t'accompagneront pas dans la mort,
Les richesses amassées ne t'accompagneront pas dans la mort,
La vigueur de ton corps ne t'accompagnera pas dans la mort.
Puisqu'il te faudra errer dans une terre inconnue,
Considère d'un esprit respectueux la vérité de tout cela.
Pour ma part, j'ai recherché le Dharma du Grand Véhicule,
Et par l'union (des moyens et de la sagesse), je déploierai
   promptement mon plein Éveil sans pareil !"
Réfléchis à ces excellentes paroles et réjouis-toi ! »

   1. La mort.
   2. Les bodhisattvas.

Entendant ces paroles, le roi se résigna. Le prince regagna ses appartements.

A l'aube, les ministres s'assemblèrent.
Afin de rejeter le règne, le prince s'adonna à l'ascèse folle :
Nu, il se revêtit des six ornements d'os,
Se saisit d'un vajra et d'une cloche, et, brandissant un trident,
Se mit à danser sur le toit du palais.
Pour contempler le spectacle, le peuple s'assembla en foule.
Le prince feignit de lâcher vajra et trident,
Et Katama[1], puissant ministre démoniaque, l'admonesta.
Or, se trouvaient là sa femme Upata et leur fils Pratakara
Que le prince frappa en pleine tête.
Le vajra ayant pénétré le cerveau, l'enfant rendit l'âme,
Tandis que la mère, frappée du trident en plein cœur, mourait à son tour.
Sur ce, les ministres s'adressèrent au roi :
« Intronisé prince, il s'est mal comporté.
Auparavant, il a déjà tué le fils du vassal, invoquant le karma,
Et, à présent, il assassine le fils et la femme du ministre !
Si ses crimes ne sont pas sanctionnés selon la loi,
Une fois roi, il persistera.
Nous suggérons la sentence de l'empalement ! »
A cette requête, le roi se sentit le cœur troublé et l'esprit accablé.
Afin d'accéder à la sévère demande de justice des ministres,
Le roi parla selon les manières du monde :
« Qui est-il, celui-ci ? Un fils d'être non humain
Ou bien un Corps d'Apparition ? Je n'en sais rien.
Il ne sera pas exécuté mais exilé aux confins. »

Le prince accepta la sentence mais révéla à son père que, dans une vie précédente, Prataka était la servante délatrice et sa mère le marchand Ari. Il s'agissait une fois de plus du résultat karmique de leurs actes. Le roi était fort affligé de perdre le prince et Bhâsadharâ, apprenant la nouvelle, supplia son époux de l'emmener dans son exil, mais il la pria de rester au palais.

---

1. Dans le *Kathang Zanglingma*, le ministre se nomme Kamalati.

Alors, les quatre grands gardiens du monde,
Vaishravana, Dritirâshtra,
Virûpâksha et Virûdhaka,
Accompagnés de leurs fils, leurs ministres, leur entourage,
    leurs émissaires,
Leurs hérauts et leurs serviteurs à la noble livrée éclatante de
    couleurs
Se rassemblèrent en ce lieu et rendirent hommage aux sept
    joyaux du royaume.
[…]
Les dâkinîs des quatre classes s'avançant
Tout en chantant et dansant amenèrent devant lui l'excellent
    cheval à la selle de joyaux :
« Ô Fils des Vainqueurs, monte cet excellent cheval ! »
Et les dâkinîs des quatre classes l'enlevèrent sur le coursier
Qui partit au grand galop dans l'espace pur du ciel immense.
Portant devant lui les sept joyaux du gouvernement royal,
Il s'en fut dans les cieux sous un porche lumineux d'arc-en-ciel.
[…] Il s'éloigna du pays de l'Oddiyâna en direction du sud.

Le séjour au charnier du Frais Bocage

Ayant rejoint le pays de Pañcâla,
Le prince descendit de l'excellent cheval
Et s'arrêta dans la grotte où sont préservés les enseignements
    oraux de l'Inde.
Il ouvrit là le mandala de l'Espace Adamantin
Et pratiquant le sâdhana sept jours durant, obtint les accomplis-
    sements :
Des déités paisibles, tel un arc-en-ciel dans l'espace
– Apparences sans existence réelle à l'instar des reflets dans
    un miroir –
Il contempla la vision et, ayant atteint les accomplissements
    suprême et ordinaires,
Obtint le niveau du Vidyâdhara de la Vie, par-delà la naissance
    et la mort.

Puis, au sud-ouest de Vajrâsana,
Il rejoignit le charnier du « Frais Bocage » qui s'étend sur plus
    de cinq yojanas,

Encore appelé « jardin des cadavres pourrissants » ou « rose-
   lière ».
De deux yojanas et demi de circonférence,
Il est, pareil au nombril de la terre, tapissé de joyaux,
Sans creux ni bosses comme la surface égale de la paume.
En son centre, descendu de chez les dieux,
Le stûpa « Édifice qui crée le bonheur ».
Stûpa à l'extérieur, palais à l'intérieur,
Il est fait de toutes sortes de joyaux et
Ses portes sont de cuivre, lamées d'or.
Aux quatre orients l'ornent roues, parasols et vases,
Clochettes aux tintements variés
Et statues du Maître.
Au nord-est du charnier, une statue du grand dieu du monde
Côtoie l'arbre Bhasala qui exauce les souhaits
Et dont les branches abritent toutes sortes d'oiseaux des charniers.
Nandikeshvara, grand dieu du monde,
Chevauche un lion noir
Et brandit un trident noir.
Vêtu d'une cape rouge pavot,
Entouré d'une horde omniprésente de preneurs de vie,
Il rassemble par dizaines de millions les huit classes de dieux
   et de démons.
En ce lieu demeurent d'innombrables dâkinîs.
Certaines dardent des rayons de soleil de leurs yeux,
Tandis que d'autres faisant gronder le tonnerre montent des
   buffles
Ou l'œil torve brandissent des coutelas.
Montant un tigre, certaines empilent les crânes
Ou hissées sur un lion brandissent des cadavres humains.
D'autres, montées sur des garudas, dévorent des intestins
Ou chevauchant un chacal arborent une lance à la pointe
   flamboyante.
Il y a celles qui ont cinq visages et lapent des lacs de sang,
Celles qui dans leurs bras innombrables
Portent plusieurs générations d'êtres sensibles,
Celles qui tiennent dans leurs mains leur propre tête qu'elles
   ont coupée
Ou leur propre cœur qu'elles ont arraché,
Et celles aussi qui, ayant ouvert leur corps,
Déballent et dévorent leurs propres entrailles.

Enfin, celles qui, montant chevaux, vaches ou taureaux,
Cachent ostensiblement leurs organes des deux sexes.
Au centre se trouve le lac aux nuées purificatrices.
Là, vivent quantité de créatures des charniers,
D'êtres incapables de se mouvoir,
De ravisseurs de substance vitale et d'ogres.
Avec le dessein de subjuguer sans détour les êtres à convertir,
Péma Gyalpo arriva en ce lieu
Et prit pour siège un amas de frais et vieux cadavres.
Terrifiés, les êtres peuplant le charnier
Vinrent lui offrir maints fruits d'excellente qualité
Tandis que les dâkinîs se prosternaient en hommage.
Alors, s'adossant au stûpa central,
Il demeura cinq années, exposant le Dharma des Neuf Véhicules éminents
Aux dâkinîs assemblées en foule.

La maîtrise des arts et l'ordination

Cinq années passèrent. Padmasambhava se rendit alors à Bénarès où, auprès d'un rishi[1], il étudia les calculs astrologiques, puis à Pématchen où il apprit l'art de la médecine, et enfin à Râgala où il acquit la connaissance des langues et des écritures. Pour finir, auprès de Vishvakarma il étudia l'alchimie ainsi que l'orfèvrerie, la joaillerie et toutes sortes d'autres métiers d'art.

Cependant, réalisant que, pour convertir les êtres humains, il devait feindre être un homme ordinaire qui a atteint l'Éveil à force d'étude et de pratique, il se rendit auprès de Prabhahasti qui l'ordonna moine[2] et lui dispensa les enseignements des tantras externes. Padma reçut à cette occasion le nom de Shâkya Sengué, « Lion des Shâkyas » :

1. Nom donné aux sages en Inde ancienne.
2. Selon le *Padma Thang yig*, Prabhahasti lui refusa les vœux monastiques et Padma dut se rendre auprès d'Ânanda pour les prendre. Mais la plupart des autres biographies déclarent que c'est bien de Prabhahasti qu'il reçut l'ordination.

Prenant l'apparence d'un moine respectueux du Vinaya,
Il devint l'égal de tous les Bouddhas vainqueurs des quatre
  démons.
Avec d'innombrables myriades de Bodhisattvas,
Il demeura à débattre des enseignements oraux,
Et on le surnomma Bodhisattva Sumitra.

Padma se rendit ensuite auprès d'Ânanda, le principal
disciple du Bouddha Shâkyamuni, et reçut de lui les enseignements des « trois roues » de la doctrine du Bouddha,
faisant ainsi sienne la lignée du Bouddha historique.

Padmasambhava reçoit les transmissions tantriques

Après avoir quitté Ânanda, Padma se rendit dans différents charniers où il enseigna le Dharma aux dâkinîs puis,
sous le nom de Nyima Öser, rejoignit Samantabhadra qui
lui transmit les tantras du *Dzogchen Semdé*, « la série de
l'esprit » :

Il parvint en Akanishtha, dans le palais céleste de l'Espace
  absolu,
en présence de Samantabhadra, le Corps absolu.
Le Corps bleu, siégeant sur un trône de lions,
Paré de multiples ornements, le front ceint d'un diadème des
  cinq familles de Bouddhas,
[Samantabhadra], en méditation d'égalité, irradie le ciel de
  rayons d'arc-en-ciel.
Nyima Öser s'assit sur le sol tout en bas.
L'œil contemplant le visage qui énonce le Dharma,
L'oreille écoutant les paroles, sans distraction,
L'esprit attaché au sens contenu dans les mots,
Il s'immergea dans l'espace sans élaboration de la Grande
  Perfection
[Et reçut] le cycle-racine, les dix-huit tantras de l'Esprit :
« Le Grand Espace », « Le Printemps de l'Éveil »,
« Le Vol du Grand Garuda », « L'Ébranlement de la Grande
  Créativité »,
« Les Six Contenus Méditatifs », « Le Vainqueur parvenu à la
  Cime »,

« Le Roi du Ciel », « Serti de Félicité »,
« La Perfection qui Tranche à Travers Tout », « La Réunion de
  Tous les Précieux Joyaux »,
« La Roue Vitale », « La Goutte de Bodhicitta »,
« Le Flot de Félicité de la Grande Perfection », « Les Liens
  Universels de l'Existence »,
« Le Noble Révérend », « Le Joyau qui Exauce les Souhaits »,
« La Vaste Sphère Abyssale » et enfin « L'Or Fondu Extrait de
  sa Gangue ».
Puis il reçut pour nom secret Lamé Dordjé Tchang, « Vajradhara
  Insurpassable »
Et, avec son Épouse joyeuse, entra dans la grande félicité
  d'égalité.
Un son agréable pénétra alors l'ensemble des dix directions.

   Nyima Öser parvint ensuite au Cachemire, dans le char-
nier « Déclin de la Voie Secrète » où, s'adossant au stûpa
Kanika, il enseigna aux dâkinîs cinq années durant.
   Se dirigeant alors vers le Bengale, il fit halte dans le char-
nier « Expansion de la Grande Joie », où il reçut le nom de
Loden Tchoksé, « L'Intelligent Amoureux du Suprême ».

Il se rendit ensuite dans l'Espace Céleste absolument pur
Où Vajrasattva, l'Instructeur des Corps d'Apparition, demeure :
Assis sur un éléphant inébranlable,
Tenant de la main droite un vajra d'or au niveau du cœur,
Et, de la main gauche, une cloche d'argent contre sa hanche,
Le Corps paré des ornements au complet,
Parements d'épaules, bracelets aux bras et aux jambes, osse-
  ments,
Il est étincelant de blancheur, pareil à l'éclat du cristal.
Expert en Mahâyoga de développement,
[Vajrasattva] révéla que l'environnement entier est palais divin,
Que la totalité des êtres vivants sont les déités masculines et
  féminines,
Que tous les sons qui résonnent sont mantras
Et que toutes choses sont le déploiement ludique du Corps, de
  la parole et de l'Esprit.
Puis il énonça les classes des tantras du Mahâyoga de dévelop-
  pement

Qui sont cinq cent mille quand on les expose en grand détail,
Et dix-huit tantras-racines quand on les essentialise.

Padma poursuivit son périple initiatique par le Népal. Dans le charnier « Édifié Spontanément », il séjourna cinq années, enseignant aux dâkinîs et domptant les huit classes de démons Damsi.

Après avoir reçu de Samantadhara la transmission complète du Tchiti Yoga, le Né-du-Lotus parvint au charnier Lankakûta, « Tertre de Lanka », au pays de Zahor. Là, près du stûpa « Qui produit la jeunesse dispensatrice de bonheur », il demeura encore cinq années à enseigner le Dharma aux dâkinîs et reçut le nom de « Padmasambhava ».

Padmasambhava s'en vint alors auprès de Garab Dordjé,
Et entendit de sa bouche les dix-sept tantras des Sphères du
  Cœur de la Grande Perfection
Ainsi que le dix-huitième tantra, celui de la Noire Protectrice
  des mantras.
[…]
Maître qui présente la nature de l'esprit, le Corps absolu,
Et dont l'Éveil naturel et sans naissance pulvérise simultanément les trois mondes,
Esprit sans obstacles, Bouddha immobile et immuable,
Garab Dordjé, excellente source d'où jaillit le Dharma,
Omniscient, versa en lui cet enseignement
Dont la Vue, la pureté primordiale, consiste à mêler les Espaces
  mère et fils,
Dont la Méditation sans artifices est la Nature spontanément
  présente,
Dont l'Action est l'Éveil qui ne rejette ni n'accepte les passions
Et dont le Fruit est la liberté spontanée sans rejet ni acquisition.

Padma parvint ensuite au pays de l'Oddiyâna, dans le grand charnier « Tertre de Lotus ». Dans ce lieu terrifiant, Padma, adossé au stûpa « Dont la lumière naît d'elle-même », demeura cinq années, enseignant aux dâkinîs.

La dâkinî Shântarakshita, blanche,
Portant un pagne de coton bleu fermé vers le bas,

Une coupe crânienne emplie de sang à la main,
La chevelure en chignon ceinte d'une guirlande de crânes,
Devant Padmasambhava, mit genou à terre
Et il apprit à la perfection l'union et la libération,
Recevant pour nom secret Sengué Dradrok, « Le Lion Rugis-
    sant ».
Puis, au charnier « Qui rassemble les sombres nuées »,
Il rencontra le Noble Protecteur de l'excellente Joie
Manifesté sous l'apparence de Vajrapâni,
Corps lumineux que l'on ne peut toucher,
Nu, la chevelure libre, un pagne de soie bleue noué par le bas,
Un vajra d'or dans la main droite
Et une cloche d'argent sonnant dans la main gauche,
Assis, semblable à une forme irisée.
Il entendit de sa bouche les classes des tantras du parfait
    Anuyoga.

Padma séjourna ensuite au pays du Khotan, dans le grand
charnier « Tertre du Monde », marqué en son centre du
stûpa Késuha. Là encore, il passa cinq années, dispensant
le Dharma aux dâkinîs. Il reçut alors le nom de Dordjé
Drolö, « Diamant à la Panse Tombante ».

La Transmission de pouvoir de la dâkinî

Padma parvint à Khatchö – le séjour des Vidyâdharas –,
Dans le charnier « Déclin de la Voie Secrète de la Grande
    Félicité »,
Aux pieds de la dâkinî Sûryachandrasiddhi, « Accomplisse-
    ments du Soleil et de la Lune »,
Reine des dâkinîs appelée encore Guhyajñânâ [1],
« Aspiration du Moine Ânanda »,
Et dâkinî Lékyi Wangmotché, « Grande Maîtresse du Karma ».
N'étant pas parvenu à franchir la porte de son château des
    crânes,
Il transmit un message à la servante, Kûmara.
Nulle réponse ne venant, il lui dit :

1. « Sagesse Secrète ».

« Cette eau du vase de cristal que tu portes,
je la renvoie et fixe le vase sur le rebord du puits. »
Le Vainqueur posa le vase et l'y maintint scellé.
Après quelques tentatives pour l'en tirer, n'ayant pu s'en saisir
Kûmâra ôta la corde du vase et vint devant le Vainqueur :
D'une lame courbe de cristal, elle s'ouvrit entièrement la
    poitrine
Y révélant les Déités Paisibles de l'Espace Adamantin
Dans toute leur splendeur lumineuse, puis dit ces mots :
« Bien que tu te sois montré un mantrika au grand pouvoir,
Y a-t-il plus merveilleux que ceci qui est en moi ? »
A ces paroles, il se prosterna et circumambula autour d'elle :
« Je te prie de me conférer la suprême transmission de pouvoir !
– Oh, moi, je ne suis qu'une servante ! » Et elle s'en fut à
    l'intérieur.
Elle y disposa un trône de soleil et de lune, dressa au-dessus un
    dais de soleil et de lune,
Puis revêtit [la dâkinî] des six parures solaires et lunaires.
Devant la bhikshunî assise, [Padma] se prosterna, circumam-
    bula
Et d'une roue d'or à mille rayons ayant fait le présent,
Fit la requête des transmissions de pouvoir extérieure, intérieure
    et secrète.
Dans le ciel devant lui, les déités assemblées apparurent alors
    en des irisations variées.
Mais le Fortuné de noble famille reformula la requête de l'ini-
    tiation :
« Avant que n'apparaissent les maîtres,
Les Bouddhas n'avaient pas même de nom,
Et bien que mille Bouddhas dussent paraître en cette ère
    fortunée
L'on se fiera plutôt au Maître
Car le Maître est un océan de qualités.
En me révélant soigneusement ton propre mandala,
Daigne dans ta compassion te montrer à ton disciple !
L'initiation, je ne la requiers point des déités mais de toi,
    Maître ! »
A ces mots, la bhikshunî répondit :
« Ta demande d'initiation est prise en considération. »
Les déités se résorbèrent en son cœur et
Transformant Dordjé Drolö en une lettre Hûm

Elle l'absorba par la bouche. Par ses bénédictions,
Dordjé Drolö devenu extérieurement le Corps du Bouddha
  Amitâbha
Reçut la transmission de pouvoir du Vidyâdhara de la Vie.
Parvenu à l'intérieur de son estomac, par ses bénédictions
Devenu intérieurement le Corps du Noble Avalokiteshvara,
Il reçut les transmissions de pouvoir qui permettent de méditer
  selon le Mahâmudrâ.
Puis il rejoignit son lotus secret et, par ses bénédictions,
Les voiles de la connaissance du corps, de la parole et de
  l'esprit complètement purifiés,
Il devint secrètement le Corps du puissant Hayagriva
Et reçut la transmission de pouvoir qui permet de lier par
  serment dieux et démons arrogants.

La dâkinî Lékyi Wangmo lui donna pour finir le nom
secret de Loden Tchoksé.

La rencontre avec les Huit Vidyâdharas

Lokden Tchoksé, venu aux pieds de Mañjushrîmitra,
étudia l'ensemble des enseignements extérieurs et intérieurs de Mañjushrî avant d'en avoir la vision claire. Il
se dirigea alors vers le maître Hûmkara qui l'initia à la
totalité des enseignements de Yangdak Heruka. Il reçut
ensuite tous les enseignements de Vajrakîlaya du grand
maître Prabhahasti et eut la vision des déités du Kilaya.
Auprès du grand maître Nâgârjuna, il acquit la connaissance de l'intégralité des enseignements philosophiques
du Véhicule causal et des enseignements sur Hayagriva,
« Le Verbe du Lotus », puis se rendit auprès du grand
maître Buddhaguhya, qui l'instruisit de tous les enseignements du Déploiement Magique des Paisibles et des
Courroucés. Ayant rejoint le grand maître Mahâvajra,
il reçut la totalité des enseignements sur Amritakundalî,
« La Spirale d'Ambroisie », puis, auprès de Dhanasamskrita, l'intégralité des enseignements sur les Mamos,
les déités de « La Mère Universelle ». Après cela, venu
auprès de Rombuguhya Devacandra, il reçut les ensei-

gnements complets concernant Jikten Tchötö, « La Louange du Monde ». Enfin, auprès de Shantigarbha, il étudia la totalité des enseignements sur « Les Mantras Féroces » ainsi que les mantras de subjugation des protecteurs du Dharma[1].

La rencontre avec Shrî Simha

Padma prophétisa alors :
« En Inde, à Serling, dans une grotte à la solitude préservée,
Se trouve le fils du Roi "Étoile Victorieuse".
Son nom est Shrî Simha.
Il médite tous les Dharmas indifférenciés en un seul ;
Qu'il frappe donc au point crucial en me présentant la nature de l'esprit ! Samaya ! »
Il se rendit auprès de Shrî Simha
Et lui demanda le point clé unique de la vérité ultime qui réunit inséparablement tous les Dharmas.
Shrî Simha pointa le doigt dans le ciel :
« Quoi qu'il s'élève, ne t'y attache pas, quoi qu'il s'élève, ne t'y attache pas !
Ce qui ne s'est pas élevé, pas élevé, s'élève, s'élève, s'élève, s'élève, sans attachement !
Simultanéité de l'émergence et de la libération, émergence-libération simultanée !
Vide, vide, non-vide, non-vide, complètement vide !
Incessant, incessant, cela cesse, cesse, sans jamais cesser !
Primordialement vide, primordialement vide, absolument vide, complètement vide !
En haut, en bas, au milieu, sans direction, tout ce qui s'élève
Constitue le point clé, la vérité absolue de Shrî Simha :
Ce calice de la Vue et de l'Action émerge dans l'indifférenciation. »
Ayant dit cela, il se fondit dans l'espace semblable au diamant.

---

1. Cet épisode est extrait du *Kathang Zanglingma*, chap. 3. Cf. *The Lotus-Born Guru, the Life Story of Padmasambhava* (Yéshé Tsogyal), *op. cit.*

Padmasambhava, arrivé au charnier « Déploiement du Grand Secret », au pays de Sâla, s'adossa au stûpa Kapata spontanément apparu, et enseigna cinq années durant aux dâkinîs. Il reçut là le nom secret de Thötrengtsel, « Le Puissant à la Guirlande de Crânes ».

La naissance de Mandâravâ

Du haut du Pic des Vautours, Padma contempla un moment le monde et la triste condition confuse et douloureuse où sont plongés tous les êtres, puis retourna au lac Dhanakoça en Oddiyâna, où il instruisit dâkinîs et nâgâs. Il vit alors de son œil de Sagesse que le pays de Zahor au nord-est de l'Oddiyâna était prêt à être converti.

Au centre de la capitale du royaume de Zahor,
Dans le palais de Ratnapuri,
Régnait le roi Arshadhara.
L'entouraient trois cent soixante reines
Et sept cent vingt ministres de l'Extérieur et de l'Intérieur.
Sur la totalité du royaume de Zahor régnait
Ce roi. [Padma] le vit comme un champ à convertir.
Peu de temps après, la reine Haukî
Eut un rêve : huit soleils se levaient simultanément,
Le royaume de Zahor en était brûlé
Et sur sa tête naissait un stûpa de turquoise.
Elle rapporta son rêve au roi
Qui, après mûre réflexion, ordonna un grand sacrifice.
A la vieille reine qui avait ainsi rêvé
Un malaise physique survint, heureux présage de naissance
    d'un fils,
Et le corps léger elle se mit à courir avec agilité.
Nombre de fils et filles de dieux
lui faisaient cortège, la louant et lui faisant des offrandes.
Devenue naturellement heureuse, la conscience légère,
Des splendeurs par myriades infinies se rassemblaient sur elle
Et, continuellement emplie de félicité, elle laissait bruyamment
    éclater son exaltation.
Ces présages parvinrent aux oreilles du roi

Mandâravâ.

Qui s'en réjouit, y voyant les signes de la venue d'un prince
    héritier,
Et rendant hommage à la reine il fit faire de grands sacrifices.
On espérait un prince héritier et voici que naquit une fille.
Le roi, déçu, parla de tromperie.
La reine, dans son désespoir, se demandait pourquoi,
Comme le laissait présager le songe, un fils n'était pas né.
A un brahmane expert en signes, elle montra la petite,
Contant les présages qu'elle avait eus.
Le brahmane lava l'enfant dans de l'eau parfumée
Puis, à la limite entre soleil et ombre, sur un tissu blanc étendu,
Déposa l'enfant et en examina les signes.
Alors, sans plus pouvoir se contrôler, il versa des larmes
Et se prosterna devant la reine et l'enfant.
Surprise, la reine demanda :
« Les signes qui marquent l'enfant ne sont-ils pas mauvais ?
Quoi qu'il en soit, dis-le moi sans mentir ! »
Le brahmane répondit : « Loin d'être mauvais, ces signes sont
    plus qu'excellents !
Elle est parée des trente-deux marques éminentes.
Cette petite si belle à voir qu'on ne peut s'en rassasier le regard
N'est pas une enfant humaine mais une princesse divine,
Une dâkinî de Sagesse venue dans le royaume des humains.
Celui qui sera son époux
Devra nécessairement être monarque universel.
Mais si, sans se marier, elle renonçait au monde,
Elle deviendrait en une seule vie le guide spirituel du royaume
    de Zahor.
Personne, jamais, n'a eu de signes d'une telle excellence ! »
Et il lui donna le nom de « Mandâravâ Princesse Divine ».

Mandâravâ grandit beaucoup plus vite qu'aucune autre
enfant, et, quand elle atteignit l'âge de treize ans, de nombreux princes et rois demandèrent sa main. Sommée de
choisir, Mandâravâ les refusa tous. Le roi lui donna trois
jours, la maintenant prisonnière sous une garde de cinq
cents servantes. Songeant au caractère précieux d'une
vie humaine consacrée au Dharma, résolue à quitter la vie
mondaine, elle réussit à s'évader du palais avec une
servante…

Ainsi, la divine princesse Mandâravâ
Sortit du palais par une porte secrète.
Elle se dirigea vers l'est, vers un lieu renommé et lointain.
Là, ôtant ses vêtements et détachant toutes les parures de son
   corps,
Elle dit à sa confidente : « Emporte tout cela au loin, puis
   retourne là-bas !
– Mais comment serais-je capable de retourner en te laissant
   ici ?
Pourquoi fais-tu cela ? dis-le moi et rentrons ! »
La jeune fille se releva et joignit les paumes des mains,
Rendant abondamment hommage aux dieux des huit directions,
   cardinales et secondaires.
« Le Dharma du Bouddha n'est pas l'œuvre du désir mais de la
   connaissance », dit-elle
Et toutes les parures précieuses qui ornaient son corps,
Elle les écrasa sous une pierre et en dispersa les morceaux
   dans l'espace devant elle.
« Je prie pour que mon souhait s'accomplisse selon le Dharma,
Sans laisser prise à l'obstacle du mariage. »
Et, ayant dit cela, elle mit en pièces tous ses vêtements de soie
Et les dispersa dans les huit directions.
« Que je ne reprenne jamais un corps vêtu de cette manière !
Puissé-je être débarrassée des huit dharmas mondains ! »
Séparant sa chevelure en deux, elle la fit tomber à droite et à
   gauche
Et telle un pot de cuivre, sans plus un seul cheveu
Elle se dégrada le visage en le lacérant.
Alors la confidente éclata en sanglots :
« Reine des hommes, détentrice des rênes du royaume, tu t'es
   enfuie,
Or d'agir ainsi et de te comporter pareillement
Par pure motivation d'amour universel,
Tu pousses l'amie qui t'est attachée à crier son désespoir !
Ton père et ta mère t'approuveront-ils ? Songes-y, princesse ! »
A ces mots, la princesse dit à sa confidente :
« Bien que ce corps n'abrite pas un esprit masculin, il
   conviendra.
Puisse-t-il accomplir le Dharma sans empêchements ! »
Ayant dit cela, elle revêtit son corps de guenilles en peaux
   jetées là.

« J'ai tranché les liens du monde, les rejetant comme des
objets souillés ;
Mon corps, ma parole et mon esprit, je les lie par un vœu et
cesse tout verbiage.
Je m'en vais solitaire dans le bocage aux reflets rouges pour
méditer, l'esprit accédant à l'égalité.
J'y demeurerai, apaisant ma soif avec de l'eau et calmant ma
faim en mangeant de la terre. »

Apprenant la nouvelle, le roi, résigné, renvoya les prétendants et manda l'Abbé Shântarakshita afin qu'il pro-
cède à l'ordination de Mandâravâ et de ses cinq cents
servantes.

La rencontre

Alors, le Né-du-Lotus de l'Oddiyâna
Vit qu'il était temps de convertir Mandâravâ et ses servantes,
Et tel un arc-en-ciel où soleil et pluie se mêlent,
De l'île du lac Dhanakoça en Oddiyâna,
Il se rendit à travers l'espace jusqu'au pays de Zahor.
Au dixième jour du mois du Sanglier, l'année du Singe,
La princesse et ses servantes demeuraient au jardin des
plaisirs.
Jambes croisées dans l'espace au-dessus du bosquet d'agrément,
Resplendissant d'un éclat lumineux au sein d'une tente aux
rayons irisés,
Il apparut, paisible, semblant âgé de huit ans,
Tout sourire et accomplissant maints prodiges symboliques.
A sa seule vue, la princesse
Emplie de fervente dévotion tomba sans connaissance sur le
sol.
La compassion de Padma se leva sur la princesse,
Et, rappelant son âme à l'aide de messagers, il magnétisa ses
trois portes [1].
Mandâravâ reprit conscience dans une joie extrême,
Et, tandis que certaines des suivantes disposaient un trône,

---

1. Les trois portes sont le corps, la parole et l'esprit.

d'autres se postaient en sentinelles,
et d'autres encore se tenaient en attentives gardiennes.
Le Fils des Vainqueurs alors descendit à terre.
Comblée de bonheur, Mandârava
Entonna ces vers pour la venue de Padma au palais :
« Merveille !
Bouddha Vainqueur, Joyau sommital des Bodhisattvas,
Pour ton propre bien tu es Bouddha parfait et dans le but
    d'aider autrui
Tu captures l'ensemble des êtres à l'aide du crochet de la
    compassion.
Médecin de l'amour, tu œuvres au bien de tous les êtres
Et te révèles à moi dans l'éclat étincelant de la joie.
Au moyen de l'équanimité, tu fais œuvre de libération au-delà
    de toute considération d'ennemis et d'amis,
Refuge unique de tous les êtres sensibles aveugles de naissance.
Je te prie de demeurer dans ce palais pour y enseigner le
    Dharma ! »
L'ayant ainsi invité au palais,
Elle le pria de prendre place sur un haut trône de joyaux,
Puis on ferma les portes de sorte que personne ne pénètre à
    l'intérieur.
Elle disposa en cercle d'offrande quantité de substances
    désirables, de mets et de boissons,
Et offrit de l'or, de l'argent, des perles et toutes sortes de
    pierres précieuses,
Des soieries, du coton et toutes sortes de tissus,
Tout ce qui embellit le corps et réjouit le palais.
S'étant alors assise à même le sol, la princesse
Manifesta une attitude de grand respect,
Rendit un fervent hommage et présenta sa requête d'une voix
    douce :
« Ô toi, le sublime qui emprunte l'apparence d'un Bouddha
    des trois temps,
En quel pays es-tu né ? Quel est ton nom ?
Quelle est ta lignée familiale ? Qui sont tes père et mère ?
Je t'en prie, verse l'ambroisie de tes nobles paroles ! »
Et le Vainqueur répondit à la nonne :
« Nul père ne m'a engendré sinon la vacuité de l'Espace absolu,
Nulle mère ne m'a porté sinon l'état ouvert de la Connaissance
    suprême,

Je suis de la lignée qui libère des liens de l'existence et accorde
   le meilleur aux hommes ;
Je m'appelle « Accomplissement du Bonheur ».
Dans ce champ de conversion des Bouddhas particulièrement
   éminent,
Je me révèle devant chaque être sous l'aspect d'un Corps
   d'Apparition.
Dans les temps anciens, Amitâbha, « Lumière Infinie »,
Au Mont Potala, Avalokiteshvara le Protecteur,
A Dhanakoça, le Né-du-Lotus manifesté :
Bien que j'apparaisse ainsi sous trois aspects, simples modes
   de manifestation,
En vérité, ils sont inséparables et indifférenciés.
Au niveau de l'Espace absolu, je suis Samantabhadra ;
En Akanishtha, je suis Vajradhara ;
A Vajrâsana, je suis le grand Shâkyamuni lui-même,
Car il n'y a point de dualité en moi, Padma, qui suis spontané-
   ment accompli.
Grande merveille que ces bénédictions et ces œuvres pour
   aider les êtres !
Huit pères m'ont engendré, huit mères m'ont enfanté,
Huit contrées pour ma venue, huit lieux pour mon séjour,
Et, pareillement, huit charniers pour pratiquer ;
Mes huit noms sont la pureté des huit consciences,
J'ai les huit attributs d'un Guru Vajrâcarya,
Les huit attributs glorieux des huit classes d'Illusion,
Les huit attributs macabres des charniers des Huit Principes
   d'Accomplissement,
Les huit grands accomplissements qui finalisent l'union et la
   libération,
Les huit activités qui accomplissent les huit sections de la
   consolidation,
Huit noms pour le passé, huit noms pour l'avenir,
Huit noms fluctuants et huit noms présents.
Avec tout cela, je complète la double accumulation et para-
   chève les qualités.
Mes émanations de Fils suprême [des Vainqueurs] sont inconce-
   vables
Et que ce soit dans le passé, le futur ou le présent,
Je plante dans les dix directions la bannière de victoire des
   enseignements ! »

La condamnation et l'exécution

Or un bouvier passé par là ayant vu la princesse inviter le Maître dans son palais fit courir le bruit qu'un vagabond vivait parmi les nonnes : elles n'étaient pas si vertueuses qu'on le disait. La rumeur parvint aux oreilles du roi qui, soupçonneux, fit emprisonner tous les prétendants. Ayant été vérifier par lui-même, il ne vit rien d'anormal et offrit récompense à qui saurait quelque chose. Le bouvier se présenta, disant : « J'ai vu, regardez donc à l'intérieur ! » Le roi ordonna à ses gardes de forcer la porte. Les ministres firent irruption à l'intérieur, surprenant Padma alors qu'il enseignait le Dharma aux nonnes. Subjugués, ils tentèrent en vain d'apaiser le roi qui prononça ces terribles paroles :

« Cet étranger a déshonoré ma fille !
Liez bien ce Shramana de vile origine,
Rassemblez le tribut d'huile de sésame et de feuilles d'arbre
    tala et qu'on le brûle vif !
Quant à la princesse qui l'a abrité chez elle, et qui malencontreusement
S'est unie à ce vagabond,
Qu'on la jette dans un trou tapissé d'épines
Et qu'elle y reste pendant vingt-cinq années humaines.
Qu'on y mette un couvercle afin qu'elle ne voie même pas le
    bleu du ciel
Et deux épaisseurs de couverture afin qu'elle ne puisse pas
    voir l'éclat du soleil.
Quant aux cinq cents servantes, qu'on les cloître sans qu'elles
    puissent sortir
De telle manière qu'elles n'entendent plus jamais la voix d'un
    homme ! »

Délivrés de leur prison, les grands du royaume et des pays étrangers, joints aux ministres, préparèrent le fossé d'épines pour venger leur déshonneur puis se saisirent de Padma, malgré les protestations de Mandâravâ :

« Ce Fils des Vainqueurs est mon maître !
La princesse n'a point été souillée par les vices de ce monde ! »
Ces paroles furent vaines, ils se précipitèrent sur le Maître.
Les uns arrachèrent ses vêtements, les autres se saisirent de ses
   bras et de ses jambes.
Et la princesse : « Ce cœur qui est mien est brisé,
Ce corps endure une souffrance intolérable ;
Épuisée de chagrin, mes yeux sont lourds de larmes
Et je ne puis être de la plus petite aide ! »
On lia les mains du Maître dans son dos,
On attacha à son cou une corde de chanvre,
Et, ô malheur ! des hommes violents
Le poussaient vers l'avant, le frappaient, le traînant sur un
   sentier à chevaux.
Ils s'arrêtèrent en un lieu désert à la jonction de trois vallées,
Parmi les arbres choisirent le bois le plus sec,
Entassant dessus les feuilles de tala,
Et en recouvrirent la surface d'huile de sésame,
Réunissant autant de mesures d'huile qu'il y avait de charges
   de santal ;
Puis, liant fermement le Corps du Vainqueur,
Ils le placèrent au milieu, allumant le feu dans les quatre
   directions.
Éventée, la fumée tourbillonna en nuées dans la vallée
Et les ministres s'en retournèrent.
Alors, dans un grand bruit, se produisit un violent tremblement
   de terre.

   Tous les dieux, les Bouddhas et les dâkinîs s'assemblèrent pour aider Padma. Les uns amenaient et versaient de
l'eau, les autres dispersaient le bois et déliaient le Maître.
Voyant qu'au bout de sept jours la fumée persistait, le roi
pensa qu'il se passait quelque chose d'étrange. Arrivé sur
les lieux, il regarda, incrédule :

Ce lieu s'était transformé en un océan d'eau,
Qu'encerclaient tout autour de grands fossés de feu.
Toutes les flammes brûlaient vers l'extérieur,
Et au centre du lac avait poussé la tige d'un lotus.
Sur ce lotus était un enfant de huit ans

Au corps couleur pourpre de coquillage.
Son Corps était tout de fraîcheur.
Tout, au-dessus et autour de lui, rayonnait d'arcs-en-ciel et de
  lumière,
Cent jeunes filles à l'image de la princesse le louaient
Et des splendeurs par myriades infinies se rassemblaient sur lui.
Incrédule, le roi vint regarder des quatre côtés,
Mais d'où qu'il regardât, il en était de même.
Il pensa que ses yeux le trompaient
Et les ayant frottés regarda encore et encore.
L'enfant s'adressa alors au roi :
« Brûler vif le Maître qui est dans son essence Bouddha des
  trois temps,
Cette mauvaise action est-elle digne d'un roi ?
Quand, trop attaché aux dharmas trompeurs du monde,
Tu commets des actes négatifs selon une loi insensée, est-ce
  digne d'un roi ?
Les cinq poisons passionnels ont pour racine l'ignorance :
Commettre le mal à présent ou plus tard, est-ce digne d'un roi ?
Ce qui fait le bonheur des êtres prend source dans les préceptes,
Est-ce bien là ce que pratiquent roi et ministres arrogants et
  sans vertu ? »
A ces mots, le roi s'effondra sur le sol.
« Père, je reconnais avoir agi de la sorte ! »
Et se frappant rudement la poitrine des deux poings,
Tel un poisson jeté sur la rive de sable chaud,
Il se prosterna à même le sol, se roulant de douleur.
« Je suis ainsi ! » dit-il en un sanglot,
Et les ministres regardaient le roi Arshadhara et le petit enfant.
Un homme puis deux vinrent là,
Le bruit se répandant qu'en fin de compte le Shramana indigne
  n'était pas mort.

Devant ses ministres et la foule assemblée à la nouvelle
du prodige, le roi se confessa :

« J'ai commis tant d'actes injustifiés que le repentir ne suffit
  pas à les réparer.
La fournaise ne t'a pas touché,
Et, au milieu des tranchées de feu, l'huile de sésame s'est
  déversée en un océan.

Au centre de l'océan est née une tige de lotus
Et en son centre siège le Bouddha des trois temps.
Tu n'es souillé par aucune faute et les vicissitudes n'ont pas
    prise sur toi :
Ô Bienheureux Né-du-Lotus, je t'adresse ma louange !
Mon mauvais esprit a dédaigné ta personne,
Je le reconnais en paroles et en fais la confession sans rien
    garder ni cacher
Et je te prie d'accepter le trône royal en offrande !
– Arshadhara, puissant roi,
Je te succède en tant que roi ! » répondit Padma.

Après avoir reçu force louanges des êtres célestes,
Padma revêtit les robes et les attributs du pouvoir royal.

Il mit la chatoyante robe royale de soie bleue,
Puis celle rouge pavot,
Et endossa la grande cape aux cinq couleurs.
Sur son chef, il mit la coiffe royale à pétales de lotus,
Joyau aux cinq couleurs étagées
Que surmonte un vajra d'or à neuf pointes
Avec à son sommet une aigrette en plume de vautour,
Coiffe ornée d'un diadème de nombreuses soieries d'ornement,
Où brillent soleil et lune en or précieux.
Enfin, coiffure suprême, il arbora le joyau qui exauce les
    souhaits.
Dans les onze millions de mondes de ce champ de conversion,
Il déploya onze millions d'émanations miraculeuses du Né-du-
    Lotus,
Puis prit place sur le char d'invitation.
Pour tirer la corde du char, le roi déchu
Ôta ses habits
Et, passant la corde à son cou, il tira.

Ainsi conduit par le roi, escorté par des athlètes et
entouré d'une foule émue, Padma fit son entrée au palais.
Le roi Arshadhara donna des ordres pour que fût délivrée
Mandâravâ, mais elle refusa obstinément de sortir de la
fosse jusqu'à ce que son père lui-même l'en supplie. De
retour au palais, elle se prosterna devant Padma, et celui-
ci commença à enseigner dans tout le pays.

Définitivement purifié de ses erreurs passées, le roi Arshadhara devint lui-même dispensateur des enseignements jusqu'à sa mort. C'est ainsi que Padma établit le Dharma au pays de Zahor, où il demeura deux cents ans.

Le séjour à Mâratika

Padma vit que le temps était venu de convertir les êtres humains de l'Inde et de l'Oddiyâna. Avec sa compagne, ils gagnèrent une grotte au Népal :

Dans la grotte de Mâratika [1],
Lieu béni par le Protecteur des trois familles,
Où, bien qu'on fût en hiver, pleuvaient des fleurs,
Dans ce lieu suprême de bon augure et hautement béni,
Ils ouvrirent le Mandala d'Amitâyus, « Vie Infinie »,
Et pratiquèrent trois mois durant l'accomplissement du Vidyâdhara de la Vie.
Amitâyus apparut dans le ciel devant eux
Et, posant une aiguière au sommet de la tête des époux mystiques,
Jusqu'à ce que ce monde soit vidé à la fin du kalpa,
Il leur conféra le pouvoir du Corps Adamantin sans naissance ni mort.
Méditant en un profond recueillement, ils accomplirent la disjonction du samsâra d'avec le nirvâna
Et obtinrent le Corps d'arc-en-ciel du Vidyâdhara de la Vie :
Corps juvénile sur lequel ni vieillesse ni déchéance n'ont de pouvoir,
Sans souillures et de la nature même des rayons de l'arc-en-ciel.
C'est ainsi qu'ils obtinrent de vivre tant que le samsâra ne sera pas vidé.

1. Selon le *Khathang Zanglingma*, les événements sont inversés : Padmasambhava et Mandâravâ séjournèrent d'abord à Mâratika où ils atteignirent conjointement le corps d'immortalité. Puis ils furent arrêtés alors qu'ils mendiaient leur nourriture, et brûlés vifs. Le bûcher devint le lac de Tsopéma et la suite est semblable.

Dombhi Heruka

Accompagné de Mandâravâ, Padma s'approcha du royaume de l'Oddiyâna. Un messager du roi Indrabodhi qui passait par là reconnut Padma avec sa compagne et rapporta dans le royaume que Padma menait une vie de débauché, et aurait autrefois abandonné Bhâsadharâ pour une autre.

Padma songeait à convertir l'Oddiyâna par des moyens
   habiles.
Lors du marché aux crabes de la ville de Dréden,
Il se manifesta comme le jeune enfant d'un couple de Brahmanes.
Songeant à acquérir la chair d'un Sept fois né afin d'atteindre
   son but,
Dans les murs du monastère de Karsapani
Il rencontra le Brahmane « Oreilles en conque », sept fois né.
Voulant son corps, il fit prosternations et circumambulations.
« Pourquoi donc as-tu circulé autour de moi ?
– Pour œuvrer au bien des êtres, j'ai besoin de la chair d'un
   Sept fois né.
Si ton esprit est prêt, je t'en fais la requête dès maintenant,
Et s'il ne l'est pas, je le requiers lors de ta mort. »
Ayant un peu réfléchi, le Brahmane « Oreilles en conque »
   répliqua :
« Dans ce monde, la vie est importante,
Mais quand viendra la mort, je te le céderai instantanément. »
Cinq années passèrent et le moment vint [pour lui de mourir].
A cet instant précis, [Padma] surgit [sous l'apparence de]
   Dombhi Heruka.
Le corps déposé, de nombreux chacals accoururent
Mais Dombhi leur lança un regard paralysant
Et, chevauchant un tigre, emporta le cadavre sur son giron.
D'un vindicatif serpent venimeux, il se fit une croupière,
Se vêtit de parures en os et brandit un trident.
Son souhait accompli, il se rendit à la ville de Dréden
Mais là fut raillé : « Yogi de pacotille oisif et insensé,
Tu as donné à un tigre du miel sauvage pour en faire ta
   monture,

Quant au serpent, tu lui as donné du musc, c'est certain ! »,
Et l'on ajoutait : « S'il n'en était pas ainsi, tu ne serais pas
  capable de cela ! »
Chez la nommée Vinasa, marchande de bière,
Il se rendit : « Combien en veux-tu ? lui dit-elle.
– J'achète toute la bière que tu as !
– J'en ai près de cinq cents mesures.
– A quel prix me vends-tu la bière ?
Je la paierai lorsque le soleil se couchera. »
Cela dit, la marchande lui céda la bière :
« Si tu n'as pas payé le moment venu, tu seras puni selon la loi
  du royaume ! »
N'ayant rien pour payer la bière, il maintint le soleil au plus haut.
Tous les herbages, les arbres et les sources devinrent secs
Et, jusqu'aux plus petits animaux, tout fut brûlé par la canicule.
Le roi, appelé « Fierté du Cuivre »,
Rassembla tous les hommes du pays et tint conseil.
Vinasa leur dit : « C'est le yogi qui est chez moi ! »
Et tous les hommes du pays dirent d'une seule voix :
« C'est bien ce prétendu yogi aux nombreux artifices. »
Le roi se rendit alors auprès du Maître :
« Celui qu'on appelle "yogi" accomplit le bien des êtres
Et ne leur crée point pareils maux !
– Mais je n'ai pas de quoi payer la bière ! » Le roi paya sa dette
Et, une fois le soleil relâché, cette matinée de sept jours cessa.
Il s'installa alors dans la grotte de Kurukulle.
Vinasa, la marchande de bière, avait conçu de la dévotion pour
  lui.
Elle chargea la bière sur un éléphant, vint à la grotte
Et Dombhi Heruka lui octroya les préceptes au complet.
Ayant maîtrisé souffles et esprit, elle put marcher sur l'eau
Et parcourir le ciel sans entraves, comme un oiseau.

La soumission du royaume de l'Oddiyâna

Le royaume de l'Oddiyâna n'était toujours pas converti.
Padma s'y rendit magiquement avec Mandâravâ sa compagne, mais les ministres reconnurent en lui le prince
meurtrier qui avait délaissé son épouse Bhâsadharâ. Sans

rien dire au roi, ils s'emparèrent du couple et le livrèrent aux flammes du bûcher. Vingt et un jours passèrent sans que la fumée se dissipe. Au roi, Bhâsadharâ révéla ce qui s'était passé et, parvenu sur les lieux, il vit le bûcher transformé en lac. En son centre, sur un amas de charbon de bois, une ample fleur de lotus supportait le couple enlacé qui dansait, rayonnant de félicité. Tous furent émerveillés. Le royaume entier s'assembla et la déesse de la terre et les douze déesses Tenma [1] louèrent Padma.

Mandâravâ devint la reine des dâkinîs, prenant tantôt forme humaine, tantôt forme animale. En cette période, la femme d'un tisserand mourut en mettant sa fille au monde. Le père, pensant qu'elle ne pourrait survivre, l'abandonna au charnier avec la mère défunte. Sous l'apparence d'une tigresse, Mandâravâ allaita l'enfant tout en dévorant la mère. L'enfant grandit et quand elle eut seize ans était aussi jolie qu'une déesse. Padma, prenant l'aspect d'un moine, initia la jeune fille qui prit le nom de Kâlasiddhi.

Poursuivant son œuvre de conversion en Inde et au Cachemire, Padma se rendit à Bodhgâya où il sauva les érudits bouddhistes menacés par les Tirthikas. Contre leur magie noire, il usa de mantras terribles, et la foudre et la grêle s'abattirent sur les Tirthikas malveillants qui périrent. Ayant gagné les toits du palais de Bodhgâya, Padma poussa le rugissement du lion de la doctrine, et tous furent convertis. On l'appela alors Sengué Dradrok [2].

Le séjour au Népal

A Shankhu, Padma apprit qu'une enfant, née d'une mère morte en couches, avait été menée au charnier et qu'elle avait survécu, élevée par un singe.

---

1. Groupe de douze déités féminines protectrices.
2. Ce récit, lié à l'origine de la prière en sept lignes, est conté p. 21-22.

Le jour, elle demeurait dans les arbres à se nourrir de fruits,
La nuit, vêtue de feuillages, elle dormait sur les rochers.
Elle fut appelée Shâkyadevî la Népalaise.
Ses pieds et ses mains étaient palmés comme les membres
   d'une oie
Et, du fait de ces marques spéciales, elle fut menée promptement
   à Padma, le Messager de Félicité.
Tous deux gagnèrent la grotte de Yangléshö au Népal.
Quand, de cacher les myriades de trésors,
[Padma] prit la décision, quatre obstacles survinrent :
Le soir, des nuées zébrées d'éclairs
Interrompirent leur méditation puis s'évanouirent dans l'espace,
il n'y eut plus de pluies dans le ciel et le soleil brûla comme le
   feu ;
A minuit, des démons, mimant la récitation de textes
Interrompirent leur méditation puis s'évanouirent dans l'espace
Et le Népal fut gagné par des épidémies semblables à des
   nuées rouges ;
A l'aube, une espèce d'oiseau
Interrompit leur méditation puis s'évanouit dans l'espace
Et le Népal fut couvert de cadavres comme un tas de fumier ;
A midi, des démons briseurs de vœux surgissant en tournoyant
Interrompirent leur méditation puis s'évanouirent dans l'espace
Et ce fut cause de maladies, pour les hommes et le bétail, et
   d'événements de mauvais augure.

Dans le but de contrer ces mauvais augures, Prabhahasti, auquel Padma avait dépêché une missive, lui fit
parvenir les textes du P'ourba Vitottama, si lourds qu'un
homme pouvait à peine les porter. Par la pratique de
Vajrakîlaya, « La Dague Adamantine », Padma put lever
les obstacles et, par la pratique combinée de Yangdak
Heruka et de Vajrakîlaya, ils atteignirent, lui et Shâkyadevî, les accomplissements du Mahâmudrâ.

Afin de dissiper définitivement ces quatre obstacles, [Shâkya-
   devî la Népalaise] entonna ce chant :
« Malfaisants et pernicieux, intolérables !
Vous avez contré les paroles des Bouddhas.
Or, à l'instar de la fleur de lotus

Qui n'est pas souillée par les boues du marais
Et vit sereinement selon son désir,
Voici un yogi aux moyens suprêmes
Qui délivre des entraves,
Et que vous quatre, méchants, ne connaissez pas.
Si l'on cache pour eux les Trésors mis par écrit,
Comment les êtres sensibles à venir, difficiles à dompter,
Pourraient-ils rejeter le Dharma des Trésors ?
Ce n'est que grâce à ces écrits
Que les enseignements du Bouddha se développeront.
S'ils ne sont pas saisis par le crochet de la compassion,
A qui ces êtres de la lie des temps se fieront-ils ?
Cessez donc de créer des obstacles et protégez ces trésors ! »
Aussitôt eut-elle dit que les armées de Mâra créatrices
      d'obstacles furent vaincues.
Des vapeurs s'élevèrent de l'océan et la pluie tomba du ciel,
Les arbres produisirent davantage de fruits, les maladies et les
      épidémies cessèrent.
Alors l'omniscient détenteur des deux enseignements
Conçut de dissimuler les profonds Trésors afin d'œuvrer au
      bien des êtres à venir.
Afin de guider l'esprit encombré de tendances karmiques des
      disciples,
Il adopta l'apparence d'un jeune enfant de huit ans au visage
      ravissant.
Sa peau avait la couleur du lotus incarnat,
Son visage, l'éclat insoutenable du soleil,
Et son Corps portait les marques majeures et mineures au
      complet.
Arborant les robes du Dharma de soie rouge brodées d'or
Il revêtit l'ample cape de soie des différents véhicules
Et, symbole de l'éradication des trois poisons, brandit un
      trident sur lequel
Trois têtes empilées symbolisaient l'accomplissement spontané
      des trois Corps.
Tenant vajra et cloche en signe de l'union symbolique,
Il mit la coiffe en peau de cerf ornée de motifs d'or
Et, signe de la Vue insurpassable, arbora la plume royale d'un
      vautour ;
Enfin, perfection absolue des Cinq Corps, il se para de soieries
      multicolores.

Afin de combler les espoirs des disciples, il prit un trône de
    lions et de joyaux
Et s'assit jambes croisées sur le coussin de lotus.

    Sous cette apparence, Padma, pour le bienfait des géné-
rations futures, dissimula au Népal et en d'autres lieux
d'innombrables textes-trésors.

Le scorpion initiateur

Il demeurait en méditation à la grotte de Phullahari
Quand Vajrapâni, apparu au crépuscule, prophétisa :
« Viendra l'avènement d'un Bouddha accompli en une vie qui
    fera échec aux démons.
A l'opposé d'ici, à l'ouest du royaume,
Se trouve un vaste charnier. En son sud-ouest,
Un sombre bosquet d'arbres des tombes où il atteindra cet
    accomplissement. »
Le temps de la prophétie étant échu, Padma s'y rendit au soir
    de la nouvelle lune
Et, dans un brasier, vit un scorpion de fer
A neuf têtes et dix-huit dards.
Sur chacun de ses fronts se trouvaient trois yeux.
A cet être terrible et effrayant, il rendit hommage et fit
    offrande.
« Viens demain soir, je te dispenserai l'accomplissement ! »
    [dit le scorpion]
Quand il revint se trouvait là une pierre triangulaire
Qui, soulevée, révéla une petite boîte de cuir au fond d'un trou.
Il la contempla, et la seule vue de cette doctrine de Vajrakîlaya
    lui en donna toute la connaissance.
Alors, de chacun des yeux de la bête surgit un véhicule,
Et de chacun des dards, un autre véhicule, dix-huit en tout.

La conversion du Tibet

Où Padma se rend au Tibet pour y préparer l'établissement définitif du Dharma.

L'avènement du roi Trisongdétsen

Le roi du Tibet, Tridétsoukten,
Avait adopté les canons de l'astrologie chinoise
Et protégeait les sujets de son royaume au moyen de l'astro-
   logie et de la médecine.
Son épouse chinoise, Gyim Shang,
Était venue au Tibet avec les neuf classes d'enseignements
   bénéfiques.
Le Noble Mañjushrî contempla le Tibet à convertir
Et le couple royal en son palais du Rocher Rouge.
Du haut de la Montagne des Cinq Pics en Chine, vers la
   matrice de l'endormie,
Il émit de son cœur des rayons lumineux des cinq couleurs,
Et Gyim Shang rêva que le soleil se levait
Alors qu'un bel enfant entrait en sa matrice.
Toute la terre était comblée de lumière
Et tombaient en pluie des joyaux qui exaucent les souhaits.
Elle raconta son rêve au roi
Qui, tout réjoui, fit célébrer un office religieux.
La reine se déplaçait sans malaise,
L'esprit heureux, sans émotions houleuses.
Neuf mois et demi plus tard, au palais du Rocher Rouge,
L'année du Cheval, le premier jour du mois du Tigre, premier
   mois du printemps,
Après le lever de l'étoile Gyal, aux premières chaleurs du
   soleil levant,
Le roi Trisongdétsen naquit.

Les astrologues prédirent qu'il serait celui par qui le
pont du Dharma entre l'Inde et le Tibet serait jeté.

Le roi Trisongdétsen.

Quand il atteignit treize ans, son père trépassa.
A quinze ans, il montait sur le trône.
Pour reines, il prit Tsépongdza-Parure rouge,
Et Droza « Lampe de l'Éveil »,
Et, en l'espace de sept ans, des brigands fit des généraux et
Établit la vigilance à l'extérieur, l'agriculture à l'intérieur.
A dix-sept ans naquit en lui le souci du Dharma.

Consultant les archives, le jeune souverain découvrit
que son ancêtre le roi Songtsengampo, incarnation d'Avalokiteshvara, avait entrepris de diffuser le Dharma au
Tibet. Décidé à reprendre l'œuvre de son aïeul, il se heurta
d'emblée à l'opposition des ministres de l'Intérieur...

Il décida que ses sujets érigeraient un monastère.
Ne souhaitant nullement accomplir ses paroles, les ministres
    de l'Intérieur déclarèrent :
« Donne-nous un autre choix que celui-ci ! »
Et le souverain dit : « Écoutez, vous tous, ministres et sujets !
Puisque j'ai à me conformer à la coutume,
Je vous donne un choix : quel est le plus facile ?
Faire entrer le fleuve Brahmapoutre dans un canal de cuivre,
Ériger au sommet du Hépori à Samyé
Un stûpa de cristal qui soit visible du pays de vos oncles,
Combler de poudre d'or le torrent de Waloung ; ces trois choses ?
Ou bien construire un monastère des fondations au pinacle ?
    Choisissez ! »

Devant ce choix, les ministres se plièrent à la volonté
royale.

Le choix du site de Samyé

A Birjé, l'astrologue chinois, fut confié l'examen géo-
mancique du lieu.

S'étant rendu à la passe Tsomo à Samyé,
Birjé examina la géomancie des lieux et dit :
« Le Mont Hépori est tel un lion de nacre bondissant dans le
    ciel,

Méyar ressemble à des mules et des chevaux s'abreuvant d'eau,
Cette montagne de Tchimp'ou est telle un lion de turquoise qui
    s'élance vers les cieux,
Le Mont Shangri est tel un roi assis sur son trône,
Ce Mont Gégyéri est tel un amas de joyaux
Et la vallée de Tchimp'ou est pareille à un lotus ouvert.
Drakmar, le Rocher Rouge, est tel un lion de corail courant dans
    l'espace,
La plaine de Döl est comme un rideau étendu de soie blanche,
L'étang du bosquet du milieu est tel un bassin d'huile.
Au sud, le Brahmapoutre est tel un dragon de turquoise qui
    grimpe.
Le Rocher rouge est tout à fait conforme à la géomancie
    chinoise,
Semblable, comme il est, à de la cire d'abeille dans une carapace
    de tortue. » […]
Puis ils se rendirent à Samyé
Et établirent les fondations au bosquet Ombou du Rocher
    Rouge.
Alors, les mauvais dieux et démons du Tibet se rassemblèrent
Et, ce qui était érigé durant le jour, ils le détruisaient la nuit.
Calculs astrologiques faits et signes interprétés,
De l'Inde, de la Chine, du Zahor et de bien d'autres pays,
Le roi invita les maîtres suprêmes, experts en subjugation des
    lieux,
Et tous dirent : « Le dessein du roi est parfaitement exécutable. »

L'invitation de l'Abbé Shântarakshita

Ayant envoyé des messagers au Zahor, en Inde et en
Chine, s'enquérant de l'existence d'un maître capable
d'établir le Dharma, il lui fut rapporté qu'au Zahor se
trouvait l'Abbé Bodhisattva Shântarakshita. Le roi manda
deux hommes pour inviter l'Abbé.

Yéshé Wangtchouk et Jñânakumâra
Traversèrent le Zahor et parvinrent aux pieds de l'Abbé.
En sus du message, ils lui offrirent de la poudre d'or ;
Réjoui, l'Abbé montra l'éclat immaculé de son visage

Et promptement les suivit vers le Tibet.
Au Tibet, la rencontre eut lieu à Sangp'our.
L'Abbé du Zahor se prosterna devant le souverain, [...]
Et prit le roi par la main,
S'identifiant pleinement au dessein de son hôte.
Il fit abstinence et accomplit les rituels de vœux.
Bien accueilli au Rocher Rouge par des voix claires,
Il fit encore abstinence et accomplit des rites pour les deux
    reines.

L'invitation de Padmasambhava au Tibet

Cette année du Bœuf de feu, l'Abbé consacra le terrain
du monastère, le roi donna le premier coup de pioche et
les travaux reprirent. Malheureusement, un nâgâ dérangé
par la construction appela tous les esprits et les démons à
sa rescousse. De nouveau, ce que les hommes construisaient le jour, ils le défaisaient la nuit et reportaient la terre
là où elle avait été prise. Le roi s'en plaignant, l'Abbé lui
répondit :

« J'ai entraîné mon esprit à la Bodhicitta,
Mais si les moyens paisibles ne domptent pas [les démons],
    il faudra les subjuguer par des moyens féroces.
Aujourd'hui, au Siège de Diamant en Inde,
Réside le Né-du-Lotus, l'Abbé de l'Oddiyâna.
Très érudit dans les cinq sciences,
Exercé au but suprême, il a gagné les accomplissements
    suprême et ordinaires [1].
Dompteur des démons, il a réduit les huit classes [2] en esclavage,
Et de ce fait, dieux et démons tremblent et les hordes d'élé-
    mentaux s'inclinent devant lui.
Si tu invites ce suprême Bouddha des trois temps,
Dieux et démons ne pourront résister et ton dessein s'accom-
    plira. »

---

1. L'accomplissement suprême est le parfait Éveil, et les accomplissements ordinaires, les pouvoirs supranormaux obtenus par la pratique.
2. Les huit sortes de dieux et de démons *(lha-srin sde-brgyad)*.

Le roi dépêcha alors quatre émissaires en Inde pour inviter Padma. Parvenus à ses pieds, ils lui présentèrent les présents royaux et la requête du roi :

« Trisongdétsen, roi du Tibet,
Dans l'intention d'établir les fondements des enseignements,
Désire construire un monastère, mais les dieux et les démons
   l'en empêchent.
Afin de bénir le sol et d'accomplir la consécration,
Et pour protéger les détenteurs de l'enseignement du Bouddha,
Il t'invite et te prie d'accepter par compassion. »
Ainsi dirent-ils et le Grand de l'Oddiyâna acquiesça.
L'année du Cheval de terre, au mois médian de l'hiver,
Le quinzième jour, celui des pléiades, ils prirent la route
Et, le jour de la nouvelle lune, atteignaient le Népal.
Là, Padma, le grand Abbé de l'Oddiyâna, leur dit :
« Puisque les dieux et les démons du Tibet sont cause de
   troubles,
Je viendrai les subjuguer
Et réduirai au silence les dieux et les démons nés d'une
   matrice.
Vous, les lotsâvas, partez les premiers. »
Et, forts de sa bénédiction, ils partirent en avant.

Padma demeura trois mois au Népal, y cachant des trésors, et les dâkinîs des lieux tentèrent de le dissuader de quitter le pays mais en vain. Il gagna alors le Mangyül qu'il soumit au Dharma. Comme il tardait à venir, sept envoyés du roi chargés d'offrandes vinrent l'exhorter mais il demeura encore trois mois au Mangyül et trois nouveaux envoyés se présentèrent devant lui.

Bien que sachant, il leur demanda : « Qui êtes-vous ?
– Nous sommes des Tibétains venus t'inviter, Maître ! »
Et, s'étant prosternés, ils lui offrirent une pleine mesure de
   poudre d'or.
« Est-ce là le présent du roi de la ville des pretas [1] ? »

---

1. Les pretas *(yi-dags)* sont des esprits avides.

Et, disant cela, il dispersa l'or dans toutes les directions du
     Mangyül et du Népal.
Comme ils étaient désolés de cette perte, le Maître leur dit :
« Tendez les pans de vos robes ! » et les remplit de terre et de
     cailloux.
Quand, l'un après l'autre, ils les ouvrirent et regardèrent,
Il y avait de l'or, de l'argent, des turquoises et des pierres
     précieuses.
La foi naquit en eux et ils conçurent de la vénération pour
     lui.

La subjugation des démons locaux

     Padma se mit en route. Tout au long du chemin, il ne
cessa de subjuguer déités et démons locaux. Dzamun, une
déité guerrière du Shang Shoung, tenta de l'écraser entre
deux montagnes : il s'éleva dans les airs et elle dut lui
offrir l'essence de sa vie. Devenue Dordjé Youbünma, elle
fut préposée à la garde d'un trésor.

A la plaine céleste, il parvint au camp du château noir,
Et la blanche déesse « Médecine céleste des glaciers » lui jeta
     des éclairs.
Le Maître, l'enlaçant de son doigt, la jeta dans le lac.
Alarmée, elle s'enfuit dans le lac de Pelmo Pelthang,
Mais l'eau se mit à bouillir et sa chair se détacha des os.
Le Maître, lançant son vajra, frappa son œil droit.
Alors, remontant à la surface du lac, elle le supplia :
« J'ai une dette envers toi, ô Maître, Vajra au Collier-de-crânes :
Je jure de ne plus causer d'obstacles, que ton Esprit s'apaise !
Quoi que tu m'ordonnes de faire, Maître, je serai ta loyale
     servante. »
Elle lui offrit l'essence de sa vie et il lui fit prêter serment,
Lui donnant pour nom secret « Lampe de Turquoise Adaman-
     tine Décharnée ».

A Oyouk Drémo, il subjugua les douze sœurs Tenma,
puis arriva au château du Nid d'Aigle d'Oyouk où il fit

prêter serment à Dordjé Lekpa et aux trois cent soixante frères de sa suite. Dans la vallée de Shampo, Shampo lui apparut sous la forme d'un immense yak blanc soufflant des tempêtes de neige. Le Guru le subjugua et lui confia la garde d'un trésor. Au Kharak, il lia par serment toutes les Mamos et, à la cime du mont Kailash, subjugua les vingt-huit déités des demeures lunaires. A chaque étape, les esprits se déchaînèrent, mais il les dompta tous. Bien qu'ayant reçu une dernière missive pressante du roi, il acheva son œuvre de subjugation des démons avant de joindre le lieu du rendez-vous.

A son arrivée à Töloung près de Lhassa, deux ambassadeurs et cinq cents cavaliers l'accueillirent. Tout y était sec et la chaleur harassante. Padma mit son bâton sur un puits et l'eau jaillit aussitôt.

La rencontre avec le roi

A Zoungkhar, au jardin sur les berges du Brahmapoutre,
Il rencontra le puissant souverain en personne.
Le roi du Tibet était entouré de tous ses fils,
Frémissant éclat pareil à un vol de pigeons ;
Les deux reines étaient entourées de toutes leurs filles,
Éclat chatoyant pareil à une tente de soie moirée.
En l'honneur de la rencontre se déroulaient danses au tambour,
    danses chantées, danses masquées et danses légères.
En son for intérieur, Padma le Grand de l'Oddiyâna songea :
« Je ne suis pas né d'une matrice mais par miracle,
Le roi est né d'une matrice, je suis donc le plus grand par la
    naissance.
J'ai le gouvernement d'un roi du Dharma de l'Oddiyâna,
Le roi du Tibet impur n'est grand que par sa lignée paternelle.
Que sommes-nous vraiment tous deux ? Lui a l'esprit obscur,
Moi, je suis expert dans les cinq sciences et
Bouddha en une seule vie, ni la naissance ni la mort n'ont prise
    sur moi.
C'est par nécessité qu'il m'a invité.
Dans le passé, le roi m'a rendu hommage,

Dois-je le lui rendre ?

S'il en est fait ainsi, la grandeur de l'enseignement des Bouddhas
     pâlira,

Sinon, comme il est roi, cela lui déplaira.

Mais aussi grand soit-il, je ne peux le saluer. »

Le roi Trisongdétsen, lui, songeait :

« Je suis le souverain de toutes les têtes noires du Tibet.

L'Abbé Bodhisattva m'a déjà rendu hommage,

Le Maître pareillement doit me rendre hommage. »

Et, peu enclin au salut, il resta dans l'hésitation.

Le Maître alors chanta sa propre grandeur et sa puissance :

« Les Bouddhas des trois temps passent la porte de la matrice,

Innombrables dans les trois temps ont été leurs accumulations
     de mérites et de sagesse :

Moi, je suis le Bouddha Né-du-Lotus,

Je détiens les préceptes des Vues du Dharma les plus élevées.

Je suis entraîné dans les préceptes oraux du Tripitaka et des
     classes de Tantras,

J'expose complètement tous les véhicules sans les confondre :

Je suis le Né-du-Lotus, le précieux Dharma,

Et détiens les préceptes qui font progresser les activités du
     Dharma.

Extérieurement, je porte les frocs d'un moine ordonné,

Intérieurement, je suis le yogi du Mantrayâna secret insurpas-
     sable :

Je suis le Né-du-Lotus, le Sangha,

Et détiens les préceptes qui unissent Vue et Action du Dharma.

Ma réalisation est plus élevée que le ciel,

Et cependant, mes actions et l'attention que je porte aux causes
     et à leurs effets sont plus fines que des grains de farine :

Je suis le Né-du-Lotus, le Maître,

Et détiens les préceptes qui donnent la mesure de la causalité
     du Dharma. […]

Je me suis emparé de la citadelle des trois dhyânas

Et joue avec la diversité des phénomènes :

Je suis le Né-du-Lotus, le petit enfant,

Et détiens les préceptes qui octroient la fin des erreurs dans le
     Dharma.

Je vois de l'œil des trois connaissances suprêmes

Et tète le lait de l'indifférenciation de l'Espace et de rigpa :

Je suis le Né-du-Lotus, le nourrisson,

Et détiens les préceptes de la méditation du Dharma qui tire du
     sommeil.
Alors que, transitoires, meurent les êtres sensibles des trois
     domaines,
J'ai accompli le glorieux yoga du Vidyâdhara de la Vie :
Je suis le Né-du-Lotus, l'Immortel,
Et détiens les préceptes de la pratique de longévité adamantine
     du Dharma.
Extérieurement, je ne dépends plus des quatre éléments
Et intérieurement n'établis point ma solidité sur un corps fait
     de chair et de sang :
Je suis le Né-du-Lotus sans naissance
Et détiens les préceptes du Grand Symbole du Dharma.
Nulle vieillesse ni déclin dans le Corps de Diamant !
Aucun voile à la clarté dans l'esprit d'Éveil !
Je suis le Né-du-Lotus sans vieillesse
Et détiens les préceptes du Dharma qui apaisent les passions.
Un corps juvénile est vaincu par la maladie,
Son éclat vital lui est ravi par les accidents :
Je suis le Né-du-Lotus hors d'atteinte des maladies
Et détiens les préceptes du Dharma de la Grande Perfection.
Et toi, roi du Tibet barbare,
Roi d'une île sans vertu,
Tu n'es qu'entouré de brutes et d'ogres mangeurs de chair.
Tu t'appuies sur un peuple famélique
Ni heureux ni à l'aise.
Tes reines, ogresses à forme humaine,
Sont entourées de belles démones basanées.
Soieries, or et turquoises les parent,
Mais elles n'ont point de beauté d'âme et ne sont pas désirables.
Tu es roi, tes poumons s'éjouissent,
Tu es très puissant, ton foie est jovial,
Hautain, tu lèves ton sceptre bien haut,
Mais moi, roi, je ne te rends nul hommage !
Pourtant, lié par une prière d'aspiration
Je suis venu au centre du Tibet.
Grand roi, ne suis-je pas venu ici ? »
Disant cela, il tendit la main et de ses doigts
Jaillit une flamme miraculeuse qui consuma les habits du roi.
Alors, roi, ministres et tout leur entourage, n'y pouvant tenir,
Se prosternèrent tous comme s'ils roulaient à terre.

Afin de se racheter, le roi fit ériger de nombreux stûpas dans lesquels Padma cacha des trésors. Puis ils se rendirent sur le site de Samyé. Padma fut prié de s'asseoir sur un trône d'or, l'Abbé à ses côtés. Assis face à lui, le roi lui fit maintes offrandes et cette requête :

« Je suis le chef d'hommes sans vertus, le seigneur des visages rouges.
Les hommes du Tibet sont engoncés dans les passions grossières.
En domptant ceux qui sont difficiles à dompter, puisses-tu établir le support du Dharma !
Je t'en prie, Corps d'apparition, bénis cette terre ! »

Réjoui, le Maître commença la subjugation des forces hostiles. A Lowo, il riva au sol la démone rakshasî en faisant ériger temples et stûpas, et, dans le Meldro, il se concilia l'esprit des nâgâs qui dominaient le Tibet. Puis il déclara :

« Hûm,
Écoutez, dieux et démons, écoutez l'ordre de Padma !
Corps d'Apparition sans égal dans l'univers entier,
Exempt de toute souillure natale, je suis Tsokyé Dordjé, le Diamant Né-du-Lac.
Rien ne peut atteindre mon corps, j'ai obtenu l'immortalité.
Terrifiante est la souffrance des six classes d'êtres dans le samsâra,
Tumulte d'une vie brève pour des êtres démoniaques !
Ce Trisongdétsen qui érige un temple
Est semblable au joyau au faîte d'une bannière de victoire.
Si les enseignements du précieux Dharma s'enracinent au Tibet,
Quiconque n'apprécie point les démons en sera débarrassé.
Ce grand Pandit indien venu en invité
Est comme une lampe brandie au milieu des ténèbres.
Bonheur au Tibet si le précieux Dharma se répand :
Dieux et démons définitivement s'éloigneront du pays.
Par conséquent, j'accepte le présent de la terre
Et j'accomplis ton vœu, roi Trisongdétsen !

Bâtis un temple et dieux et démons s'assembleront pour y
    travailler.
N'enfreignez pas les ordres du Né-du-Lotus détenteur des
    Mantras ! »

La construction du monastère de Samyé

L'année du Tigre mâle de terre, dans le deuxième mois
    d'automne,
Au huitième jour, Jupiter montant, jour du Dragon,
Jour de la constellation Lagso, on posa les fondations de la
    construction.
Le temple fut érigé selon le dessein royal :
« Le triple faîte central », à la semblance du Mont Meru,
Fut entouré d'un chemin de ronde disposé à la manière des
    sept montagnes d'or.
En haut et en bas, à la manière d'un soleil et d'une lune, furent
    disposés des temples yakshas
Et tels les continents et subcontinents, l'on fit quatre [temples]
    entourés de huit petits ;
Le tout soigneusement entouré d'un grand mur d'enceinte.
Soixante mille hommes hissèrent les pinacles,
Mais avant même qu'un seul toit fût posé ils étaient épuisés.
Alors le Maître rassembla sous son pouvoir dieux et démons et
    leur confia la tâche :
Brahmâ et Indra furent maîtres d'œuvre au pisé,
Les quatre Grands Rois gardiens de l'univers furent contre-
    maîtres,
Et tous les dieux et les démons mâles et femelles
Placèrent le pisé en poussant des clameurs.
Tandis que les hommes de chair construisaient le jour,
La nuit, dieux et démons des huit classes érigeaient l'édifice.
Le Maître demeurait alors à Tchimp'ou dans le but de dompter
    les nâgâs :
Les nâgâs, suscitant l'impatience, excitaient les ouvriers
Si bien que les charpentiers s'écriaient : « Le bois nous brise
    les bras ! »
Le roi, au même moment, se demandait : « Où trouver du
    bois ? »
Un nâgâ du bocage de Zul P'ouk Kyang Tchoung

Vint auprès du roi et, cherchant à créer des obstacles, dit :
« Que le Maître abandonne sa méditation et je te donnerai du
  bois. »
Le marché conclu, le roi fut admis à la grotte de Tchimp'ou
  Drégou Géou
Où il vit non pas le Maître mais un grand garuda dévorant un
  serpent.
« Relâche ta méditation et nous gagnerons un accomplisse-
  ment ! » lui dit-il.
Le serpent s'échappa du bec du garuda et le Maître reprit sa
  forme habituelle :
« Quel est donc cet accomplissement que tu clames gagner ?
– L'obtention du bois ! » répondit le roi.
Le Maître répliqua : « A quoi te servira ce bois ?
Tant que l'esprit des nâgâs ne sera pas lié par serment, ils te
  causeront des méfaits,
Ils enverront la lèpre et se lèveront en ennemis. »
Les nâgâs n'ayant effectivement pas été complètement domptés,
  le roi fut pris de regrets.
« Nous n'avons guère achevé que la moitié du monastère
Et le trésor royal est épuisé. Comment faire ?
– Il existe un moyen, dit le Maître.
Trisongdétsen, roi des hommes,
Doit lier amitié avec le roi des nâgâs.
Je ferai le lien entre vous deux. »
Et il mena le roi sur les rives du grand lac de Meldro.
Roi et ministres dissimulés dans une vallée haute,
Le Maître dressa une tente de soie au bord du lac
Et y demeura trois jours en méditation.
Au matin du quatrième jour, une très belle jeune fille
Apparut près du lac : « Que fait le Maître ? demanda-t-elle.
Trisongdétsen, le roi des humains,
Et Nanda, le roi des nâgâs, doivent faire alliance :
Le monastère du roi n'étant point achevé,
Nous demandons des ressources aux nâgâs. » Le message
  transmis,
Au matin du surlendemain surgit un grand serpent
Qui déversa abondance de poudre d'or sur les rives.
Le souverain appela ses sujets pour récolter la poudre d'or.

Le monastère fut achevé en cinq ans. Vint le moment de
la consécration :

Vers la fin de l'année du Cheval, au mois médian de l'hiver,
Sous la constellation Gyal, l'Abbé et le Maître jetèrent des
    fleurs.
Le Bodhisattva fit par trois fois la consécration.
Alors, au premier mois d'hiver de l'année du Mouton,
Au quinzième jour, sous la constellation Namdrou, quand la
    lune portait l'ombre d'une planète,
La pratique de l'Espace Adamantin fut exécutée durant sept
    jours,
Et après en avoir conféré la transmission de pouvoir au puissant
    souverain,
Le Maître Padma lança les fleurs de consécration.
Lorsqu'il jeta les fleurs sur le « triple faîte central »,
Les déités du dedans sortirent à l'est ;
Arborant fièrement signes et attributs, elles semblèrent trans-
    formées
Et le roi songea en son cœur qu'elles ne rentreraient pas,
Mais ayant tourné par trois fois autour du stûpa du triple faîte
    central,
Les déités s'en retournèrent à l'intérieur du temple.
Lorsqu'il jeta les fleurs aux terribles Gardiens des Portes,
Apparut une montagne de feu des Courroucés tandis qu'une
    fumée bleue s'élevait.
Tous virent le volcan rouge et la coulée flamboyante,
Le roi pensa : « Le feu prend ! », mais tout se dispersa en
    particules.
Lorsqu'il jeta les fleurs sur les trois sanctuaires des reines,
Se manifestèrent d'excellents signes merveilleux et extra-
    ordinaires,
Et tous les temples furent emplis de lumière.

Tandis que se poursuivait la consécration apparurent des
lumières, des cymbales résonnèrent spontanément dans
les mains des déesses d'offrandes et le monde entier fut
empli de présages de bon augure ; les dâkinîs courroucées
et les Protecteurs, comme frères et sœurs, honorèrent la
consécration ; les quatre piliers de pierre s'enflammèrent
et, à leur sommet, les quatre chiennes de cuivre aboyèrent ;
un nectar guérissant tous les maux tomba par trois fois du
ciel, apportant vertu et bonheur à la terre tibétaine et pro-

curant une joie continuelle tant aux hommes qu'aux dieux.
Une bannière apparue dans le ciel proclama la splendeur
et la renommée de ce lieu dans l'univers entier.

Le départ ajourné

Padma et l'Abbé Shântarakshita restèrent quelque temps
au Tibet, mais très vite ils furent convaincus que les Tibétains, incultes et incapables de faire la part du bien et du
mal, n'étaient pas des réceptacles convenables aux enseignements. Qui plus est, les ministres leur semblaient hostiles. Ils firent part de leur réflexion au roi et l'informèrent
de leur intention de retourner en Inde. Très chagriné, le
roi, leur présentant de l'or et d'autres offrandes précieuses,
les supplia de l'écouter :

> « Cette terre tibétaine est une région de sauvages canni-
> bales, une région obscure où le Dharma n'a jamais été
> ouï. Bien que découragés, soyez cependant compatis-
> sants ! Que votre Éveil vous mette dans de bienveillantes
> dispositions à notre égard ! Demeurez sur cette terre
> mauvaise tels des Bouddhas incarnés ! Un bodhisattva
> œuvre au bien d'autrui et il n'y pas d'acte plus élevé
> que de travailler à l'émancipation des autres. C'est
> pourquoi moi, Trisongdétsen, je vous supplie d'exaucer
> ma prière. J'ai construit des stûpas, écrit des livres
> et dressé des statues pour rien, mais si les textes sacrés
> des sûtras et des tantras sont acheminés au Tibet et
> traduits, j'entrevois la diffusion du Dharma. On pourra
> alors entendre l'explication de la doctrine et nombreux
> seront ceux qui pratiqueront la méditation selon la
> tradition.
> A tous deux, Grands Maîtres, je demande de demeurer
> au Tibet pour accomplir cette tâche. Je vous en supplie,
> ne retournez pas en Inde ! »

Ils acceptèrent de rester pour diriger la traduction des
textes. Le roi édicta des lois afin d'encourager la propagation du bouddhisme dans son royaume. Pour cela, il dis-

tingua la loi royale et la loi religieuse, la seconde venant adoucir la première. Maître et Abbé entreprirent d'éduquer la jeunesse tibétaine, mais ils constatèrent bien vite combien il était difficile d'élever des êtres frustes.

A son tour, Padma le grand maître leur apprit à rendre ces
    sons :
« Namo ghuru be, Namo devâya, Namo dâkînyai »,
Et, tout en les déformant à la tibétaine, ils ne surent pas :
« Mamo pou'ou ya, Mamo drebha ya, Mamo bhakhyi ya. »
Puis il leur apprit à traduire ces mots sanscrits en tibétain :
« Je rends hommage et prends refuge dans le Lama,
Je rends hommage et prends refuge dans la déité Yidam,
Je rends hommage et prends refuge dans les dâkinîs. »
Et les enfants tibétains ne comprirent pas davantage :
« Na ma ya thak tham mo bap hou hi,
Tchi bam ya thak tham mo bap hou hi,
Sha bo thang thak tham mo bap hou hi. »
Et les deux maîtres éclatèrent de rire en frappant des mains.

    Le roi était un peu désespéré. Padma le rassura : il existait au Tibet trois enfants spéciaux, incarnations de grands maîtres du passé. Le premier d'entre eux, l'incarnation d'Ânanda, était né au Pagor. Le roi s'y rendit et constata que l'enfant avait du caractère. Après quelques réticences, les parents lui accordèrent leur jeune fils, le futur Pagor Vairocana, qui allait devenir le roi des traducteurs. Le roi fit mander les deux autres enfants : Kawa Peltsek, qui devint le traducteur attitré de Padma, et Tchok Ro Lüi Gyaltsen.

Alors le roi invita les deux maîtres
A Samyé, au temple des traducteurs.
Il fit asseoir maître Padma sur un trône d'or,
L'Abbé Bodhisattva sur un trône d'argent,
Et sur trois sièges, avec tables divinatoires disposées à droite et
    à gauche,
Il installa les trois lotsâvas, Vairocana en tête.
Au milieu, à même le sol, le roi s'assit
Et offrit à chacun des deux maîtres un mandala d'or

D'une coudée, incrusté de fleurs d'or et de turquoises.
Puis il offrit aux trois lotsâvas un mandala de joyaux,
Et s'étant prosterné leur fit la requête d'enseigner le Dharma :
« Merveille ! A vous deux qui de l'Inde, patrie du Dharma, êtes
    venus
Au Tibet tel le lever simultané du soleil et de la lune,
Je fais la requête de dénouer le sens des sûtras et des tantras !
Quant aux trois lotsâvas, je les prie de les traduire en tibétain ! »

Namkhaï Nyingpo, l'un des sept premiers moines ordonnés par Shântarakshita, fut le premier Tibétain envoyé en
Inde quérir des enseignements. Puis Vairocana partit à son
tour afin d'y parfaire la maîtrise de l'art de la traduction.
Au cours de son séjour, il recueillit maints enseignements
de la Grande Perfection auprès de Shrî Simha et maîtrisa
l'accomplissement de la marche rapide auprès de l'Abbé
Kumâra.

L'opposition des ministres

De retour, Pagor Vairocana donna en secret des enseignements de la Grande Perfection au roi. Bientôt, les obstacles surgirent : il fut victime d'une cabale des ministres
et des intrigues de la reine Tsépongdza qui l'accusa de
l'avoir séduite. Avec la complicité du roi, Vairocana gagna
une cachette mais, découvert, il dut prendre le chemin de
l'exil. Il s'établit dans le Kham, à Gyalmo Rong, « Le
Ravin de la Reine », où il résida plusieurs années. Durant
son exil, il prit pour disciple Youdra Nyingpo et enseigna
activement le Dzogchen.
Lui faisant la requête des transmissions de pouvoir tantriques, le roi offrit à Padma sa plus jeune reine, Yéshé
Tsogyal. Une fois de plus, la colère des ministres Shang[1]
gronda. Le roi fut contraint de céder pour éviter l'affronte-
ment : Padma et Yéshé Tsogyal furent exilés et durent se

1. Ministres choisis parmi les oncles du clan maternel (cf. note 1,
p. 11).

cacher pendant sept ans à Tidro. Seul à présent face aux conspirations des grandes familles, le roi songeait à maintenir la religion bön aux côtés du Dharma. Il invita des maîtres de cette tradition afin d'apaiser ses ministres, mais aussi un maître chinois de la tradition Tch'an, Hoshang Mahâyâna. Dans le même temps, il dépêcha Kawa Peltsek, Tchok Ro Lüi Gyaltsen et Ma Rintchen Tchok[1] en Oddiyâna afin d'inviter le grand Pandit Vimalamitra au Tibet. Mais sa venue à Samyé mécontenta à la fois le roi de l'Oddiyâna qu'il quittait et certains des puissants ministres tibétains. De concert, ils firent courir des calomnies. Prudent, Vimalamitra n'enseigna pour commencer que les sûtras, puis, après avoir révélé de grands prodiges, fut enfin reconnu dans toute sa sagesse.

Quelques années d'exil s'étaient écoulées pour Pagor Vairocana. Il dépêcha son disciple Youdra Nyingpo à Samyé et celui-ci prit contact avec Vimalamitra qui conseilla au roi de rappeler Vairocana.

L'abolition du bön

Or il advint qu'au cours des rites du sacrifice royal des prêtres bön sacrifièrent quantité de moutons et de yaks, suscitant l'écœurement du roi et la colère des lotsâvas et des érudits bouddhistes. Le roi tenta encore une fois la conciliation :

« Le bön et le dharma sont comme des meurtriers qui
    s'opposent,
Chacun de l'autre ne reconnaît pas la pureté.
La diffusion du dharma est minime, le bön est puissant,
Déjà furent exilés de nombreux lotsâvas,
Que bön et dharma se diffusent et ils se fondront. »
Mais les Pandits ne donnèrent aucune réponse,
Et quand on les pria d'enseigner le dharma, ils n'en firent rien.

---

1. Autre traducteur et disciple de Guru Rinpoché.

Pour en finir, le roi convoqua bönpos et bouddhistes dans la plaine de Dönkhar pour une joute oratoire.

Maître Padma et le bönpo Thang Nak
Chacun soutenant sa thèse philosophique puis réfutant celle de
    l'autre,
Le roi eut foi dans le dharma et douta du bön.
Le Bodhisattva[1] et Shari Outchen
Chacun soutenant sa thèse philosophique puis réfutant celle de
    l'autre,
Le roi eut foi dans le dharma et douta du bön.
Vimalamitra et Lishi Takring
Chacun soutenant sa thèse philosophique puis réfutant celle de
    l'autre,
Le roi eut foi dans le dharma et douta du bön.
Les neuf véhicules du bön et les neuf véhicules du dharma
Ayant été un à un confrontés à la réfutation par les lotsâvas,
Le roi eut foi dans le dharma et douta du bön.

Trisongdétsen décida l'abolition du bön extérieur, en interdit les sacrifices et en exila les prêtres. Beaucoup se rallièrent au bouddhisme.

L'initiation des vingt-cinq disciples

Padma s'installa au-dessus de Samyé, dans les grottes de Tchimp'ou pour méditer. Il y fut bientôt rejoint par les vingt-cinq disciples[2] :

> « Ils vinrent à moi et me présentèrent les offrandes d'or, me priant de déployer le Mandala de l'Unité des Suga-tas. Je leur révélai le Mandala puis leur accordai la transmission de pouvoir des Huit Principes d'Accom-plissement. Durant l'initiation, quand il fallut détermi-ner lequel des Huit Herukas était favorable à chacun,

1. L'Abbé Shântarakshita.
2. Cf. la troisième partie pour une biographie de chacun des vingt-cinq disciples principaux de Guru Rinpoché.

[tous lancèrent une fleur sur le Mandala]. La fleur du roi tomba au centre sur Tchemtchok Heruka, "Le Grand Suprême"; la fleur de Namkhaï Nyingpo tomba sur Yangdak Heruka; celle de Sangyé Yéshé sur Yamântaka; celle de Gyalwa Tchöyang sur Hayagriva; la fleur de Yéshé Tsogyal tomba sur Mamo[1]; celle de Pelgyi Wangtchouk tomba sur Vajrakîlaya[2]; celle de Dordjé Düdjom[3] sur Jikten Tchötö et la fleur de Vairocana tomba sur Möpa Drak Ngak. Ainsi, chaque disciple créa son propre mandala. Après avoir accompli la pratique, chacun révéla un signe différent d'accomplissement. Le roi Trisongdétsen devint capable de subjuguer les hommes par son apparence resplendissante; Namkhaï Nyingpo put chevaucher les rayons du soleil; Sangyé Yéshé pouvait faire voler en éclats les rochers avec son p'ourba; Gyalwa Tchöyang se vit pousser une tête de cheval hennissante au sommet de la tête; Yéshé Tsogyal put ressusciter les morts; Pelgyi Wangtchouk put provoquer la fièvre à distance en dressant son p'ourba; Dordjé Düdjom put se déplacer invisible comme le vent et Vairocana put rendre la fierté aux esclaves. Bien d'autres signes encore furent dévoilés par mes disciples. »

La traduction des textes

Alors l'Abbé Shântarakshita et Padma, assistés de Vairocana, Kawa Peltsek, Tchok Ro Lüi Gyaltsen, de cent autres traducteurs, d'érudits indiens et de onze cents moines, énoncèrent et traduisirent l'un les sûtras, l'autre les tantras.

1. Ce texte est extrait du *Namthar Paksam Djön Shing* de Tertön Chögyur Lingpa. Selon le *Khathang Zanglingma* et la plupart des autres sources, la fleur de Yéshé Tsogyal serait tombée sur Vajrakîlaya. Elle atteignit d'ailleurs les accomplissements complets de cette déité. C'est la fleur de Pelgyi Yéshé qui serait tombée sur Mamo.
2. Ce qui précède n'exclut en rien le lien de Pelgyi Wangtchouk avec Vajrakîlaya.
3. Selon le *Khathang Zanglingma*, ce fut la fleur d'un autre disciple, Lang Pelgyi Sengué, qui tomba sur Jikten Tchötö.

Les écrits sacrés du Sûtrayâna et du Mantrayâna furent
ainsi traduits : les trois parties du Tripitaka, vinaya, sûtra
et abhidharma ; les formes concises, brèves et étendues
de la *Prajñâpâramitâ* ; le *Mahâparinirvâna sûtra*, l'enseignement incontestable des paroles du Bouddha lors
de son parinirvâna ; le texte du Kriyatantra de Dordjé-
tsémo et tous les tantras externes et secrets du Mantrayâna ; les huit *Guhyamûlamâyatantra* ou « filets
d'illusion », les écrits du Mahâyoga, de l'Anuyoga et
de l'Atiyoga, les tantras-racines des Huit Principes
d'Accomplissement en cinq, dix et quinze tantras ; le
corpus entier des âgamas et des innombrables tantras
internes et secrets fut ainsi traduit. Continuellement,
jour et nuit sans interruption, on traduisait ces sûtras et
tantras. Les érudits donnaient une explication minu-
tieuse des textes et les traducteurs, écoutant attentive-
ment, rendaient leur sens en tibétain [1].

Le jour de l'installation des écritures sacrées dans le
temple de Samyé, une procession solennelle fut organisée :

Des moines ordonnés, portant les traductions dans leur
dos, tenaient bien haut les offrandes. Les traducteurs et
des érudits, abrités sous des dais célestes flottants, avan-
çaient dans la procession sur des chars flanqués à droite
et à gauche de bannières de victoire. Des musiques
variées retentissaient et des porteurs d'encens annon-
çaient le cortège qui cheminait autour du temple. En
ce jour, les volumes des traductions furent placés dans
la chambre de l'étage médian du temple, et Namkhaï
Nyingpo déploya des émanations magiques.
Puis, devant le monastère de Samyé, dans la plaine de
Yobok, on disposa des sièges à coussins pour les traducteurs et les érudits. Tandis que tous étaient assis en demi-
cercle, on présenta à chacun le traditionnel mandala de
l'univers en or, le nœud éternel, de fins habits, des robes
de soie et de laine, un cheval, une mule, deux zo [2], l'un

---

1. Extrait du *Namthar Paksam Djön Shing*.
2. Croisement de vache et de yak.

mâle, l'autre femelle, une charge de vêtements en coton fin et solide, une mesure de thé, cent pièces d'or et mille d'argent.

Puis le roi Trisongdétsen descendit de son trône et, devant eux, parla de sa dynastie, des coutumes de son peuple, de la grande générosité et des desseins sacrés des traducteurs et des érudits. Vimalamitra, le plus grand des érudits, parla des origines du Dharma et de sa rare valeur. Pagor Vairocana, le plus grand des traducteurs, parla de la transmission du Dharma par les érudits. Gö, l'un des ministres, fit une offrande à chacun et parla de la façon d'accomplir les tâches d'un ministre du roi. Les sujets du roi offrirent tous les objets de luxe qu'ils avaient accumulés, ainsi que leurs services et l'hospitalité aux traducteurs.

Puis les érudits retournèrent dans leur propre pays, laissant le Dharma briller sur le Tibet, tel un soleil [1].

La princesse Péma Sel

A l'âge de huit ans, Péma Sel, la plus jeune des filles du roi, tomba malade et mourut. Désespéré, le roi manda Padma.

Le Maître lui dit :
« Les composés, sans aucune permanence, sont détruits par les circonstances.
La finalité de la naissance est la mort, celle de l'union est la séparation.
Sur terre, tous les phénomènes composés sont ainsi.
Pratique et tu obtiendras une conscience claire en toi-même.
Et si demain le roi lui-même s'en allait ? »

Mais le roi demeurait inconsolable. Padma écrivit la lettre NRI sur le cœur de Péma Sel et, par la force de sa méditation, ramena la conscience dans le corps de l'enfant. La princesse rouvrit les yeux et se mit à parler. Padma lui

1. Extrait du *Namthar Paksam Djön Shing*.

transmit alors l'Essence de son cœur, le *Khandro Nying-thik*. Le Maître donna à la princesse le nom secret de Péma Lédrel Tsel et plaça la cassette contenant l'enseignement sur sa tête en formulant le vœu suivant : « Dans le futur, puisses-tu trouver cet enseignement et puisse-t-il être bénéfique à de nombreux êtres. » Péma Sel mourut peu de temps après et Padma cacha avec l'aide de Yéshé Tsogyal son *Nyingthik*[1] dans un lieu secret, confiant la garde du trésor aux dâkinîs.

La prophétie

Padma vint à prophétiser la venue du roi Langdarma, persécuteur du Dharma.

Le Maître resta silencieux un moment,
Puis il dit : « Écoute, roi, puissant souverain :
De ce monastère que tu as érigé,
Beaucoup viendront s'accaparer les ruines.
Ne te tourmente pas à propos des destructions et des accom-
    plissements, accepte la décadence !
De même de ton royaume, puissant roi :
D'ici deux générations,
Les mérites de tout le Tibet seront épuisés
Et trois frères yakshas du passé ayant transmigré
S'incarneront dans un roi à tête de lion et à nom d'animal,
Un ministre à tête simiesque, manifestation d'un esprit
    théourang[2],
Et un ministre Shang à tête de faucon.
Les aînés seront assassinés, les cadets bannis et le Dharma des
    sublimes déités déclinera,
Les religieux supérieurs seront tués, les religieux ordinaires
    exilés et les simples pratiquants réduits en esclavage,
Les temples regorgeront tous de chair et de sang écarlate

1. Le *Khandro Nyingthik*, « L'Essence du Cœur des Dâkinîs », fut donc transmis à Péma Sel puis caché comme texte-trésor. Péma Lédrel Tsel, incarnation de Péma Sel, le redécouvrira au XIIIe siècle.
2. Sorte d'esprit parfois décrit comme un nain unipède.

Et aux mains des déités pendront dépouilles et entrailles.
Les bonnes mœurs s'évanouiront comme la brume
Tandis que les mauvaises se lèveront en trombes,
La loi royale se dissipera comme un songe de la nuit passée,
Ce qui est rare et précieux pour tous sera rejeté comme un cadavre
Et ceux qui comptent pour tous, pères et mères, seront empalés sur la pointe des épées et des piques.
Alors que l'on aura soi-même mal agi, on dira : « Les temps sont mauvais. »
Tous les centres du Dharma érigés par le souverain seront détruits ;
La faute en sera imputée aux innocents, lors que les vicieux séviront.
Les chefs asservis, brigands et voleurs pulluleront,
Bouleversés, les êtres sensibles souffriront mille tourments
Et de sinistres assassins abrégeront les vies.
Un an et un mois régnera le roi démoniaque,
Avant d'être tué par le glaive compatissant d'un bodhisattva. »

Pour cette raison, Padma décida de rassembler le roi, ses fils et quelques disciples afin de leur transmettre « L'Épitomé de l'Océan du Dharma » et de dissimuler ce trésor dans leur mémoire :

> « Lorsque je voulus, pour dissimuler les trésors de mon esprit, les graver dans la veine secrète de la réalisation[1], je rassemblai autour de moi le roi Trisongdétsen et ses trois fils, les princes Mouné Tsenpo, Mouroub Tsenpo et Moutri Tsenpo[2], les traducteurs Langdro Köntchok Djoungné, Nyak Jñânakumâra, Pagor Vairocana et Pelgyi Sengué, et aussi Nyang Tingdzin Zangpo, Nanam Dordjé Düdjom, Pelgyi Wangtchouk, Otren Wangtchouk et Atsara Salé. Étaient là également les yoginis Selkar Dordjétso, Trokpanlo et Yéshé Tsogyal, les trois épouses des princes et bien d'autres. Tous rejoignirent

1. En plus de dissimuler les termas dans des cachettes physiques, Guru Rinpoché les grava dans la mémoire de ses disciples, ce qu'on appelle ici « veine secrète de la réalisation ».
2. *Alias* Moutik Tsenpo, *alias* Sénalek Djing Yön.

la Forteresse Céleste dans la province du Kham et là je leur révélai l'Épitomé de l'Océan du Dharma et leur conférai l'initiation. Puis je leur délivrai les instructions orales essentielles, les préceptes qui libèrent complètement du samsâra sur lesquels ils méditèrent pendant sept ans avant d'atteindre une concentration unipointée [...]. Les disciples manifestèrent de nombreux signes extraordinaires d'accomplissement à la fin de leurs pratiques, et celles-ci furent écrites dans l'écriture secrète des dâkinîs pour être dissimulées dans des veines secrètes [1] en sept lieux saints.

Je prédis ensuite que ces mêmes disciples reviendraient chercher les trésors cachés et leur donnai des instructions spéciales sur la façon de retirer les enseignements secrets accompagnés des prières d'aspiration et des transmissions de pouvoir nécessaires à leur diffusion. C'est ainsi qu'en cette lie des temps, avant la destruction finale, lorsque la vie humaine ne durera guère plus de trente ans, les trésors seront redécouverts, révélant davantage d'indications sur la nature de la voie [2]. »

La dissimulation des textes-trésors

Aidé de Yéshé Tsogyal qui coucha par écrit ses enseignements et de certains de ses vingt-cinq disciples, Padma entreprit de dissimuler ses trésors spirituels en de nombreux lieux du Tibet.

> « Ces trésors, majeurs et mineurs, furent cachés à Lhassa, à Samyé, à Yorou et à Tradrouk, dans les quatre monastères qui avaient été parfaitement purifiés de toute souillure, ainsi que dans les huit monastères partiellement sanctifiés. »

Innombrables furent les trésors dissimulés dans les veines secrètes, au Yarloung, à Lhodrak, à Khartchou, à Yamaloung, à Riwo Trazang, à Tidro, au Mangyül et en bien

---

1. Caches de trésors.
2. Extrait du *Namthar Paksam Djön Shing*.

d'autres lieux. Au Kham, des trésors furent cachés dans vingt-cinq lieux sacrés. Padma médita en chacun de ces lieux afin d'en sanctifier les trésors. Puis il dit :

> « Quand le besoin du Dharma sera grand, la pureté de l'esprit de mes vingt-cinq disciples et la force de leurs vœux de bodhisattvas [...] provoqueront leur renaissance comme tertöns, émanations incarnées de moi-même. Ils redécouvriront les trésors en leur cache et interpréteront l'écriture symbolique des dâkinîs, afin que tous ceux qui demandent des instructions comprennent.
> Deux grands tertöns, Guru Tchökyi Wangtchouk et Nyang Rel Nyima Öser, viendront tout d'abord, suivis par vingt tertöns majeurs, Orgyen Lingpa, Karma Lingpa, Péma Lingpa, etc., et par cent autres tertöns détenteurs de la doctrine. Par la suite, sur les traces de leurs précurseurs, vingt-deux mille tertöns mineurs apparaîtront et découvriront d'innombrables trésors [...].
> Ainsi, j'affirme que le Dharma s'étendra partout dans le monde par le moyen de mes formes incarnées. »

La mort du roi

Le premier jour du mois du Bœuf,
Tout ayant été rassemblé pour célébrer le nouvel an tibétain,
Des quatre coins de Samyé, le peuple envahit les avenues
Et l'on décida qu'au soir tous brandiraient des torches
Et que le roi ferait courir des chevaux dans les quatre directions.
Mais le Maître lui dit : « Aujourd'hui, ne célèbre point le nouvel an ! »
Le roi tint conseil avec tous ses ministres :
« Prenez garde de briser le nouvel an de la sorte ! » dirent-ils.
Le Maître dit encore au roi de ne pas participer aux courses de chevaux,
Mais son pouvoir de roi étant échu aux mains des ministres
Il arbora les parures royales, monta à cheval et lança la course.
Parvenu à une portée de flèche dans l'avenue de l'Ouest, il eut un malaise.

Les uns dirent : « A-t-il été frappé par un fils ? »
D'autres : « A-t-il été frappé par un ministre bön ? »
D'autres encore : « Est-ce Nanam Shang qui l'a frappé ? »
Et d'autres enfin : « A-t-il été jeté bas par son cheval ? Est-ce
    une artère rompue ? »
Personne ne sut la raison ni la cause qui l'avait frappé.
[Le roi] n'étant plus protégé, son état se compliqua de maladie
    fiévreuse
Et, au milieu de cinquante-neuf tonnerres, il partit au ciel.

Sa mort fut gardée secrète un certain temps et son fils
aîné Mouné Tsenpo monta sur le trône. Animé du profond
désir d'établir l'égalité des hommes en son royaume, il
n'eut guère le temps de gouverner et fut empoisonné sur
l'ordre de sa mère, la reine Tsépongdza.

Son frère Moutik Tsenpo lui succéda et entreprit de gouverner son royaume selon le Dharma tout en maintenant
les traditions ancestrales. Au bout de quelque temps, Padma
annonça son départ prochain pour le pays des Rakshasas :

« La moisson des enseignements des Bouddhas du passé a été
    faite :
A présent, sûtras et mantras se répandent au Tibet
Et il est prophétisé qu'à l'avenir les trésors cachés seront
    révélés.
J'ai montré grande bonté au Tibet et ne la lui retire point
Mais tout près de Jambudvîpa
Sont les cinq grandes contrées des Rakshasas,
Qui sont elles-mêmes très proches de l'Oddiyâna.
En leur centre se trouve « La Glorieuse Montagne Cuivrée »
Entourée de cinq cents villes d'ogres.
A l'est il y a Lankapûri,
Au sud, la ville des ogres « La Bienheureuse »,
A l'ouest, le continent de la Plaine Rouge de Koka,
Au nord, le pays des ogres « La Vallée Tchenlak »,
Au sud-est, le lac de Zomapûri,
Au sud-ouest, la montagne de cadavres et le château des
    crânes,
Au nord-ouest, le Mont Malaya, cime en fer céleste,
Au nord-est, les charniers aux arbres vénéneux

Tous entourés de cinq cents fois cinq cents villes d'ogres.
Si je ne les subjugue pas, les ogres se rueront sur le monde
Et dévoreront les hommes jusqu'à vider le pays des humains.
Si le Né-du-Lotus ne les dompte, qui donc le fera?
Je pars dompter les ogres pour protéger vos frontières! »

Très affligé, le jeune roi demanda au Guru de repousser son départ d'un an. Le Maître lui répondit:

« Même si je demeure un an encore, la séparation est inéluctable. »
Alors, le seigneur, les yeux remplis de larmes, […]
Incapable de dire un mot, s'affaissa sous l'effet de la douleur.
« Le Maître parti, nous voici séparés du refuge, pensa-t-il.
La fourrure chaude nous est arrachée du dos,
Plus de cercle protecteur devant soi,
Soleil et lune à la lumière chaleureuse se couchent,
Nous voici privés de l'œil qui rend précieuse cette vie. »
Puis, son esprit s'étant un temps apaisé,
Le souffle lui revint un peu et il retrouva un brin de joie.
« C'est la bénédiction du Maître, se dit-il.
— Seigneur, prince divin, dit le Maître, je n'abandonne point la vie du corps
Et bien qu'ailleurs je m'en aille, nous nous retrouverons rapidement. […]
Puisque tu m'as prié avec dévotion,
Tu as obtenu la bénédiction de n'être point séparé de moi dans les trois temps.
Médite continuellement sans laisser faiblir ton recueillement sur la déité Yidam;
Mène jusqu'à son terme l'approche et l'accomplissement des mantras secrets;
Préserve avec amour comme ton propre fils l'état de compassion;
Assure-toi du sens absolu et tu parviendras à la terre où s'épuise la réalité même. »

Accompagné du prince divin, de ses disciples, des traducteurs et des trois reines, Padma se rendit au temple du Dragon bariolé dans le Yarloung. Il y révéla le mandala

qui réunit les Huit Principes du mantrayâna secret[1] puis
prononça la syllabe Hûm. Devant le mandala apparut
Mandâravâ nimbée d'arcs-en-ciel, entourée des glorieuses
déités. Toutes rendirent hommage à Padma, puis Mandâravâ elle-même questionna :

« Pour les êtres sensibles à venir qui ne t'auront point ren-
    contré,
Quel sera le flambeau qui dissipera les ténèbres de l'igno-
    rance ?
Et, de même, à qui s'adresseront les dons méritoires ?
A quel corps seront offertes les fleurs plaisantes ?
Dans tous les mondes, le bonheur est le don suprême,
Qui donc asséchera l'océan de douleur du samsâra ?
Qui détiendra la lignée insurpassable de la félicité-vacuité ?
Toi qui es né d'un pistil de lotus, l'immaculé au teint rosé
Et au corps paré des signes d'excellence, dis-le ! »
A cette requête, le Maître de l'Oddiyâna répondit :
« Écoute, toi dont les formes divines ravissent :
Les êtres sensibles du futur qui ne m'auront point rencontré
Auront pour flambeau dissipant les ténèbres de l'ignorance des
    images à ma ressemblance[2].
Ils érigeront des stûpas pour mes statues
Qui incarneront le sens des Trois Corps, et planteront la
    bannière des enseignements.
Quiconque les aimera et les révérera avec dévotion
Verra tous ses désirs comblés comme par quantité de joyaux
Et, sans plus connaître de hauts ni de bas, atteindra les champs
    purs de la félicité immuable.
A ceux qui réciteront continuellement mon essence[3]
Comme aux hommes qui m'adresseront leurs prières d'aspi-
    ration
Viendront tous les bienfaits, ô merveille incroyable ! »

1. *Sang Ngag Kadü Kyilkhor (gsang-sngags bka'-'dus dkyil-'khor)*,
un mandala où sont réunies les huit déités *Kagyé* (cf. la première partie).
2. Il s'agit des *koutsaps*, statues et images de Padmasambhava bénies
par lui pour le représenter à l'avenir. Ce sont des objets de vénération
importants pour les pratiquants.
3. Le vajra guru mantra OM ÂH HÛM VAJRA GURU PADMA SID-
DHI HÛM.

Padma séjourna un temps à la grotte de cristal. Un puissant esprit gyalpo nommé Pehar vint le perturber mais le Maître lui fit prendre l'engagement de défendre le Dharma et de préserver Samyé, les stûpas et les temples du Tibet. Za Râhula, le grand rishi des forces planétaires, se manifesta à son tour. Padma en fit alors le gardien des enseignements. Enfin, accompagné du roi Moutik Tsenpo, de disciples et de nombreux sujets, Padma parvint au col de Goung Thang au Mangyül. Faisant halte au col, il y donna un dernier enseignement.

« Ainsi, les êtres des six classes
N'ont pas dépassé la nature de la souffrance.
Alors, que sans contrainte ils méditent sur le yoga du Maître
Et meurent (en récitant) l'essence du cœur GURU PADMA SIDDHI.
GURU est le guru des enfers, "Celui qui subjugue tout" :
De couleur rouge sombre, il brandit scorpion et vajra
Et offre refuge contre les souffrances des enfers chauds et froids.
PAD est le guru des pretas, "Celui qui se manifeste en tout" :
De couleur brun foncé, il brandit un vajra et un p'ourba de fer
Et offre protection contre les souffrances de la faim et de la soif des esprits avides.
MA est le guru des animaux, "Fermeté Suprême du Lion" :
De couleur bleu foncé, il brandit tambourin et clochette
Et offre protection aux bêtes contre les souffrances de l'esclavage.
SID est le guru des êtres humains, "Le Né-du-Lotus" :
Blanc rosé, il brandit vajra et coupe crânienne
Et offre protection aux hommes contre les souffrances de la naissance, de la vieillesse, de la maladie et de la mort.
DHI est le guru des asuras, "Le Vainqueur de Tout" :
Couleur de fumée, il brandit khatvanga[1] et crâne
Et offre protection aux anti-dieux contre les souffrances de la lutte et des batailles.
HÛM est le guru des dieux, "Celui qui détient le pouvoir de l'existence" :

1. Trident.

De couleur blanc-jaune, il tient en ses mains vajra et cloche
Et offre protection aux dieux contre les souffrances de la chute.
Tels sont les six gurus[1] qui protègent les six classes d'êtres
    contre la souffrance.
Quand l'accomplissement approche, les bénédictions sont
    promptes à venir :
Pour celui, homme ou femme, qui a de la dévotion,
Où qu'il soit, un Padma dort sur le seuil de sa porte.
Quiconque adoptera pour pratique la tradition du Né-du-Lotus
Pénétrera toutes choses de sa Vue altière et élèvera le niveau
    de ses actions.
Recherchez foi et sincérité dans les paroles des sûtras et des
    tantras,
Ne faites pas des lieux situés entre monts et plaines des
    ermitages solitaires,
Mais plutôt, allez dans tous les lieux où j'ai accompli ma
    pratique :
Moi, le Né-du-Lotus, je m'en vais à présent,
Ceux qui ont foi et respect mais ne m'ont pas rencontré
Écriront mon histoire libératrice à l'encre d'or et d'argent.
Quoi qu'il arrive, bonheur ou affliction, œuvrez au bien des
    êtres, de vous-même et d'autrui.
Parmi ceux qui ont eu la joie d'obtenir la précieuse naissance
    humaine,
Il en est qui, sans compréhension ni vue, forment un grand
    troupeau de bœufs :
Fussent-ils nés à Lhassa, à Samyé ou au Dragon bariolé,
S'ils ne considèrent pas la pratique et n'accomplissent pas les
    circumambulations,
Ils plongent finalement dans des souffrances intolérables.
Ne vous enferrez point dans un corps et une parole ordinaires,
    pratiquez le Dharma
Et même nés en de mauvaises destinées, je viendrai en
    personne vous racheter.
Il n'y a point de trépas à ma vie,
Devant chaque homme empli de dévotion, il y a un Padma-
    sambhava ! »
Il dit, et tous, seigneur et sujets, se mirent à sangloter.

---

1. Ces six Guru Rinpoché sont les manifestations de Padmasambhava
dévolues à chacun des six mondes du samsâra, comme les six Munis.

Le départ

D'entre les arcs-en-ciel et les nuées blanches, rouges et jaunes apparut Balaha, le roi des chevaux, noble destrier accompagné de déités, de dâkinîs et de signes de bon augure. Padma dit encore :

« Je m'en vais, je m'en vais au pays de la Sagesse du Miroir
Et m'en allant au pays de la Sagesse du Miroir,
Contre les ennemis la colère ne grondera plus, paix de la claire
    lumière !
Je m'en vais, accompagné de l'Espace et de rigpa inséparables
    comme mère et fils ;
Je m'en vais, je m'en vais au pays de la Sagesse de l'Égalité
Et m'en allant au pays de la Sagesse de l'Égalité,
Samsâra et nirvâna ne sont plus distincts, paix de l'Espace
    absolu !
Je m'en vais, accompagné du chœur des Bouddhas primor-
    dialement accomplis ;
Je m'en vais, je m'en vais au pays de la Sagesse du Discerne-
    ment
Et m'en allant au pays de la Sagesse du Discernement,
Le désir ne m'accole plus aux relations, paix de grande félicité !
Je m'en vais accompagné de mon amie, la Vue sans effort ;
Je m'en vais, je m'en vais au pays de la Sagesse qui Tout-
    accomplit
Et m'en allant au pays de la Sagesse de l'Accomplissement,
Au combat la jalousie ne me pousse plus, paix de la déli-
    vrance !
Je m'en vais, escorté vers la terre d'extinction du monde
    phénoménal ;
Je m'en vais, je m'en vais au pays de la Sagesse de l'Espace
    absolu
Et m'en allant au pays de la Sagesse de l'Espace absolu,
Point ne retourne dans le sommeil de l'ignorance obscure, paix
    de la non-méditation !
Je m'en vais escorté de mes trois amis, les arcs-en-ciel, les
    lumières et les rayons ;
[…]

Je m'en vais, je m'en vais au palais de la Glorieuse Montagne
    Cuivrée
Et m'en allant au palais de la Glorieuse Montagne Cuivrée,
Vais assujettir au Dharma tous les ogres.
Que longtemps demeure la santé du seigneur et de ses sujets !
Ma compassion ne connaissant point d'interruption, priez-
    moi ! »

    Il dit encore :

« Tandis qu'au palais de grande félicité
Se rend Padmasambhava,
Retournez sans désirer l'accompagner davantage ; il reviendra,
Car son Esprit, au-delà de l'union et de la séparation, ne
    connaît point d'entraves.
M'ayant rencontré, contemplez-moi à l'avenir,
Et si vous ne me voyez pas, méditez !
Contemplez encore et encore, contemplez sans distraction !
Quand vient le jour, méditez sur la grande compassion,
Quand tombe la nuit, méditez sur moi, Padma.
Ayant accompli le Dharma des hommes et non encore celui
    des dieux,
Abandonnez les actes de cette vie, ô seigneur et sujets ! »
Il dit et monta sur l'excellent et précieux cheval.
Les héros des quatre classes guidèrent sa monture
Et enveloppé d'une lumière irisée il s'en fut dans le ciel.
Prince et sujets étaient comme poissons sur du sable chaud ;
Au mépris de la faim et de la soif, ils demeuraient au col de
    Goung Thang.
Puis prince, ministres et sujets
Échouèrent à la ville de Rongthang Shodzing du pays de
    Mang.
Vingt-cinq d'entre eux se mirent à méditer
Et contemplèrent le sillage du Maître dans le soleil matinal :
D'entre les rayons solaires, tel un corbeau s'éloignant,
Il disparaissait peu à peu, cheminant dans la lumière
Puis il parut tels un ramier, un passereau,
Une abeille et enfin une minuscule bulle disparaissant…

Une terre pure :
la Glorieuse Montagne Cuivrée

Depuis lors, Guru Rinpoché séjourne chez les Raksha-sas domptés, à Zangdok Pelri, la Glorieuse Montagne Cuivrée dont il a fait sa Terre pure et son mandala :

« La Glorieuse Montagne Cuivrée a pour forme un cœur ;
Ses fondations plongent dans le royaume du roi des nâgâs.
Construite spontanément, sa partie médiane resplendit dans le
    domaine des dâkinîs
Et son sommet rivalise avec le monde divin de Brahmâ[1]. [...]
Au sommet flamboyant de la Glorieuse Montagne
Aux couleurs de pur cristal à l'est, de lapis lazuli au sud,
De rubis à l'ouest et d'émeraude au nord,
Voici le palais lumineux sans dehors ni dedans.
Tout dans le grand palais octogonal,
Du sommet jusqu'à la base, est fait de matières précieuses.
La cour intérieure, les angles et les quatre sortes de reliefs
    muraux
Ont l'éclat des couleurs des quatre activités éveillées ;
Murs, corniches ornées de déesses d'offrandes des sens,
    moulures, filets-franges,
Festons et balustrades brillent de l'éclat des cinq joyaux ;
Et, les frontons des quatre portes ornés chacun d'une roue du
    Dharma,
L'ensemble est magnifiquement paré d'une multitude de
    matières précieuses.
Il y a l'arbre qui exauce les souhaits, la fontaine d'ambroisie,
Et des arcs-en-ciel quinticolores se rassemblant tels des nuées
    tant à l'extérieur qu'à l'intérieur.
L'atmosphère baigne dans la clarté des fleurs de lotus.
Le simple fait de se souvenir de ce lieu comble de félicité.
A l'intérieur de ce grand palais

1. Ce texte est une prière du *Léou Dünma*. A l'origine, elle comprend un refrain de deux lignes de prière qui revient toutes les quatre lignes. Ces lignes ne figurent pas ici pour ne pas interrompre la description de la Glorieuse Montagne Cuivrée.

Zangdok Pelri,
la Glorieuse Montagne Cuivrée.

Se dresse un trône de soleil et de lune octogonal fait de
   matières précieuses
Et, sur le lotus flamboyant du non-attachement,
Voici Padmasambhava qui réunit en lui tous les Sugatas.
Selon qu'il a l'intention d'apaiser, d'accroître, de contrôler ou
   de subjuguer,
Sa couleur, ses attributs et ses ornements varient
Mais son éclat est toujours supérieur à celui de mille soleils
Et sa splendeur dépasse celle du Mont Meru !
Partout à travers le monde, les émanations de son Esprit se
   répandent.
Il regarde, roulant ses yeux pareils au soleil et à la lune,
Et son action compatissante est plus rapide que l'éclair dans le
   ciel.
Son esprit de Sagesse est semblable à l'espace,
Et, par amour, il agit pour le bien des êtres.
Son visage a l'éclat d'un beau sourire, Ya la la !
Le son de sa voix, plus fort que le grondement de mille
   tonnerres,
Est le son du profond Dharma du Mantra secret, Di ri ri !
Autour de lui – grand Corps d'apparition – dans les huit
   directions,
Piétinant de tout leur poids ennemis perfides et obstructeurs,
Voici les Courroucés dompteurs de démons, les Sugatas des
   cinq familles
Du Corps, du Verbe, de l'Esprit, des Qualités et de l'Activité.
Aux quatre orients, dressés sur des lotus à quatre pétales,
Voici les quatre clans de Gings et les quatre classes de dâkinîs.
Tous sans exception arborent les attributs macabres des
   charniers,
De splendides ornements, et adoptent des postures de danse.
Aux quatre coins du grand palais, dans les corridors,
Aux angles et saillies, abondent vidyâdharas et dâkinîs,
Nuées de dieux et de déesses,
Qui répandent multitudes d'offrandes extérieures, intérieures
   et secrètes.
Aux corniches du précieux palais
Déborde une foule de déités d'offrandes qui, pareilles aux
   nuages de pluie,
Comblent le monde entier d'offrandes des six stimulants des
   sens,

Et honorent les sugatas avec les offrandes de Samantabhadra.
Aux quatre portes du vaste palais,
Les quatre grands rois agissent selon les ordres qui leur sont
    donnés,
Envoyant serviteurs et messagers des huit classes de dieux et
    de démons
Réduire en poussière démons et Tirthikas. »

CHAPITRE IV

Le Tibet lors de la venue
de Padmasambhava

Des repères historiques difficiles

Toute tentative pour retracer le séjour de Padmasambhava au Tibet se heurte à l'imprécision des dates historiques du règne du roi Trisongdétsen et aux incertitudes concernant sa succession.

En effet, les annales religieuses, les chroniques anciennes et modernes, les *Kathang* et les termas ne s'accordent guère sur les dates. Aux VIIIe et IXe siècles, les Tibétains utilisaient déjà la datation chinoise, mais la datation par cycles de soixante ans ne sera officiellement adoptée qu'en 1027. Une certaine incertitude plane donc sur les dates.

Selon la thèse la plus vraisemblable [1], qui est celle des annales de Dun-huang et des chroniques chinoises des T'ang, le roi Trisongdétsen naquit en 742 (année du Che-

---

1. L'autre thèse, soutenue par le *Depter Marpo* et le *Nyingma Tchö-djoung*, « L'histoire des Nyingmapas » de Düdjom Rinpoché (1904-1987) donne 790 (année du Cheval-Métal) pour la naissance du roi et 802 pour son accession au trône. L'arrivée de Padmasambhava en 810 (Tigre-Métal) indiquerait donc la fondation de Samyé cette même année. Samyé aurait été achevé en 814 (Cheval-Bois), et le roi serait mort en 844 ou 845, à l'âge de cinquante-cinq ans. Padmasambhava serait donc arrivé au Tibet en 810, pour le début de la construction de Samyé. Le roi mourant en 844-845, Mouné Tsenpo aurait été assassiné en 850. Selon les *Debter Marpo*, Sénalek monte sur le trône cette année-là. Padma aurait quitté le Tibet en 864, après un séjour de cinquante-quatre ans.

val-Eau). Il monta sur le trône à l'âge de treize ans en 755. Beaucoup de termas indiquent que la construction du monastère de Samyé eut lieu très tôt dans le règne du roi. Padmasambhava serait donc arrivé vers 762 (Tigre-Eau) au Tibet, et cette année-là marquerait le début de l'édification. La construction fut achevée en cinq ans, ce qui nous mène à 766 (Cheval-Feu). Selon les sources de Dun-huang, la construction aurait plutôt débuté douze ans plus tard en 774 (Tigre-Bois), pour s'achever en 778 (Cheval-Terre) ou 779. 779 serait l'année où Shântarakshita aurait ordonné sept moines. Vers 791, Trisongdétsen promulgua son édit faisant du bouddhisme la religion officielle. Le débat de Samyé entre maîtres chinois et maîtres indiens se serait produit entre 792 et 794. Selon ces mêmes sources, Trisongdétsen meurt en 797, à l'âge de cinquante-cinq ans, ou en 804. Cette mort elle-même recèle quelques mystères et sa cause n'est pas claire, ainsi que l'indique le *Padma Kathang*. Il est souvent dit que Padmasambhava et les ministres gardèrent cette mort secrète plusieurs années. Mais, selon le *Kathang Zanglingma*, le roi devait vivre cinquante-six ans et, grâce à une initiation de longue vie que lui octroya Padma, il vécut en fait jusqu'à l'âge de soixante-neuf ans. Ces deux versions différentes mettent en lumière une incertitude de plusieurs années.

La succession du roi Trisongdétsen nous plonge dans l'incertitude. Par recoupements et selon la version la plus probable, Trisongdétsen aurait eu quatre fils : trois de la reine Tsépongdza – Moutri Tsenpo, Mouné Tsenpo et Mouroub Tsenpo (ou Mouroum Tsenpo, *alias* Lhasé Damdzin) – et un de la reine Droza Tchangtchoup – Moutik Tsenpo (*alias* Sénalek Djing Yön, *alias* Tridesongtsen). Le premier fils, Moutri Tsenpo, serait mort en bas âge. Le deuxième, Mouné Tsenpo, a succédé fort peu de temps à Trisongdétsen : ses velléités de réformes égalitaires lui valant d'être empoisonné par les soins de sa propre mère, il n'aurait régné qu'un an et sept mois (797-798). En toute logique, c'est le troisième fils de Tsépongdza, Mouroub Tsenpo, qui aurait dû alors régner en sa qualité d'aîné, mais ce disciple de Guru Rinpoché, un érudit qui maîtrisait les pratiques de *Vajrakîlaya*, tua malencontreusement le fils d'un ministre Shang dans une querelle et fut exilé : il fut nommé général aux frontières septentrionales où il battit les armées chinoises et turques. Il vécut ensuite dans le Kongpo. Selon une version, il serait mort des suites d'une chute de cheval et, selon d'autres, il quitta l'existence en un Corps d'arc-en-ciel. Quoi qu'il en soit, il ne régna jamais, et c'est son demi-frère, Moutik Tsenpo, le jeune fils de la reine Droza Tchangtchoup, qui monta sur le trône, bien qu'il fût encore jeune. Surnommé Sénalek Djing Yön, il fut disciple de Padmasambhava qui passa ses trois dernières années au Tibet lors de son règne. Moutik Tsenpo, encore appelé Tridesongtsen[1], aurait régné de 804 à 814 ou 817. Il favorisa la diffusion du bouddhisme et encouragea l'œuvre de traduction amorcée sous Trisongdétsen. Il eut cinq fils : les deux premiers, Lharjé et Lhündroup, moururent jeunes. Tsangma, le troisième, embrassa la vie monastique, et Langdarma, bien que plus âgé que Tri Relpatchen, fut jugé inapte à monter sur le trône. Ce fut donc Tri Relpatchen qui succéda à Sénalek. De 815 à 838 ou 842, il renforça l'établissement du bouddhisme au Tibet. Il signa un traité de paix avec la Chine en 822 et fit ériger un pilier commémoratif de cet événement à Lhassa, le *Döring*. Il devint moine avant d'être assassiné sous l'instigation de ministres défavorables au Dharma. Son demi-frère, Langdarma, monta alors sur le trône. Hostile au bouddhisme mais surtout au pouvoir monastique croissant, il en ordonna la persécution. Après son assassinat en 842 ou 846 par Lhaloung Pelgyi Dordjé, la dynastie royale s'effondre. Il s'ensuit plus d'une centaine d'années de confusion et de luttes intestines entre les descendants de Langdarma, et le Tibet se retrouve morcelé en plusieurs royaumes.

---

1. Certaines biographies (*Kathang Zanglingma, Léou Dünma*) font mention du prince Moutri Tsenpo qui règne sur le Tibet lors du départ de Padmasambhava. Ce second Moutri Tsenpo est en fait identique à Moutik Tsenpo, *alias* Sénalek.

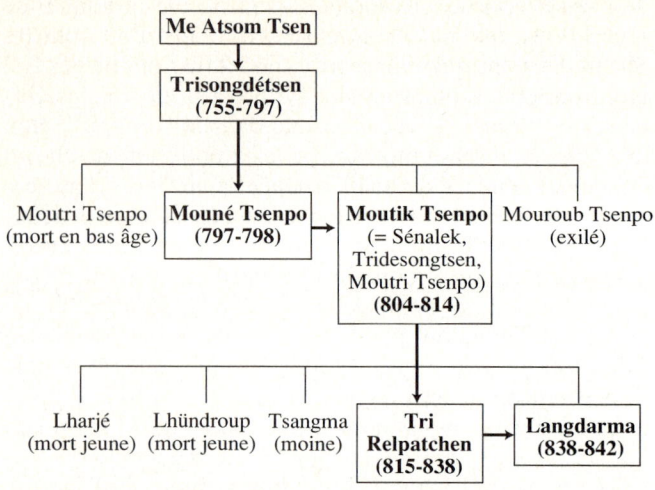

Généalogie des derniers rois tibétains.

Padmasambhava serait donc arrivé au Tibet peu avant la fondation de Samyé, soit donc en 762 ou en 774. Certaines annales disent qu'il n'y serait demeuré que quelques mois, obligé de partir sous la pression de ministres hostiles. D'autres sources déclarent qu'il y séjourna cinquante-cinq ans ou même davantage. Il est probable que Padmasambhava resta un certain nombre d'années au Tibet, car son œuvre ne se limita pas à l'édification de Samyé. Pour cette action, il ne demeura peut-être officiellement que peu de temps au Tibet, mais il y séjourna ensuite en de nombreux ermitages, prodiguant enseignements et transmissions de pouvoir à ses disciples. Cette activité secrète échappa sans doute à la vue du plus grand nombre. Si l'on en croit les divers *Kathang*, il demeura au Tibet après la mort de Tri-songdétsen en 797. De nombreux textes relatent qu'avant son départ il prodigua ses conseils spirituels à Mouné

Tsenpo puis à Moutik Tsenpo, *alias* Moutri Tsenpo[1]. Il aurait donc quitté le Tibet aux environs de 804, après un séjour d'au moins trente années.

Les maîtres contemporains de Padmasambhava

A son arrivée au Tibet, Padmasambhava est accueilli par le roi Trisongdétsen et l'Abbé Bodhisattva **Shântarakshita**, un personnage discret qui joue pourtant un rôle de première importance dans la diffusion du bouddhisme. Né au Zahor aux environs de 700, érudit renommé à l'université de Nâlandâ, il eut pour disciples Kamalashîla et Haribhadra. Invité au Tibet par le roi Trisongdétsen, il y établit la lignée du *Vinaya* monastique et de la philosophie *Mâdhyamika-svâtantrika*, une branche du *Mâdhyamaka*. Il écrivit deux importants traités philosophiques, le *Mâdhyamakâlankâra* et le *Tattvasangraha*. Chargé de la fondation du monastère de Samyé, il en fut empêché par l'hostilité des déités locales et conseilla au roi d'inviter Padmasambhava pour surmonter les difficultés. Après l'achèvement de Samyé, Shântarakshita ordonna les sept premiers moines tibétains, comptant parmi eux Pagor Vairocana, Namkhaï Nyingpo, Ma Rintchen Tchok et Gyalwa Tchöyang. Avant sa mort, il conseilla au roi d'inviter Kamalashîla qui soutint, au débat de Samyé, le bouddhisme indien contre les doctrines chinoises subitistes de Hoshang Mahâyâna, ce qui se solda par l'expulsion des moines chinois du Tibet[2].

Autre éminent invité indien du roi, **Vimalamitra**, « l'égal de Padmasambhava », fut disciple de Shrî Simha et de Jñânasûtra, et avait déjà une complète maîtrise du Dzog-

---

1. Dans le *Léou Dünma* et la biographie de Yéshé Tsogyal.
2. Ce débat, qui entraîna le rejet du Tch'an chinois, marque aussi un choix politique : désormais, le Tibet tourne le dos aux influences chinoises et s'ouvre entièrement à l'influence indienne.

Dates	*Événements politiques*	*Événements religieux*

755   Début du règne
de Trisongdetsen

762
763   Les troupes tibétaines
766   à Tch'ang-'an
(occupation de
la capitale chinoise)

Arrivée possible de Padmasambhava
774   Début d'édification de Samyé
(Dun-huang)

778
779   Achèvement de Samyé (Dun-huang)
Shântarakshita ordonne
les premiers moines

791   Trisongdétsen proclame le bouddhisme
792   Expulsion des Hoshang   religion d'État
794   chinois   Débat de Samyé (792-794) entre
subitistes chinois (Hoshan Mahâyâna)
797   Mort de Trisongdétsen (?)   et gradualistes indiens (Kamalashîla)
798   Assassinat de Mouné Tsenpo (?)
800

804   Début du règne de Sénalek

Départ possible de Padmasambhava

814   Mort de Sénalek
815   Début du règne de Tri Relpatchen

822   Édification du Döring à Lhassa
(traité de paix avec la Chine)

838   Assassinat de Tri Relpatchen
842   Début du règne de Langdarma
Assassinat de Langdarma

*Chronologie possible du séjour
de Padmasambhava au Tibet.*

chen avant sa venue au Tibet[1]. Comme Padmasambhava, il avait obtenu le Corps du Grand Transfert, stade de réalisation très rare qui permet de vivre quasi indéfiniment. Pendant treize ans, il fut le soutien actif du Dharma au Tibet et collabora avec Vairocana et Padmasambhava à la transmission du Dzogchen. A son principal disciple, Nyang Tingdzin Zangpo, il confia le *Vima Nyingthik*, « La Sphère du Cœur de Vimalamitra », puis quitta le Tibet pour le mont Wou T'ai Shan en Chine où, dit-on, il réside encore. Vimalamitra fit la promesse de revenir s'incarner tous les cent ans au Tibet pour maintenir l'enseignement. Au cours de l'histoire, de nombreux maîtres ont été considérés comme ses réincarnations.

Nyang Tingdzin Zangpo fut un personnage clé. En sa qualité de ministre royal, il inspira et soutint la politique de Sénalek et de Tri Relpatchen en faveur du Dharma. Fondateur du temple de Sho Lhakhang, il y dissimula les textes du *Vima Nyingthik* dans un pilier, mais transmit les instructions orales correspondantes à son disciple Drom Rintchen Bar. La transmission du *Vima Nyingthik* devint ainsi partiellement « cachée » *(terma)*, partiellement « orale » *(kama)*. Nyang Tingdzin Zangpo fut probablement exécuté sur ordre de Langdarma vers 840, mais, selon d'autres sources, il atteignit la réalisation du Corps d'arc-en-ciel.

Les vingt-cinq disciples

Au Tibet, Padmasambhava eut vingt-cinq grands disciples. Leur liste est sujette à quelques petites variations selon les sources, mais les principaux d'entre eux sont partout cités. En tibétain, on les appelle *Djé bang nyer nga*, « Les vingt-

---

1. Pour plus de détails sur son hagiographie, cf. *La Liberté naturelle de l'esprit*, Paris, Le Seuil, « Points Sagesses » (Sa 66), 1994, p. 45-47.

cinq, dont le roi *(djé)*, et ses sujets *(bang*, Vairocana, etc.) [1] »
ou encore « Les vingt-cinq Accomplis de Tchimp'ou ».
Parmi les principaux d'entre eux figurent donc Yéshé Tsogyal et le roi Trisongdétsen lui-même.

Yéshé Tsogyal [2] fut la plus proche disciple de Padmasambhava au Tibet et joua un rôle capital dans la préservation de ses enseignements. Émanation de la Parole de
Vajravârahî [3], la Dakinî de Sagesse, fille du seigneur de
Khartchen, l'une des sept principautés tibétaines, Yéshé
Tsogyal naquit et grandit sous les meilleurs auspices.
Mais, devenue jeune fille, elle fut bientôt l'enjeu d'un
conflit entre deux prétendants, le seigneur de Khartchou
et celui de Sourkhar. Enlevée et battue par le premier, la
jeune fille se rebella, réussit à s'échapper... pour tomber
aux mains de son rival. Le conflit allait dégénérer en
guerre quand le roi Trisongdétsen intervint en personne
et demanda sa main. C'est ainsi que Yéshé Tsogyal devint
l'une des reines du Tibet. Peu de temps après, Padmasambhava arrivait au Tibet. Outre de riches offrandes et son
royaume, le roi fit don de Yéshé Tsogyal au Maître qui
entreprit l'éducation spirituelle de la jeune fille avant que
celle-ci ne devienne sa disciple et son épouse mystique.

Dans les ermitages de Tchimp'ou et de Yamaloung, il
lui enseigna d'abord les sûtras et les neuf véhicules, puis
l'initia dans le mantrayâna secret. Mais les ministres
finirent par remarquer l'absence prolongée de la reine
et Trisongdétsen dut avouer en avoir fait présent à son
maître. Furieux d'un tel manquement à la tradition ances-
trale, les ministres Shang, déjà hostiles au bouddhisme,
saisirent cette occasion pour obtenir l'expulsion de Padma
et le bannissement de Yéshé Tsogyal. Faisant mine d'ob-
tempérer, tous deux se cachèrent en secret à Shotö Tidro

---

1. Les trois principaux d'entre eux, *Djé bang drok soum*, étant le
roi *(djé)*, son sujet Vairocana *(bang)* et l'amie ou épouse *(drok)*, Yéshé
Tsogyal.
2. Cf. *La Vie de Yéshé Tsogyal, souveraine du Tibet, op. cit.*
3. *Ibid.*

*Yéshé Tsogyal, la dâkinî de Sagesse
de Padmasambhava.*

où Padma transmit à Yéshé Tsogyal le *Khandro Nyingthik*, « L'Essence du Cœur des Dâkinîs ». Elle médita longuement selon ses instructions et obtint de grands accomplissements. Après cela, elle lui fit la requête de l'enseignement du Dzogchen. Padma lui conseilla alors de prendre le chemin du Népal pour trouver le compagnon de yoga qu'il lui fallait et, après quelques tribulations, elle rencontra Atsara Salé, un jeune esclave qu'elle racheta grâce à l'or obtenu en ressuscitant le fils d'un riche marchand. De retour au Tibet, ils reçurent tous deux du Maître la troisième initiation et pratiquèrent en secret le yoga de l'union, puis rejoignirent Tchimp'ou où les vingt-cinq disciples s'étaient réunis pour recevoir l'initiation des *kagyé*. Le maître transmit à Yéshé Tsogyal le sâdhana de l'*Union des trois racines*. Elle repartit à Tidro pour une retraite de six années, pendant laquelle elle se rendit en vision dans le pays des dâkinîs, en Oddiyâna, puis obtint la maîtrise du yoga de la chaleur interne *(toumo)* et s'adonna aux austérités. A sa sortie de retraite, elle maîtrisait parfaitement la pratique de *Vajrakîlaya* et fut appelée à participer au débat qui opposa les maîtres bön et bouddhistes. Après la mort du roi Trisongdétsen, Yéshé Tsogyal dut à nouveau s'exiler à cause des intrigues des reines hostiles. Elle se rendit au Tsang, à Jomo Kharak, puis au Népal où elle rencontra Kâlasiddhi et d'autres dâkinîs, disciples de Padma. Dès son retour, aidée de Namkhaï Nyingpo et de plusieurs autres disciples, elle œuvra sans répit à la préservation des enseignements de Padmasambhava, couchant par écrit la plupart d'entre eux et participant activement à la dissimulation des trésors. Puis le moment vint où le Maître quitta le Tibet, au grand désespoir de tous. Ne faisant plus qu'une avec Padmasambhava, sans relâche, Yéshé Tsogyal assura la transmission de ses enseignements à de nombreux disciples. Elle vécut ainsi jusque sous le règne de Tri Relpatchen, puis les dâkinîs célestes l'invitèrent à rejoindre la dimension absolue…

Du grand roi **Trisongdétsen**, il a déjà été largement question dans la Vie de Padmasambhava. Sa tâche ne fut pas des plus faciles. Originaire du clan Dé de tradition bön, entouré de ministres Shang, marié à Tsépongdza, une femme de ce même clan, il eut de grandes difficultés à imposer le Dharma comme religion officielle. Bien qu'il fît parfois preuve d'hésitations et de maladresses, sa dévotion sincère envers Padmasambhava ne fléchit jamais et celui-ci le considéra comme l'un de ses disciples principaux. Il fut parmi ceux qui reçurent la transmission de pouvoir des *Kagyé* à Tchimp'ou. Sa fleur tomba au centre du mandala, sur *Tchemtchok Heruka*, le Grand Suprême. Il en pratiqua le sâdhana et réalisa que son propre corps était le mandala des déités. De Padmasambhava, il reçut aussi, semble-t-il, une initiation de longue vie qui lui permit de prolonger sa vie de cinquante-cinq à cinquante-neuf ans. Outre Padma, Trisongdétsen eut deux autres maîtres : Pagor Vairocana, de qui il reçut le *Dzogchen Semdé*, et Namkhaï Nyingpo.

Il a aussi beaucoup été question de **Pagor Vairocana**, le roi des traducteurs, dans la Vie de Padmasambhava. Choisi par Padmasambhava lui-même, Pagor Vairocana, tibétain de souche, fut entraîné à la traduction puis envoyé en Inde pour y recevoir transmissions et textes. Il y rencontra de nombreux maîtres, dont Shrî Simha qui lui enseigna en secret, la nuit, les préceptes du *Dzogchen Semdé* et du *Longdé*. Avant de quitter l'Inde, Vairocana maîtrisa tous ces enseignements ainsi que l'art yogique de la « course rapide ». De retour à Samyé, il instruisit secrètement le roi en *Dzogchen Semdé*, mais sa présence à la cour suscita les calomnies des ministres du clan Shang. La reine Tsépongdza, animée de sentiments nationalistes, accusa Vairocana d'avoir tenté de la séduire. A contrecœur, le roi exila le traducteur dans l'est du Tibet, à Gyalmo Rong, où Vairocana rencontra Youdra Nyingpo qui devint son disciple. Durant son exil, Vairocana transmit le *Dzogchen Semdé* à Sangtön Yéshé Lama et le *Longdé* à Pang Mip'am Gönpo. Au bout de quelques années, Youdra Nyingpo fut envoyé au Tibet central où il contacta Vimalamitra. Celui-ci conseilla au roi de rappeler Vairocana. A son retour, Vairocana, aidé de Kawa Peltsek et de Tchok Ro

Lüi Gyaltsen, dirigea les grands travaux de traduction
à Samyé. Lors de la grande initiation de Tchimp'ou, la
fleur de Vairocana tomba sur *Möpa Drak Ngak*, qu'il alla
pratiquer à l'ermitage de Yamaloung. Vairocana devint
inséparable de l'esprit de Padmasambhava qui lui disait :
« Comme je suis, tu es. » Vairocana réalisa le Corps de
lumière[1].

Namkhaï Nyingpo, qui compta parmi les premiers
moines ordonnés par Shântarakshita, fut envoyé en Inde
avec quatre compagnons. Seul à recevoir la totalité des
enseignements de Hûmkara sur *Yangdak Heruka*, il devint
à son retour le maître du roi. Mais sous la pression des
ministres Shang, il dut s'exiler à Khartchou, dans le Lhodrak, au nord du Bhoutan. Il y mena sa pratique jusqu'à
l'accomplissement et acquit le pouvoir de percer le roc
de sa dague et de voyager en chevauchant les rayons
solaires. Rappelé auprès du roi malade, il sut le guérir
et devint l'un des plus fidèles soutiens du développement
du Vajrayâna au Tibet. Il quitta l'existence pour Khatchö,
la terre pure des dâkinîs, sans laisser de corps physique.

Né dans la vallée de Drak, **Noup Sangyé Yéshé** étudia
d'abord les tantras avec Otren Pelgyi Shyönnou, son premier maître. A Tchimp'ou, sa fleur tomba sur le mandala
de *Yamântaka*, pratique qu'il maîtrisa en vingt et un jours
dans les grottes proches de Samyé. Puis, dans les grottes
de Drak Yangdzong, il accomplit la pratique de *Vajrakîlaya*, devenant capable de pulvériser les rochers en les
touchant de son *p'ourba*[2] en bois et de percer la nature
grossière des apparences. Il se rendit ensuite en Inde, au
Népal et au Drousha (Gilgit), en Asie centrale, et reçut
les enseignements de Shrî Simha, de Vimalamitra et de
Tchetsen Kyé. Également disciple de Nyak Jñânakumâra

---

1. Les maîtres accomplis du Dzogchen sont susceptibles de réaliser le
Corps d'arc-en-ciel, jalü *('ja'-lus)*, ou Corps de lumière, où le corps
physique rejoint sa nature originelle, l'essence lumineuse des éléments,
et se dissout donc en lumière. Fréquemment, seuls demeurent les ongles
et les cheveux, résidus impurs.
2. Le p'ourba *(phur-ba)* ou kîlâ, la dague rituelle pyramidale.

Namkhaï Nyingpo,
l'un des vingt-cinq disciples.

et de Sokpo Pelgyi Yéshé, il devint le grand détenteur du
Mahâyoga, de l'*Anuyoga* et du Dzogchen Semdé dont il
reçut l'ensemble des transmissions *kama*. Il aida Yéshé
Tsogyal à compiler les enseignements du Maître et, lors
du bref et violent règne de Langdarma, sut imposer le respect grâce à ses pouvoirs : le jour où le roi lui rendit visite,
Noup Sangyé Yéshé pointa son doigt vers le ciel en pro-
nonçant un mantra et instantanément apparut un énorme
scorpion de la taille d'un yak. Du scorpion jaillirent des
éclairs qui pulvérisèrent des rochers près de là. Terrorisé,
le roi jura qu'il ne persécuterait ni le maître ni ses
disciples yogis à la robe blanche. Noup Sangyé Yéshé put
ainsi préserver les textes de la transmission orale dans
sa bibliothèque privée et vécut, dit-on, jusqu'à l'âge de
cent trente ans.

Nyak Jñânakumâra naquit au sud du Tibet et fut
ordonné moine par Shântarakshita. A Tchimp'ou, sa fleur
tomba au centre du mandala sur *Tchemtchok Heruka*. Par
sa pratique, il obtint des pouvoirs de transformation comme
celui de prendre l'apparence d'un corbeau. Vimalamitra
lui transmit *Vajrakîlaya* dont il obtint la parfaite maîtrise,
faisant jaillir de l'ambroisie des rochers. Également disciple de Pagor Vairocana et de Youdra Nyingpo, Nyak
collabora aux traductions des tantras du *Filet d'Illusion*
et joua un grand rôle dans la transmission du *Mahâyoga*.

Gyalwa Tchöyang prit les vœux de moine et de bodhisattva auprès de Shântarakshita. A Tch'impou, sa fleur
tomba sur Hayagriva, « Le Verbe du Lotus ». Par sa pratique, il put maîtriser toutes les tendances karmiques par
le non-agir et obtint des pouvoirs tels que se transformer
en une masse de feu ou faire surgir une petite tête de
cheval au sommet de sa tête. Il traversa sans dommage la
période de persécutions de Langdarma dont il sauva, dit-
on, le petit-fils, Ngadak Pelkhor Tsen.

Du clan Drokmi, **Pelgyi Yéshé** étudia et traduisit les
tantras de *Mamo Bötong* dont il reçut la transmission à
Tchimp'ou. Grâce à sa compréhension, il pouvait d'un
regard détruire les obstacles et libérer les êtres de la souf-

france. Il pouvait aussi converser avec les dâkinîs et se faire obéir des Mamos. Il pratiqua dans les solitudes enneigées et eut de nombreux disciples.

Du clan Lang, **Pelgyi Sengué** fut l'un des cent huit Lotsâvas envoyés en Inde et en Oddiyâna. Il devint à son retour l'un des fils du cœur de Guru Rinpoché et, lors de l'initiation à Tchimp'ou, sa fleur tomba sur *Jikten Tchötö*. Il obtint le pouvoir de se faire obéir des huit classes de dieux et de démons. Laïc marié, il eut trois fils qui furent ses disciples.

Né dans le clan du roi et d'abord étudiant du bön, **Süpou Pelgyi Sengué** fut l'un des émissaires mandés par le roi pour inviter Padmasambhava. Envoyé en Inde, il devint à son retour un grand érudit en textes sanscrits et traduisit des textes de *Mamo*, de *Yamântaka* et de *Vajrakîlaya*. Il pratiqua *Vajrakîlaya* et obtint des pouvoirs tels que séparer les eaux d'une rivière de son *p'ourba* pour la traverser à sec. Artiste, il participa à la décoration de Samyé et érigea un grand stûpa blanc.

Ministre de Trisongdétsen, **Nanam Dordjé Düdjom** fut l'un des émissaires envoyés au Népal pour inviter Guru Rinpoché. Initié à *Jikten Tchötö* mais aussi à *Vajrakîlaya*, il parvint à trancher le cours de ses pensées et obtint le pouvoir de planter son *p'ourba* dans les rocs et de voler dans les airs comme le vent. Il traduisit de nombreux textes tantriques à Tsangrong, son pays d'origine, et transmit sa lignée à son clan.

Maître réalisé dans la tradition bön avant de devenir moine bouddhiste, **Drenpa Namkha** déclara qu'au regard de la réalisation ultime il n'était nul besoin de discriminer entre bouddhisme et bön. Devenu disciple de Padmasambhava, doué de grands pouvoirs et pleinement éveillé, il contribua à la diffusion de ses enseignements et du *Dzogchen Semdé*, tout en préservant la tradition du bön du svastika.

Moine ordonné par Shântarakshita, **Ma Rintchen Tchok** devint expert dans la pratique alchimique de *Tchülen*, « prendre la quintessence des éléments », transformant les minéraux en ambroisie pour s'en nourrir. Traducteur des sûtras et shastras, habile dialecticien mâdhyamika, il fut l'un des huit érudits responsables de la traduction des tantras du *Mahâyoga*, notamment du *Guhyagarbha mâyâjâla tantra*. Il participa au débat de Samyé aux côtés de Kamalashîla. Également disciple de Vimalamitra, il échappa à la persécution de Langdarma et préserva la transmission du Mahâyoga.

Enfant, **Kawa Peltsek** fut reconnu par Padmasambhava pour ses grandes capacités. Après avoir étudié les sûtras sous la direction de Shântarakshita, cet éminent moine traducteur fut guidé par Padmasambhava dans l'étude des tantras et acquit une grande clairvoyance. Auteur de commentaires de tantras, il fut aussi le traducteur attitré du Maître et nombreux sont les textes tantriques et du Dzogchen dont la traduction est signée des deux noms.

Parmi les autres disciples, **Shang Yéshé De,** encore connu sous le nom de Nanam Yéshé, fut un grand traducteur et maîtrisa la pratique de *Vajrakîlaya*, grâce à laquelle il pouvait voler comme un oiseau ; **Yéshé Yang** était un moine qui transcrivit, édita et dissimula de nombreux enseignements secrets de Padmasambhava ; **Sokpo Hapel** était un forgeron qui pratiqua *Vajrakîlaya* sous la direction de Nyak Jñânakumâra ; **Khartchen Pelgyi Wangtchouk**, le frère de Yéshé Tsogyal, devint un des fils du cœur de Padmasambhava et grand pratiquant de *Vajrakîlaya*. Il accompagna souvent sa sœur dans ses voyages et transmit les enseignements *kama* à ses disciples. **Denma Tsémang,** érudit en langue sanscrite, traduisit et édita les notes des textes de Padmasambhava qu'il éclaira de sa compréhension profonde. On lui attribue l'invention d'un style calligraphique tibétain. **Gyalwai Lodrö**, membre de la cour royale, se rendit en Inde, y devint moine et étudia le sanscrit et les textes sous la direction de Hûmkara. Devenu disciple de Padmasambhava, il réalisa *Yangdak Heruka* et fut capable d'arracher sa mère et d'autres êtres aux royaumes inférieurs. Il atteignit une grande longévité, vivant encore, dit-on, à l'époque de Rongdzom Tchöyang (XIe siècle). Du clan Drogmi, **Khyéou Tchoung Lotsâva**, fut un grand érudit en sanscrit qui reçut les enseignements de Padma et devint un tantrika laïc capable d'enseigner aux oiseaux. **Otren Pelgyi Wangtchouk**, laïc comme le précédent, fut un érudit traducteur qui joua un rôle dans la transmission *kama*. **Köntchok Djoung Né** fut un puissant ministre de Trisongdétsen qui reçut le *Nyingthik* de Padmasambhava. Il devint un Mahâsiddha de l'intrépidité et partit en Corps de lumière. **Gyalwa Tchang Tchoup** fut l'un des premiers moines ordonnés par Shântarakshita et l'un des plus grands érudits tibétains. Ce traducteur compta parmi ceux qui reçurent les instructions finales de Padmasambhava à Thadrouk, juste avant son départ.

Lhaloung Pelgyi Dordjé joua un rôle spécial. Envoyé à la frontière sino-tibétaine pour empêcher toute intrusion militaire chinoise, il fit, lors des combats, la douloureuse expérience de l'impermanence de l'existence et décida de se rendre à Samyé pour écouter l'enseignement. Là, il étudia auprès de Vimalamitra et reçut les transmissions de Padmasambhava. Après le départ de Padma, il médita longuement en divers ermitages de montagne et acquit de grands pouvoirs tels que traverser les rochers et voler dans les airs. Quand, quelques décennies plus tard, il entendit parler des exactions du roi Langdarma, il décida de « libérer » ce roi dément. Vêtu de noir, chapeau noir à larges bords, cheval blanc noirci au charbon, Pelgyi Dordjé se rendit à Lhassa pour se joindre aux danseurs qui exécutaient une danse rituelle devant le roi. Au bon moment, il ajusta une flèche. Le roi, frappé en plein front, tomba mort et le yogi transféra son esprit dans les champs purs. En s'enfuyant, il traversa le fleuve Kyichou, retourna sa cape noire doublée de blanc, lava sa monture et put ainsi échapper à ses poursuivants. Il pratiqua le restant de sa vie au Tibet oriental, dans le Kham, où il atteignit finalement le Corps de lumière.

On compte aussi fréquemment **Youdra Nyingpo** parmi les vingt-cinq disciples. Ce prince de Gyalmo Rong reçut les enseignements de Pagor Vairocana, alors en exil.

Devenu un grand traducteur érudit, il se rendit au Tibet central et fit rappeler son maître auprès du roi. Devenu disciple de Guru Rinpoché, il joua un grand rôle dans la transmission du *Dzogchen Semdé* dont il traduisit treize des dix-huit tantras.

Les femmes disciples de Guru Rinpoché

De nombreuses femmes furent disciples de Padmasambhava. Cinq d'entre elles sont considérées comme des émanations de Vajravârahî[1] : **Yéshé Tsogyal**, la dâkinî de Sagesse, était l'émanation de la Parole de Vajravârahî ainsi que celle de Buddhalocanâ et de Târâ. **Mandâravâ**, la dâkinî de Longue Vie, était l'émanation du Corps de Vajravârahî, mais aussi celle de Dhâtvîshvarî, la dâkinî de la famille Bouddha ; **Shâkyadevî** la Népalaise, la compagne de Guru Rinpoché à Yangléshö, avec qui il leva les obstacles à la pratique de *Yangdak Heruka* et réalisa le Mahâmudrâ, était l'émanation de l'esprit de Vajravârahî et de Mâmakî, la dâkinî de la famille Vajra ; **Kâlasiddhi**, fille de tisserands indiens, était l'incarnation des Qualités de Vajravârahî et de Pândaravâsinî, la dâkinî de la famille Padma. Abandonnée dans un charnier après la mort de sa mère, elle fut sauvée par Mandâravâ qui l'allaita en revêtant la forme d'une tigresse. Devenue adulte, elle devint la disciple de Guru Rinpoché et tous deux partirent pratiquer dans les forêts de Trawatchen. A la fin de sa vie, elle partit pour la « Glorieuse Montagne Cuivrée » sans laisser de trace. **Tashi Khyidren**, la Bhoutanaise, était l'incarnation des Activités de Vajravârahî et de Samayatârâ, la dâkinî de la famille Karma. Après avoir rencontré Yéshé

---

1. Vajravârahî, « La Laie Adamantine », est la dâkinî la plus importante du bouddhisme tibétain. Habituellement rouge et surmontée d'une tête de laie, elle personnifie la sagesse de la famille Lotus.

Tsogyal au Lhodrak, elle devint sa disciple avant d'être celle de Guru Rinpoché avec qui elle pratiqua *Vajrakîlaya* à Paro Taktsang. Quand Guru Rinpoché prit la forme de Dordjé Drolö, elle devint la tigresse, sa monture, et tous deux cachèrent de nombreux trésors au Bhoutan et au Tibet. Elle aussi rejoignit Zangdok Pelri, la Terre pure de Guru Rinpoché, sans laisser de corps derrière elle.

Le legs spirituel de Padmasambhava : les termas

L'enseignement de Padmasambhava nous est parvenu essentiellement par les *termas*, ou trésors spirituels.

Le Maître avait prophétisé la venue du roi Langdarma et la persécution du bouddhisme qui en découlerait. Pour parer ce coup, il avait dissimulé, avec l'aide de Yéshé Tsogyal et quelques autres de ses disciples, de très nombreux enseignements dans des piliers de temples, des grottes, des rochers et bien d'autres lieux secrets, comme les contrées cachées. Les trésors spirituels sont de nature diverse : les termas de la terre, *sater*, peuvent être de courts textes cryptiques en langage symbolique des dâkinîs (*dayik*), les « rouleaux jaunes », ou bien des textes complets ; les *dzéter*, ou termas matériels, sont des statuettes, des objets rituels ou des substances sacrées, supports bénis de la pratique. Quant aux *termas* de l'Esprit, *gongter*, ils n'ont d'autre support que la mémoire profonde de l'esprit de Sagesse des tertöns. Tous les *termas* furent bénis par Padmasambhava, qui déclara que seuls des êtres prédestinés auraient le pouvoir de les exhumer de leurs cachettes. Ces *tertöns* ou « découvreurs de trésors » sont tous des incarnations de Padmasambhava ou de l'un de ses vingt-cinq disciples qui ont initialement reçu ces enseignements directement de lui. L'apparition de *tertöns* et la découverte de *termas* à différentes époques constituent des éléments importants de l'histoire des Nyingmapas. Padmasambhava lui-même prophétisa la venue de deux grands tertöns, de cinq rois des tertöns, de vingt tertöns majeurs, de cent tertöns principaux et de milliers de tertöns secondaires.

La transmission des termas se fait selon trois modalités spécifiques et diffère encore en cela de la transmission orale dite *kama*[1]. La première est la transmission de pouvoir ou autorisation prophétique *(kabap loungten)* : au moment où Guru Rinpoché transmettait un enseignement destiné à devenir un terma, il prophétisait la renaissance de l'un de ses disciples en tant que tertön chargé de découvrir le terma. Cette autorisation prophétique était plus qu'une simple prophétie, car il y mettait son pouvoir afin que cela arrive réellement dans l'avenir. La deuxième est la transmission intentionnelle ou par le pouvoir de l'aspiration *(mönlam wangkour tegya)* : par son esprit de Sagesse et le pouvoir de son aspiration, Guru Rinpoché dissimulait l'enseignement au sein du *rigpa* de ses disciples, lequel se situe au-delà du temps et n'est point affecté par les circonstances fluctuantes. C'est ainsi que l'enseignement demeurait immuable jusqu'à sa découverte. La troisième est la transmission confiée aux dâkinîs *(khandro tegya)* : Guru Rinpoché composa ces termas dans des écritures symboliques, les mit dans des coffrets et les cacha en des lieux divers avec l'aide de quelques-uns de ses disciples comme Yéshé Tsogyal, en confiant la garde à des déités féminines, les dâkinîs, ou à des protecteurs de trésors *(tersoung)*, avec comme instructions de les remettre en mains propres à la bonne personne et au bon moment. C'est à propos de cette transmission spécifique que l'on distingue généralement les *gongter* des enseignements reçus en pures visions *(daknang)*. Un maître accompli peut recevoir des enseignements directs des bouddhas dans ses visions, dans ses expériences méditatives ou dans les rêves. Mais on ne qualifiera cet enseignement reçu lors d'une pure vision de

---

1. La transmission kama se fait de maître à disciple selon trois autres types de transmission : d'esprit à esprit, symbolique et orale.

gongter que s'il s'agit d'une transmission par le pouvoir d'aspiration de Guru Rinpoché.

Avant de découvrir un terma, le tertön prédestiné reçoit un guide prophétique *(khatchang)* qui l'informe qu'il est bien un tertön, lui indique une liste de termas à découvrir et lui donne des instructions spirituelles sur les pratiques à accomplir avant la découverte. Il arrive que les tertöns reçoivent ce guide des mains d'une émanation de Guru Rinpoché, mais le plus souvent il leur est remis par un autre tertön ou bien ils le trouvent dans une cache.

Quand un tertön est ainsi chargé d'exhumer un terma, il doit s'entourer de toutes sortes de précautions et surtout s'assurer que le concours des circonstances interdépendantes *(tendrel)* lui est favorable. S'il arrive qu'un tertön extraie un terma prématurément, il ne peut pas l'ouvrir ou le déchiffrer et doit le remettre en place. Parfois, dans ce cas, le terma disparaît de lui-même. Il faut noter qu'un tertön ne dispose pas toujours de toutes les conditions requises. Ainsi, Péma Lédrel Tsel redécouvrit bien le *Khandro Nyingthik*, mais il n'était pas habilité à en clarifier le sens. C'est Longchenpa qui s'en chargera. Les tertöns sont en grande majorité des yogis laïcs, car la présence à leurs côtés d'une dâkinî prédestinée est souvent l'une des conditions nécessaires à la découverte d'un terma. Il existe cependant de rares exceptions et quelques moines ont été tertöns.

Il arrive enfin que de faux tertöns exhibent de faux termas. Mais ceux-ci se révèlent peu bénéfiques. Un véritable tertön, rappelons-le, doit non seulement être reconnu comme l'incarnation de l'un des vingt-cinq disciples mais surtout être un maître accompli de la Grande Perfection. Quand un maître qualifié découvre un *gongter*, il peut en vérifier lui-même l'authenticité en le réécrivant plusieurs fois : les mots qui surgissent de son esprit doivent être identiques à chaque fois, ce qui confirme que ce n'est pas la simple invention de son esprit. Enfin, il doit généralement le mettre en pratique secrètement avant de le divulguer à ses disciples. Il a ainsi le temps d'en vérifier l'efficacité et les bienfaits.

Outre la préservation des enseignements à travers les vicissitudes historiques, il faut souligner un autre avantage des termas : leur transmission est dite « abrégée » ou « directe », parce que, entre Padma lui-même et le tertön découvreur, il n'y a pas d'intermédiaire. Ainsi, lorsqu'un tertön contemporain transmet un terma à ses disciples, le lien avec Padmasambhava est des plus directs et la pratique révélée est donc des plus puissantes pour notre époque. Les termas injectent ainsi régulièrement leur vigueur intacte à la lignée de la pratique.

Si l'on considère le nombre de textes-trésors attribués à Padmasambhava lui-même ainsi que les transmissions orales qu'il légua à ses disciples, on est tenté d'employer une image chère aux Tibétains pour exprimer ce qui est vaste : « l'océan ». Il existe en effet une incroyable quantité de trésors déjà découverts ou à découvrir. Que contiennent-ils au juste ? Essentiellement des instructions et des pratiques liées aux trois tantras supérieurs que sont le Mahâyoga, l'Anuyoga et l'Atiyoga, ou Dzogchen, mais aussi quantité de prophéties, de conseils et de biographies du Maître.

Pour ce qui est du Mahâyoga, on trouve des textes-termas concernant le cycle des « Huit Principes d'Accomplissement », *Droupa kagyé*, que Padmasambhava enseigna à ses principaux disciples tibétains. Parmi ces termas, trois sont majeurs : « L'épitomé des Sugatas des Huit Principes d'Accomplissement », *Kagyé Déshek Düpa*, terma en treize volumes redécouvert par Nyang Rel Nyima Öser (1124-1192), « Le Secret absolument parfait », *Sangwa Yongdzok*, en six volumes, redécouvert par Guru Tchöwang (1212-1270) et « L'émergence spontanée des Huit Principes féroces », *Kagyé Drakpo Rangdjoung Rangshar*, en quatre volumes, redécouvert par Rigdzin Gödem (1337-1408).

D'autres termas d'importance sont liés à la fois au Mahâyoga et à l'Anuyoga. « L'autolibération selon le Profond Dharma de l'esprit de Sagesse des Déités paisibles et courroucées », *Zabtchö Shyitro Gongpa Rangdröl* – dont une section, « Le livre des morts tibétain », *Bardo thödröl*, est bien connue en Occident – fut redécouvert par Karma Lingpa (XIVᵉ siècle). « Le Condensé de l'esprit de Sagesse du Maître », *Lama Gongdü*, en treize volumes, fut redécouvert par Sangyé Lingpa (1340-1396).

On trouve également de très nombreux termas concernant la pratique de Padmasambhava comme Yidam, tels « L'épitomé du Maître secret », *Lama Sangdü*, redécouvert par Guru Tchöwang, « La réunion de tous les précieux objets de Refuge », *Köntchok Tchidü*, découvert par Jatsön Nyingpo (1585-1656) et « Celui qui dissipe tous les obstacles », *Barché kunsel*, terma commun à Tchögyour Lingpa et à Jamyang Khyentsé Wangpo (XIXᵉ siècle).

Plus particulièrement en relation avec l'Atiyoga ou Dzogchen, on trouve les textes du *Dzogchen Péma Nyingthik*, qui prirent plus tard le nom de *Khandro Nyingthik*, « La sphère du cœur des dâkinîs », redécouverts au XIIIᵉ siècle par Péma Lédrel Tsel, l'incarnation de la princesse Péma Sel. Faute des conditions requises, il ne put clarifier le texte ni le diffuser. La tâche en échut à Longchen Rabjam (1308-1364) qui clarifia le texte et en réamorça la transmission orale. Les enseignements du Dzogchen ainsi transmis par Padmasambhava concernent essentiellement la troisième série, celle des préceptes *(men ngak dé)*, appelée encore *Nyingthik*, « sphère du cœur ».

Il existe aussi de nombreux textes d'enseignements oraux de Padmasambhava écrits dans le style d'un dialogue entre le maître et ses disciples, sous la forme de questions-réponses, le tout constituant un ensemble de conseils pratiques précieux. Le *Léou Dünma*, « La prière en sept chapitres », découvert par Rigdzin Gödem au XIVᵉ siècle, en est un exemple.

CHAPITRE V

L'école Nyingmapa
à l'époque monastique

La seconde diffusion du bouddhisme
et la diversification des écoles

Nous sommes à la fin du IXe siècle : bien que très éprouvé, le bouddhisme a survécu à la persécution de Langdarma.

Au Kham, des petits groupes de moines et de disciples de Pagor Vairocana ont préservé le précieux enseignement, particulièrement les yogis ou « mantrikas porteurs de robes blanches ». En effet, Langdarma, impressionné et quelque peu effrayé par les pouvoirs de Noup Sangyé Yéshé, leur a épargné les persécutions. C'est ainsi que Noup Sangyé Yéshé, Ma Rintchen Tchok et Lhaloung Pelgyi Dordjé perpétuent sans entraves la lignée orale. De retour au Tibet central, yogis et moines relèvent Samyé de ses ruines. En outre, de nombreux textes, dissimulés par Padmasambhava et ses disciples, vont être peu à peu redécouverts par les premiers tertöns. De tout cet ensemble va émerger l'école des Anciens, ou école Nyingmapa, appelée ainsi parce qu'elle se réfère à la tradition spirituelle de Padmasambhava, de Vimalamitra, de Vairocana et de Shântarakshita.

Simultanément, à l'autre bout du Tibet, Rintchen Zangpo (958-1055) initie la seconde diffusion du bouddhisme sous l'égide de Yéshé Ö, le souverain du petit royaume du

Gougué[1]. Il passe dix ans en Inde et y reçoit de nouveaux textes de tantras, puis il invite un grand maître indien, Atisha, qui arrive au Tibet en 1040. D'autres traducteurs tibétains suivront bientôt son exemple et recueilleront en Inde la transmission de certains tantras qui n'avaient pas été révélés lors de la première diffusion du bouddhisme au Tibet au VIIIe siècle. De nouveaux courants en résultent : les « Nouvelles écoles » *Sarmapas* qui se diversifient en l'école *Kagyüpa* fondée par Marpa Lotsâva (1012-1096) et son disciple Milarepa, l'école *Sakyapa* fondée par Khön Köntchok Gyalpo (1034-1102) et l'école *Kadampa* fondée par Atisha et son disciple Dromtön. Plus tard, au XIVe siècle, naîtra l'école *Guélougpa*, fondée par Djé Tsongkhapa (1357-1419) et inspirée de l'école Kadampa. Au XIe siècle, on dénombre ainsi quatre écoles bouddhistes, l'une dite « Ancienne » et trois dites « Nouvelles ».

Les spécificités de l'école Nyingmapa

Seule en place jusqu'au XIe siècle, l'école de Padma-sambhava a développé ses propres spécificités. Elle les doit notamment à la nature des tantras anciens, dont l'enseignement n'est pas tout à fait le même que celui des écoles nouvelles au XIe siècle. L'école Nyingmapa fonde son enseignement sur la progression de neuf Véhicules[2]. Chaque véhicule, ou *yâna*, est un outil de progression spirituelle, un enseignement complet qui consiste en une *Base* qui explique le point de vue du yâna, une *Voie* qui en expose la pratique spécifique, et un *Fruit* qui décrit les résultats, les réalisations et accomplissements obtenus par la pratique. Les deux premiers véhicules, le *Shravakayâna*

---

1. Ce royaume était situé au Ladakh actuel.
2. Pour plus de détails, cf. *La Liberté naturelle de l'esprit*, *op. cit.*, p. 80-146.

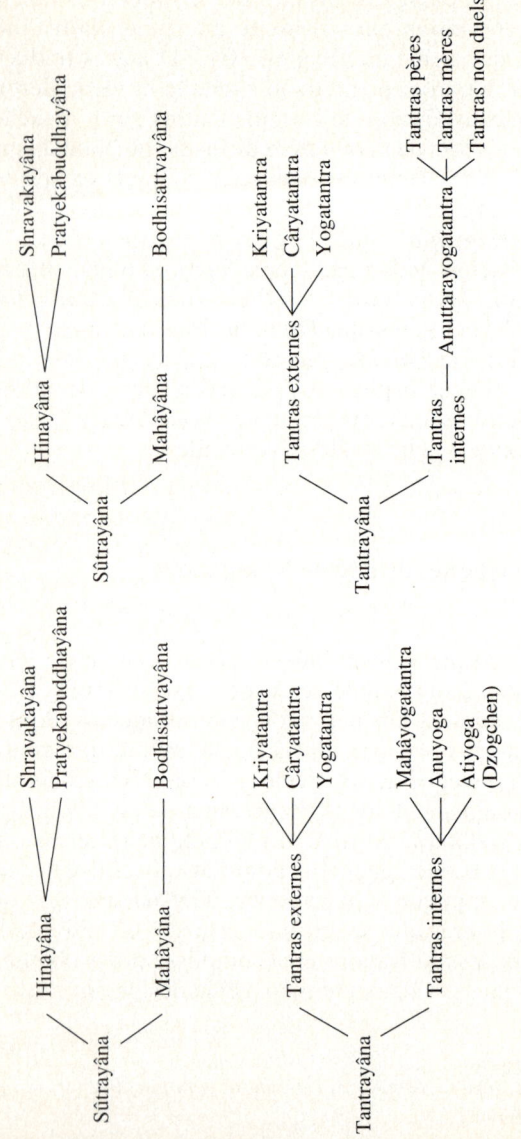

Les véhicules selon l'école ancienne Nyingmapa
et les nouvelles écoles Sarmapa (Sakyapa, Guélougpa, Kagyüpa).

et le *Pratyekabuddhayâna*, correspondent au *Hinayâna*, ou Petit Véhicule. On y expose le renoncement au samsâra par les vœux monastiques et laïcs, l'étude des quatre nobles vérités [1] et des origines interdépendantes, et la pratique de la méditation. Le troisième véhicule est le *Bodhisattvayâna*, ou Mahâyâna, le Grand Véhicule de la compassion où l'on développe la philosophie de la vacuité. Ces trois premiers véhicules sont globalement désignés comme le *sûtrayâna* parce qu'ils s'appuient sur les sûtras. Les six derniers véhicules correspondent au *Vajrayâna*, le véhicule tantrique de la transformation, encore appelé Mantrayâna ou Tantrayâna. Les trois premiers tantras, *Kriyatantra*, *Câryatantra* et *Yogatantra*, sont dits « tantras externes » et mettent l'accent sur la purification des perceptions. Ils existent également dans les écoles nouvelles. Les trois derniers, *Mahâyoga*, *Anuyoga* et *Atiyoga*, sont les « tantras internes », et constituent la particularité principale de l'école Nyingmapa. En effet, là où les Sarmapas considèrent une classe unique de tantras internes, l'*Anuttarayogatantra*, les Nyingmapas en distinguent trois. La première, le *Mahâyoga*, ressemble partiellement à l'*Anuttarayogatantra*. On y insiste sur les pratiques de visualisation élaborée. La deuxième, l'*Anuyoga*, est spécifique aux Nyingmapas. Elle préconise une visualisation instantanée et met l'accent sur les yogas internes. La troisième, enfin, l'*Atiyoga* ou *Dzogchen*, est la Grande Perfection, le Véhicule « sans effort ni artifices » qui n'est plus une voie de transformation mais celle de l'autolibération directe des pensées et émotions.

Chez les Nyingmapas, on distingue deux sortes de transmission : la transmission *Kama*, orale et canonique, dite « transmission longue » de maître à disciple sans interruption, et la transmission *Terma*, « transmission brève des Trésors spirituels », inaugurée par Padmasambhava.

---

1. Dans son premier enseignement à Sarnath, le Bouddha proclama les quatre nobles vérités : la vérité de la souffrance, la vérité de l'origine de la souffrance, la vérité de la cessation de la souffrance et la vérité du sentier octuple qui mène à la cessation de la souffrance.

La communauté nyingmapa comprend deux sortes de pratiquants. Les premiers sont les moines qui suivent les règles du Vinaya, adoptent des vœux de renoncement tels que le célibat et portent les habits monastiques. Les seconds, yogis encore appelés *ngakpa*, « mantrikas », forment une communauté de laïcs. Ils ont habituellement les cheveux longs noués en chignon, sont habillés comme des laïcs ou revêtent une robe blanche et un châle bordé de rouge. N'étant pas astreints à des vœux monastiques, ils sont le plus souvent mariés à une pratiquante, appelée respectueusement *Sang youm*, « épouse secrète » et plus habituellement *Khandro*, dâkinî. Nombre de lamas nyingmapas, parmi les plus vénérés, entrent dans cette seconde communauté. Bien que l'on rencontre cette double communauté dans les autres écoles, notamment chez les Sakyapas et les Kagyüpas, elle y est moins marquée, la communauté des moines étant souvent prédominante.

A la différence des écoles nouvelles, l'école nyingmapa perdra toute influence politique d'importance dès le XIᵉ siècle. Il en résultera une école relativement libre des vicissitudes historiques qui secoueront le Tibet à différentes époques, mais aussi un ordre religieux dont les centres de retraites et les monastères garderont des dimensions relativement modestes jusqu'à des époques récentes si on les compare aux grands monastères Guélougpa, Sakyapa ou même Kagyüpa. Installée d'abord dans les régions du centre du Tibet, l'école s'est ensuite développée essentiellement dans les régions orientales, particulièrement au Kham. Hors du Tibet, les Nyingmapas demeurent influents au Bhoutan, au Sikkim et dans certaines régions du Népal.

Les grandes lignées orales nyingmapas

Des disciples de Padmasambhava naquirent plusieurs lignées de la transmission orale dite *kama*. Nyak Jñânakumâra initia la *lignée de Nyak*, spécialisée dans la transmission des textes tantriques du *Mahâyoga*. Sokpo Pelgyi Yéshé, originaire de Sogdiane, reçut la transmission de Nyak, en particulier celle de *Vajrakîlaya*. Noupchen Sangyé Yéshé initia la *lignée dite de Noup*, spécialisée en *Anuyoga*. Il eut pour principal disciple Yönten Gyatso, qui fut un yogi accompli aux grands pouvoirs, puis la lignée passa aux deux fils de ce dernier, Yéshé Gyatso et Péma Wangyal. Cette lignée rejoignit par la suite celle de *Zour*. Pionnier de la *lignée de Zour*, **Zourpotché Shâkya Djoung Né** (né en 934) reçut la transmission des tantras *Anu* et *Mahâyoga*. Il les classa, regroupant les tantras avec leurs sâdhanas et leurs instructions pratiques respectives. Puis il fonda le monastère d'Ougpaloung, ce qui lui valut le surnom d'Ougpaloungpa. Peu de temps avant sa mort, il prit pour disciple un jeune moine novice qu'il surnomma Zourtchoungpa. **Zourtchoungpa** (1014-1074) reçut toute la transmission et maîtrisa la pratique de Vajrasattva. Il devint un grand pratiquant du Dzogchen et un érudit imbattable dans les débats philosophiques. Son fils, **Zour Droboukpa**, naquit en 1074, huit mois avant sa mort. Manifestation de Vajrapâni, Zour Droboukpa reçut les lignées principales de Len Shâkya Tchangtchoup et de Lhadjé Sangpa Nakpo. Devenu détenteur de la transmission *kama*, il la propagea au nord du Tibet. Il eut douze disciples principaux qui diffusèrent largement la lignée et quitta l'existence sans laisser de corps physique. La *lignée de Rong*, enfin, commença avec Djétön Gyanak et Lhakhangpa et Shyikpo du Ü, trois des disciples de Zour Droboukpa. Elle se poursuivit avec Shyikpo Dütsi (1149-1199), le fils spirituel de Lhakhangpa et de Shyikpo du Ü.

Il faut aussi mentionner **Rongdzom Mahâpandita** (1012-1088), grand érudit et traducteur dont les écrits firent autorité dans toutes les écoles. Dépositaire des lignées de Padmasambhava, de Vairocana, de Nanam Dordjé Düdjom, de Khartchen Pelgyi Wangchouk et même du Tch'an de Hoshang Mahâyâna, il compta parmi ses disciples d'éminents traducteurs tels que Marpa Lotsâva, le fondateur de l'école Kagyüpa.

Les premiers tertöns

La renaissance de l'école de Padmasambhava doit beaucoup à la redécouverte des textes cachés. Par ses propres révélations termas, chaque *tertön* « découvreur de trésors » initia une nouvelle lignée de transmission qui s'est poursuivie jusqu'à nos jours.

Après les deux premiers tertöns, Sangyé Lama (1000-1080) et Trapa Ngönshé (1012-1090)[1], vint **Nyang Rel Nyima Öser** (1136-1204), le premier des cinq rois des tertöns. Il eut plusieurs maîtres parmi lesquels son propre père, Nyangtön Tchenpo. Né au Lhodrak dans le sud du Tibet, Nyang Rel Nyima Öser avait été reconnu comme l'incarnation du roi Trisongdétsen. A l'âge de huit ans à peine, il eut des visions d'Avalokiteshvara, de Padmasambhava, du Bouddha Shâkyamuni et de bien d'autres encore. Il en resta transporté tout un mois durant. Ainsi, il reçut les quatre transmissions de pouvoir de Padmasambhava, apparu sur un blanc destrier aux sabots supportés par des dakinis des quatre classes, puis eut trois expériences : comme si le ciel s'était déchiré, la terre avait tremblé et la montagne s'était déplacée. Son comportement en avait été si affecté qu'on le crut devenu fou.

---

1. Trapa Ngönshé fut le tertön qui découvrit les quatre tantras médicaux *(gyü shyi)*.

Nyang Rel Nyima Öser,
le premier des cinq rois des tertöns.

Plus tard, conformément à une prophétie, Yéshé Tsogyal se manifesta au pied du rocher de Mawo Tchok gi Drak et lui conféra le nom de Nyima Öser, « Rayons Solaires », nom sous lequel il allait être connu par la suite. Puis un yogi du nom de Wangtchouk Dordjé, émanation de Padmasambhava, lui remit une liste des caches à découvrir et l'encouragea à commencer ses recherches. Au rocher de Sinmo Pardjé, une émanation de Yéshé Tsogyal menant une mule blanche chargée de deux cylindres tira de l'un d'eux un coffret couvert d'une peau de tigre et le lui offrit. Il découvrit l'ouverture secrète du trésor et y trouva un coffret de cuivre, un vase d'argile, des images divines et différents objets sacrés. Du coffret de cuivre il tira un cycle d'Avalokiteshvara, « Le Grand Compatissant » *(Thoukdjé Tchenpo)* ainsi que « les aspects paisibles et courroucés du Guru » *(Guru Shyidrak)*. Du vase, il sortit le cycle de Mahâkâla et des Mantras destructeurs et enfin, du coffret à la peau de tigre, il ôta plusieurs cycles d'enseignements des dâkinîs. Par la suite, il découvrit bien d'autres textes, comme les tantras, les âgamas et upadeshas du *Kagyé Déshek Düpa* exhumés à Khothing, derrière une statue de Vairocana. Beaucoup de ces textes étaient écrits de la main de Pagor Vairocana ou de Denma Tsémang. Lors d'une retraite à Moutik Shelgyi Pagong, Yéshé Tsogyal en personne se manifesta alors qu'il méditait et lui remit le texte des « Cent réponses aux questions des dâkinîs » *(Khandro Shoulen Gyatsa)* [1], puis l'emmena au charnier de Sîtavana en Inde où il reçut les initiations des Huit Principes d'Accomplissement *(Kagyé)* de Padmasambhava et des Huit Vidyâdharas. Nyang Rel avait épousé Djobouma, une incarnation de Yéshé Tsogyal, qui lui donna deux enfants. L'un d'eux, Namkha Pelwa, fut son principal disciple et le premier détenteur de cette lignée de transmission.

Le second des rois des tertöns, **Guru Tchöwang** (1212-1270), était venu au monde entouré de signes miraculeux.

---

1. Traduit partiellement par Erik Pema Kunzang, dans *Dakini's Teaching*, Boston & Londres, Shambhala Dragon Editions, 1990.

Au moment même où il voyait le jour, son père, en train de recopier les vers du *Mañjushrî Nâmasangîti* [1], arrivait à ces mots : « *Seigneur de la Doctrine, roi de la Doctrine…* » Il nomma l'enfant « roi de la Doctrine », *Tchökyi Wangtchouk*, que l'on abrège en *Tchöwang*. Alors que son fils entrait dans sa quatrième année, le père de Tchökyi Wangtchouk commença à l'instruire de l'enseignement. L'enfant devint bientôt très savant et particulièrement expert dans les tantras de *Yamântaka* et de *Vajrakîlaya*. A treize ans, il eut une vision de Târâ qui le conduisit au sommet d'un château de cristal où il contempla Vajrasattva. Une dâkinî à quatre visages se trouvait là également et de chacune de ses faces, respectivement, l'incita à maintenir le Dharma, le propager, rassembler la communauté et subjuguer les êtres rétifs de l'âge sombre.

Les années passaient et Tchökyi Wangtchouk continuait de recevoir les enseignements de plusieurs maîtres et de son père. Les ayant pratiqués il en obtint la maîtrise et, à dix-sept ans, recevait de Ngadak Drogön les enseignements termas de Nyang Rel Nyima Öser. Une nuit, il fit un songe : il se rendait sur le mont Wou T'ai Shan en Chine et, là, Mañjushrî en personne lui enseignait les différentes approches du Dharma. A son réveil, Guru Tchöwang réalisa qu'il avait à présent la connaissance de toutes les doctrines.

Lorsqu'il avait treize ans, un parchemin jaune découvert à Samyé par Trapa Ngönshé était parvenu en sa possession. Il contenait la liste des lieux de cache des trésors. Beaucoup, désireux de se proclamer tertöns, avaient déjà tenté de découvrir des termas grâce à cette liste, mais le malheur les avait frappés. Le père de Guru Tchöwang, craignant quelque accident pour son fils, avait préféré cacher ce parchemin qui avait gagné le surnom de « Parchemin jaune des calamités ». A vingt-deux ans, discrètement, Guru Tchöwang retrouva la liste. Avec l'aide d'un

1. *Le Choral du nom de Mañjushrî*, que l'on peut lire en français dans l'admirable traduction de Patrick Carré, parue aux éditions Arma Artis.

ami, un yogi expert en Tchö[1], il fit la découverte d'une
seconde liste à Layak Nyin. Les protecteurs des termas lui
ayant donné les clés pour ouvrir une caverne, il y découvrit l'essence du trésor, un énorme vautour, aussi grand
qu'un garuda. Monté sur l'oiseau, il survola les treize cieux
et parvint aux pieds de Vajrasattva auréolé de lumières
d'arc-en-ciel. Guru Tchöwang obtint la transmission de
pouvoir de rigpa et un vase d'ambroisie lui fut donné.
De retour, il ouvrit la porte comme la liste l'indiquait
et mit au jour une statue de nâgâ à neuf têtes en bronze et
deux boîtes à amulettes en cuivre. Dans la statue, se trouvaient quatre cycles d'instructions et, dans les boîtes à
amulettes, cent huit instructions secrètes.

Guru Tchöwang découvrit en tout dix-neuf grands trésors dont l'authenticité fut soigneusement vérifiée par son
père, incrédule. Un des trésors révélés, cependant, prophétisait une invasion mongole, et la chose parut tellement
impossible que Guru Tchöwang fut ridiculisé. Profondé-
ment déçu, il s'apprêtait à sceller à nouveau ce trésor
lorsque deux jeunes filles l'enlevèrent sur un blanc coursier ailé et le conduisirent auprès de Padmasambhava qui
lui conféra les initiations complètes des Huit Principes
d'Accomplissement. Emporté par une sphère lumineuse,
Guru Tchöwang se retrouva instantanément chez lui. En
1240, les armées mongoles entraient au Tibet, confirmant
la véracité de la prophétie. Guru Tchöwang fut reconnu
par tous comme un grand maître réalisé. Il prit pour
épouse mystique **Jomo Menmo** (1248-1283), incarnation
de Yéshé Tsogyal, qui fut le plus grand des tertöns féminins. Elle avait perdu sa mère à l'âge de cinq ans et sa belle-
mère lui faisait garder les troupeaux. Alors qu'elle avait
treize ans et faisait paître ses bêtes à côté d'une grotte de
Guru Rinpoché à Zarmoloung, elle entendit une douce
mélodie venir du rocher où elle s'était adossée et endormie. Elle vit alors l'entrée d'une grotte cachée s'ouvrir
et y pénétra. Elle se trouva en présence de Vajravârahî et

---

1. Tchö *(gcod)*, la pratique de la « découpe ».

d'un groupe de dâkinîs, au beau milieu d'un charnier terrifiant. Après lui avoir souhaité la bienvenue, Vajravârahî prit un petit volume qu'elle posa sur la tête de la jeune fille, disant : « Voici les instructions de la Réunion de tous les Secrets des dâkinîs[1]. Si tu les pratiques dans le plus grand secret, tu gagneras l'accomplissement suprême. » Elle fit comme il lui avait été dit et devint une grande yoginî. En butte à quelques calomnies, elle quitta son pays pour le Lhodrak occidental où elle rencontra Guru Tchöwang. A son seul contact, elle sentit surgir en elle la connaissance primordiale. Devenue son sceau d'action *(karmamudrâ)*, elle dénoua en lui les nœuds de ses canaux subtils et il put ainsi décrypter le sens profond d'un de ses termas. Puis, encouragée par Guru Tchöwang, elle prit la route, accompagnée de deux disciples femmes, pour transmettre son enseignement spécial. A Tingri, elle rencontra Lingjé Repa et ouvrit en lui les énergies subtiles qui gênaient sa réalisation. A trente-six ans, elle monta avec ses deux compagnes au sommet du Trak Lhari, au Tibet central, et, après avoir célébré une ganapûja, toutes trois disparurent dans le ciel, rejoignant Zangdok Pelri sans laisser de corps.

Les lignées recueillies par Longchenpa

Au XIVe siècle, Longchenpa unifia les enseignements de Vimalamitra et de Padmasambhava, respectivement le *Vima Nyingthik* et le *Khandro Nyingthik*.

La lignée du Vima Nyingthik

Avant de quitter le Tibet pour le Wou T'ai Shan en Chine au début du IXe siècle, Vimalamitra avait transmis secrètement sa tradition au ministre **Nyang Tingdzin Zangpo**.

---

1. *Khandro Sangdü (mkha'-'gro gsang-'dus).*

Celui-ci avait alors dissimulé les textes de son maître dans
le temple de Sho Lhakhang, tandis qu'il transmettait
la lignée orale correspondante à **Drom Rintchen Bar** qui,
ensuite, avait lui-même passé le flambeau à **Bé Lodrö
Wangtchouk**. Peu de temps après la persécution du bouddhisme ordonnée par Langdarma, **Dangma Lhungyal**
avait redécouvert les textes dissimulés au Sho Lhakhang
et reçu la transmission orale de Bé Lodrö Wangtchouk,
réunissant ainsi les lignées *terma* et *kama* du *Vima Nyingthik*. Dans le Nyang, Dangma Lhungyal avait rencontré
Djétsün Sengué Wangtchouk et lui avait transmis l'enseignement. **Djétsün Sengué Wangtchouk** avait à son
tour donné les instructions à Nyang Kadampa qui médita
deux ans à Tidro avant de faire un Corps d'arc-en-ciel.
Djétsün avait ensuite caché les livres en trois lieux secrets.
A Tchimp'ou, Djétsün Sengué Wangtchouk avait reçu
la transmission complète de Vimalamitra en personne
avant que ce dernier ne retourne en Chine. Après avoir
médité sept ans, Djétsün avait transmis la lignée à Trülkou
Shangtön puis s'était évanoui en Corps d'arc-en-ciel. En
effet, sous la conduite et la protection de Dordjé Lekpa,
Trülkou Shangtön (1097-1167) avait retrouvé les textes
cachés par Djétsün à Oyouk et à Djelgyi P'ou, ainsi que
ceux cachés par Vimalamitra à Tchimp'ou. Il avait également reçu les préceptes redécouverts par Djégom Nakpo,
et sa rencontre avec Djétsün Sengué Wangtchouk faisait
de lui le détenteur de l'ensemble des instructions. Shangtön
avait transmis à son tour l'enseignement à son fils **Khépa
Nyiboum** (1158-1213). La transmission était passée ensuite
au fils de son frère, **Guru Djober** (1196-1231), qui reçut
également les transmissions des tantras nouveaux de Sakya
Pandita. La lignée s'était continuée avec **Trülshik Sengué
Gyap**, un érudit dans les tantras anciens et nouveaux
qui passa de longues années à méditer dans les solitudes.
Son principal disciple était **Droupchen Mélong Dordjé**
(1243-1303), qui eut de très nombreuses visions de déités,
de Vajravârahî, de Vimalamitra et de Padmasambhava. Sa
mort fut accompagnée de signes miraculeux, indiquant

sa totale réalisation. Mélong Dordjé eut pour principal disciple **Rigdzin Kumarâdza** (1266-1343). Ce grand maître,
détenteur à la fois des *Nyingthik* et des tantras anciens
et nouveaux, était expert en Dzogchen et en Mahâmudrâ.
Ses deux principaux disciples furent Longchenpa et le
IIIᵉ Karmapa, Rangdjoung Dordjé, qui figure dans les
lignées Karma Kagyü comme dans celles des Nyingmapas
et fut responsable de l'introduction du *Trekchö* et du voca-
bulaire du Dzogchen dans le Mahâmudrâ des Kagyüpas.

La lignée du Khandro Nyingthik

Padmasambhava avait confié, rappelons-le, son *Nyingthik* à la princesse **Péma Sel** et à Yéshé Tsogyal. Les
textes furent dissimulés à Tchimp'ou, dans un lieu secret.
A la mort de Péma Sel, l'enseignement, confié à la garde
exclusive des dâkinîs, quitta la transmission orale parmi
les humains. Dans la seconde moitié du XIIIᵉ siècle, **Péma
Lédrel Tsel**, incarnation de Péma Sel, redécouvrit le
Khandro Nyingthik à Dangloung Tramo. Péma Lédrel
Tsel, bien que tertön, ne disposait pas de toutes les clés
pour clarifier le texte du *Nyingthik*. Il transmit l'enseignement à son disciple Shöi Gyalsé Lekpa de qui Longchenpa recueillit la transmission.

Longchenpa, le grand clarificateur (1308-1364)

Incarnation de Manjushrî et de Vimalamitra, Longchen
Rabjam, plus connu sous le nom de Longchenpa, rassembla et développa les anciens *Nyingthik*. Il fut aussi le codi-
ficateur des doctrines et des pratiques des Nyingmapas.
Dans ses écrits, il montra la cohérence et la justesse de ces
enseignements au sein des doctrines bouddhistes, à une
époque où les controverses étaient nombreuses. Son

*Longchenpa, le grand clarificateur
des enseignements nyingmapas.*

œuvre immense est la clé de voûte de l'édifice Nyingmapa.

Né en 1308 à Törong, au sud-est du Tibet central, Long-chenpa avait commencé ses études avec son père, puis rejoint le monastère de Samyé à douze ans, et enfin l'université monastique de Sangp'ou Néout'ok. Après de très brillantes études scolastiques et tantriques auprès des maîtres les plus réputés de l'époque, il avait acquis une parfaite maîtrise des tantras anciens et nouveaux. A vingt-six ans, il commençait une période de retraite de pratique dans les ténèbres à Tchok La, près de Gyama. Un beau matin, après cinq mois de pratique, lui vint une vision. Dans la partie basse de la vallée, dans un paysage de collines sablonneuses et de chutes d'eau, il vit descendre vers lui un cavalier sur un coursier. Ce cavalier se révéla bientôt être une jeune fille, ravissante dans l'éclat de ses seize ans, à la beauté inégalable, vêtue de soie, portant une coiffe de joyaux et parée de filets d'or et de turquoise. Se saisissant de l'extrémité de sa robe, Longchenpa lui adressa une prière. Elle ôta son diadème de joyaux pour le poser sur la tête du pratiquant et lui dit : « Désormais, je t'accorderai continuellement mes bénédictions et les accomplissements. » Pendant tout un mois, le méditant fut plongé dans un profond samâdhi et reçut la prophétie qu'il rencontrerait bientôt Rigdzin Kumarâdza, son maître principal.

Un an plus tard, il le rencontra à Yartö Kham dans un campement de tentes. A peine Longchenpa le vit-il qu'il eut la ferme conviction qu'il était en présence de Vimala-mitra en personne. Au cours de cette période marquée par de nombreuses épreuves physiques, Rigdzin Kumarâdza lui transmit les enseignements du Dzogchen de la Grande Perfection de Luminosité. Pendant deux mois, Longchenpa se nourrit seulement de trois mesures de farine et de vingt et une pilules de mercure [1] et, lorsque la neige vint à tomber, son seul vêtement était un vieux sac qui lui servait aussi de paillasse pour la nuit.

1. Pilules spéciales préparées pour la pratique de Tchülen, « prendre l'essence ».

Après trois années dans les grottes de Tchimp'ou où il eut de nombreuses visions, Longchenpa enseigna pour la première fois les *Nyingthik* en 1339. Alors que Öser Götcha venait de lui faire don d'un exemplaire du *Khandro Nyingthik*, il rêva que la protectrice Sokdroupma lui remettait un volume enveloppé dans un tissu, portant le titre de *Dâkki Citta*. Le temps était donc venu pour lui d'ouvrir le mandala des enseignements du *Khandro Nyingthik*. Padmasambhava et Yéshé Tsogyal lui apparurent, lui conférant le nom de Drimé Öser, « Rayons immaculés » et de Dordjé Zidji, « Diamant à l'éclat étincelant ».

S'étant choisi pour ermitage Orgyen Dzong au col de Gangri Thökar, il résida le plus clair de son temps en ce lieu naturel et accueillant, et y coucha par écrit la plupart de ses œuvres. Sous l'inspiration de Yéshé Tsogyal, il composa le *Khandro Yangtik*, « L'Essence la plus secrète des dâkinîs », qui commente et approfondit le *Khandro Nyingthik*, puis il rédigea le *Lama Yangtik*, « L'Essence la plus secrète du Maître », qui révèle l'essence du *Vima Nyingthik*, parachevant le tout par le *Zabmo Yangtik*, « L'Essence la plus secrète et la plus profonde ». L'ensemble de ces cinq textes est connu sous le nom de *Nyingthik Yabshyi*. Dans cet ermitage, il écrivit également la plupart des « Sept Trésors », les *Dzödün*.

A la suite des événements politiques qui secouèrent le Tibet – pendant lesquels il tenta d'empêcher une guerre[1] –, Longchenpa dut s'exiler au Bhoutan pendant cinq ans. Il y fonda plusieurs monastères, dont Tharpaling au Boumthang. Pendant son séjour, il eut d'abord une fille avec Kyipala, puis un fils du nom de Dawa Drakpa qui devint par la suite un érudit accompli[2]. Finalement rappelé par

---

1. Longchenpa eut pour disciple Künrig, un chef des Drikoung Kagyü qui s'apprêtait à faire la guerre aux P'agmo Droupa rivaux. Sous son influence spirituelle, Künrig renonça à son projet. Malheureusement, Tai Sitou Tchangtchoup Gyaltsen, le chef des P'agmo Droupa, prit Longchenpa pour un allié de ses ennemis et, quand il fut au pouvoir, décréta le maître indésirable au Tibet.
2. Sous le nom de Gyalsé Tülkou Jamyang Drakpa Öser.

Tai Sitou Tchangtchoup Gyaltsen, le nouveau maître du Tibet qui l'avait forcé à s'exiler, Longchen Rabjam devint très révéré de tous. A l'âge de cinquante-six ans, en l'année du Lièvre-Eau (1363), il composa ses deux testaments spirituels, puis partit pour Tchimp'ou. A Samyé, il donna des instructions à beaucoup de disciples réunis, tout en montrant les signes d'une maladie incurable. Au milieu du dix-huitième jour du douzième mois, il prit la posture du Corps absolu « semblable au lion assis » et alla rejoindre la Terre d'Extinction Primordiale[1]. Des signes merveilleux se manifestèrent et de nombreuses reliques furent trouvées après la crémation.

Les grands tertöns du XIVe au XVIIIe siècle

Au cours du XIVe siècle apparurent plusieurs tertöns de grande importance. Parmi eux, Orgyen Lingpa (1323-1360), le découvreur du *Padma Thang Yig* et du *Kathang Dé Nga*, Rigdzin Gödem (1337-1409), découvreur des termas du Nord, *tchangter*, dont le plus connu est le *Gongpa Zangthel*, Sangyé Lingpa (1340-1396), le découvreur du *Lama Gongdü*, et Dordjé Lingpa (1346-1405).

Orgyen Lingpa, réincarnation du prince Lharjé, l'un des fils de Moutik Tsenpo, avait vu le jour dans une famille de yogis en 1323. Moine, il était expert en médecine et en astrologie. A trente-trois ans, il trouvait à Samyé une liste de trésors à révéler, puis exhumait, au-dessus de Yarloung Shel Drak, un ensemble de textes liés au Kyérim et au Dzogchen, ainsi qu'un cycle sur les déités paisibles et courroucées, le *Kadü*, et l'illustre *Padma Thang Yig*, la célèbre biographie de Padmasambhava. Il découvrit

---

1. *Dömai zésa (gdod-ma'i zad-sa)* : il s'agit de l'Éveil dans le Corps absolu, qui est pureté primordiale *(ka-dag)* et où s'éteignent *(zad)* tous les phénomènes *(chos)*.

de nombreux autres trésors en divers lieux, comme le *Kathang Dé Nga* près de Samyé, soit en tout une centaine de volumes. Au moment d'ouvrir les enseignements du *Kadü*, il fut en butte aux accusations de Tai Sitou Tchang-tchoup Gyaltsen, le nouveau et tout-puissant dirigeant P'agmodroupa du Tibet, à cause d'une prophétie qui semblait le concerner[1].

Orgyen Lingpa dut s'enfuir au É puis au Dakpo. L'interruption de ses enseignements étant de mauvais augure, il mourut bientôt à Lotchoung, à la limite du pays de É.

Né en 1337 dans une famille de yogis au nord-est du Mont Trazang, incarnation de Nanam Dordjé Düdjom, **Rigdzin Gödem** s'était vu pousser sur la tête trois mèches de cheveux ressemblant à des plumes de vautour à l'âge de douze ans, puis deux autres à vingt-quatre ans, ce qui lui avait valu son nom de « Vidyâdhara planté de plumes de vautour », Rigdzin Gödem. En 1364, un lama nommé Manglam Zangpo Drakpa exhuma un certain nombre de textes-trésors incluant un inventaire essentiel concernant des trésors à découvrir à Zangzang Lhadrak. Il confia ces textes à trois disciples avec pour mission de les remettre à « un yogi qui porterait une statue et un rosaire dans la main ». Une semaine plus tard, ils rencontraient Rigdzin Gödem qui portait une statue de Vajrakîlaya et un rosaire, et lui conférèrent les textes. En 1366, au sommet du mont Riwo Trazang, il trouvait la clé de trois grands trésors et de cent autres mineurs. La même année, dans la grotte de

---

1. Dans le chapitre 92 du *Padma Kathang*, on trouve une prophétie concernant l'époque de la venue d'Orgyen Lingpa où il est dit : « Du bas du Yarloung surgira à maturité un conquérant, et les porcs retourneront la terre *(phag-gis sa-slog)*, tandis que la terre du Ü et du Kham sera dévorée par les barbares. Cent huit bastions surgiront de toutes parts. Ce trésor caché à la grotte de cristal, à la venue de ces signes, sera mis au jour quand surgira le tertön nommé Orgyen Lingpa. » En tibétain, « porc » se dit *p'ak (phag)* et « terre » se dit *sa*. La prophétie a été interprétée comme annonçant le renversement du pouvoir sakyapa *(sa)* par les P'agmo Droupa *(p'ak)* dont Tai Sitou était le chef. Ce dernier en prit ombrage et fit exiler Orgyen Lingpa, le tertön découvreur du *Padma Kathang*.

Zangzang Lhadrak, il extrayait cinq trésors *(dzö nga)*, parmi lesquels le célèbre *Künzang Gongpa Zangthel*, « La Pensée de Samantabhadra qui traverse tout ». Ses termas sont appelés les « termas du Nord », *tchangter*. Rigdzin Gödem voyagea au Sikkim puis devint en 1389 le précepteur de Tchokdroupdé, le roi de Goung Thang, un descendant de Trisongdétsen. Rigdzin Gödem disparut en 1408, et sa mort fut accompagnée de nombreux signes miraculeux. Ses fils, ses disciples et son épouse propagèrent son enseignement qui se répandit du Ladakh à Dartsendo, au Kham.

Sangyé Lingpa naquit au Kongpo en 1340. Très jeune, il eut une vision d'Avalokiteshvara. Après avoir souffert des brimades de son beau-père, il reçut les enseignements de Lama Tchangtchoup Dordjé et rencontra le IVe Karmapa, Rölpai Dordjé (1340-1383), qui prophétisa son activité bienfaisante pour de nombreux êtres. Une nuit, un protecteur des termas lui remit des petits parchemins contenant une liste de lieux de cache. En 1364, à la grotte de Pouri, il découvrait le cycle du *Lama Gongdü*, en treize volumes, ainsi qu'un cycle d'Avalokiteshvara. Il révéla par la suite de nombreux autres trésors dans le Kongpo. Il mourut en 1396, au milieu des nombreux signes de son parfait accomplissement.

Dordjé Lingpa (1346-1405) fut le troisième roi des tertöns et l'incarnation de Pagor Vairocana. Il eut de très fréquentes visions de Guru Rinpoché et découvrit maints termas selon une liste trouvée dans les trésors de Guru Tchöwang. Sous le nom de Young Droung Lingpa, Dordjé Lingpa fut aussi un tertön bönpo qui découvrit le *Serthour* et des enseignements de Tapihridza. Après sa mort, en 1405, son corps resta intact trois ans avant d'être brûlé.

Parmi les autres tertöns du XIVe siècle, citons **Karma Lingpa** qui découvrit à l'âge de quinze ans le cycle du *Karling Shyitro*, encore appelé *Zabtchö Shyitro Gongpa Rangdröl*, « Le profond Dharma de l'esprit de Sagesse des Paisibles et des Courroucés qui libère spontanément ».

Au xve siècle se manifestèrent quatre grands tertöns :

Ratna Lingpa (1403-1479) naquit au Lhodrak. Dès l'âge de dix ans, il avait eu de nombreuses visions. A vingt-sept ans, Padmasambhava se manifestait à lui sous l'apparence d'un yogi du Kham en habits jaunes et lui remettait une liste de lieux de cache. A trente ans, il découvrait ses premiers termas dans le sud du Tibet. Vingt-cinq fois, Guru Rinpoché lui apparut en vision. Outre sa grande activité de découvreur de trésors spirituels, Ratna Lingpa est célèbre pour avoir réuni la compilation du *Nyima Gyüboum*, la « Collection des cent mille tantras anciens ». Il est en outre le seul à avoir mis au jour tous les termas de sa liste. Parmi ses trésors, citons le *P'ourba yangsang Lamé*, un cycle célèbre de Vajrakîlaya.

Le quatrième des cinq rois des tertöns, **Orgyen Péma Lingpa**, naquit à Boumthang, au Bhoutan. Reconnu comme l'incarnation de Longchenpa et donc de Péma Sel, la fille du roi Trisongdétsen, il eut une première vision de Padmasambhava à quinze ans et, à vingt-sept ans, recevait une liste de cent huit emplacements de trésor à découvrir. A Tchimp'ou, près de Samyé, il découvrit le *Dzogchen Künzang Gongdü*, « L'épitomé de l'esprit de Sagesse de Samantabhadra selon la Grande Perfection », puis révéla de très nombreux autres termas en différents lieux. Outre des textes, ces termas comprenaient divers objets anciens et des pilules de reliques. Il ne put parcourir que la moitié des cent huit lieux mentionnés dans la liste et, à sa mort, il chargea son fils Dawa de poursuivre ses recherches. Péma Lingpa acquit une très grande notoriété au Bhoutan où il eut une nombreuse descendance. Sa lignée s'est par la suite développée non seulement au Bhoutan, mais aussi au sud du Tibet, au Tsang, au Ü, et même au Kham. Son terma le plus pratiqué est le *Lama Norbou Gyatsa*, cycle de sâdhanas centré sur Guru Padmasambhava.

Incarnation double d'Avalokiteshvara et d'Hayagriva, **Thangtong Gyalpo** naquit au Tsang en 1385. Précoce, il était devenu très jeune un grand érudit accompli. Il reçut la transmission des Trésors du Nord et les doctrines

Shangpa et découvrit de nombreux trésors à Tch'impou, à Paro Taktsang au Bhoutan, et à Tsari. Voyageur infatigable et grand bâtisseur, il construisit de nombreux temples en des points géomanciques spéciaux. Il est également célèbre pour avoir construit des ponts en fer suspendus dans le sud-est du Tibet, établissant ainsi le contact avec les tribus non tibétaines du Sud. Parmi ses termas figurent des pratiques de longévité réputées, comme le *Tsédroup Tchimé Pelter*. Thangtong Gyalpo s'éteignit à l'âge de cent vingt-cinq ans, en 1509, sans laisser de corps physique.

Ngari Pentchen Péma Wangyal (1487-1583) fut un grand érudit qui restaura les traditions endommagées. Détenteur des Trésors du Nord, du *Lama Gongdü* et du *Kagyé Déshek Düpa*, il en répandit les enseignements. A Samyé, il trouva le dernier *Kadü*[1], inclus dans le *Rigdzin Yongdü*, dont l'enseignement est encore répandu de nos jours.

Au XVIIe siècle se manifestèrent Rigdzin Jatsön Nyingpo (1585-1656), le découvreur des textes du *Köntchok Tchidü*, Lhatsün Namkha Jigmé (1597-1650), Rigdzin Düdül Dordjé (1615-1672), mais aussi et surtout Orgyen Terdak Lingpa, le Ve Dalaï-lama, et Mingyour Dordjé.

Originaire du Kongpo, **Rigdzin Jatsön Nyingpo** (1585-1656) avait pratiqué la méditation dans un ermitage pendant dix-sept ans. En 1620, il découvrit un terma ayant la forme d'un garuda[2] contenant une liste de lieux de cache écrite de la main même de Yéshé Tsogyal. Le *Köntchok Tchidü* est le plus célèbre des nombreux termas qu'il révéla. Un jour, le gouverneur du Kongpo qui voulait l'empêcher d'extraire un trésor posta ses soldats autour du site. Piqué au vif, Jatsön Nyingpo arriva sur un cheval au galop et s'arrêta net, face à une paroi rocheuse lisse comme un

---

1. *Kadü (bka'-'dus)* est l'abréviation de *Kagyé Déshek Düpa (bka'-brgyad bde-gshegs 'dus-pa)*. Nyang Rel Nyima Öser en avait découvert la première partie en treize volumes et Orgyen Lingpa la seconde.
2. Déité sous l'aspect d'un aigle entouré de flammes et tenant un serpent dans son bec.

miroir. Sa monture donna du sabot contre la pierre, le maître sortit en un éclair le trésor du roc et disparut promptement. Stupéfiés par ses pouvoirs, les soldats conçurent une grande foi en lui. Jatsön Nyingpo quitta ce monde en 1656, au milieu de nombreux signes miraculeux.

Rigdzin Düdül Dordjé (1615-1672) vint au monde dans le Kham, près de Dergué. Ce grand yogi gagna la maîtrise de *Vajrakîlaya* selon le terma de Ratna Lingpa et eut de nombreuses visions. Son premier trésor contenait une liste de lieux de cache. Il découvrit le *Gongpa Yongdü* à Pouwo et de nombreux autres trésors, notamment à Pouri. Il fonda également plusieurs temples au Tibet central. Parmi ses disciples figurent Lhatsün Namkha Jigmé et Dzogchen Péma Rigdzin, le premier Dzogchen Rinpoché.

Lhatsün Namkha Jigmé (1597-1650) avait été reconnu comme l'incarnation de Vimalamitra. Après avoir reçu les *Nyingthik*, il pratiqua les yogas de l'union avec une épouse mystique, puis se rendit en Inde où il convertit un roi au bouddhisme. Au Yarloung, il révéla son premier *gongter*, le *Dordjé Nyingpo Tringyi Thol lou*, puis se rendit au Bhoutan où il fonda le monastère de Lhari Ösel Nyingpo et répandit l'enseignement du Dzogchen. Son *gongter* principal est l'*Ati Lamé Nyingthik*, qui contient le *Rigzdzin Sokdroup kyi tchö*.

Le Ve Dalaï-lama, **Ngawang Lobsang Gyatso** (1617-1682), fut considéré comme l'incarnation d'Avalokiteshvara et du roi Trisongdétsen. En 1641, Goushri Khan, chef des Mongols Khoshots, après avoir soumis le Kham, avait défait le souverain du Tsang qui s'opposait au futur Dalaï-lama. En 1642, il proclamait Ngawang Lobsang Gyatso autorité suprême sur le Tibet entier. Ainsi commença le règne du plus puissant des Dalaï-lamas. Secondé par le Dési Sangyé Gyatso (1653-1705), le grand Cinquième se révéla vite être un grand homme politique mais aussi un être spirituel exceptionnel. Il reçut les enseignements guélougpas mais aussi ceux des Nyingmapas et des Sakyapas, et devint expert dans tous les arts. A Samyé, sous le nom de Dordjé Thokmé Tsel, il fit la découverte de plusieurs termas mais les circonstances n'étaient pas appropriées et il n'en prit pas possession immédiatement. Ce n'est que bien plus tard que, conformément à des visions pures *(daknang)*, il mit par écrit ses révélations du *Sangwa Gyatchen*, puis les transmit à Orgyen Terdak Lingpa et à Rigdzin Péma Trinlé, ses disciples et maîtres à la fois. Le Ve Dalaï-lama contribua grandement à la diffusion du Dharma au Tibet, sans distinction d'école. L'école Nyingmapa lui doit beaucoup car le Dalaï-lama encouragea la création des monastères de Mindröling et de Dzogchen, ainsi que le renouveau de Dordjé Drak. Sa mort, survenue en 1682, fut cachée au monde près de quinze ans par le Dési, désireux de consolider l'œuvre politique de ce grand personnage.

Quand naquit **Orgyen Terdak Lingpa** (1646-1714) à Dargyé Ling, dans le Ü Yorou, de nombreux miracles se produisirent. Bientôt reconnu comme l'incarnation du Verbe de Pagor Vairocana, il reçut, encore enfant, les enseignements de son père, Rigdzin Trinlé Lhundroup, un yogi nyingmapa réputé. En 1655, dans sa onzième année, Padmasambhava lui-même lui apparut et lui transmit ses bénédictions. A onze ans, pour son noviciat, il se rendit à Drépoung et offrit une mèche de cheveux du sommet de sa tête au Ve Dalaï-lama qui reconnut en lui un grand être spirituel. A dix-sept ans, il rencontre à nouveau le Dalaï-lama à Samyé et le voit clairement sous la forme d'Avalokiteshvara. Le souverain en fait son disciple personnel. Sous sa direction, celle de son père et de plusieurs autres maîtres, le jeune tülkou complète ses études tantriques et dzogchen. A la même époque, il découvre son premier terma, le *Rigdzin Thoukthik*, à Yamaloung et, à vingt et un ans, à Sheldrak, le cycle de Yamântaka appelé *Shindjé Shedrek djom*. En 1676, il met à jour le cycle de *Guru Dragpo* et surtout celui de *Minling Dorsem*, encore aujourd'hui la principale transmission de Vajrasattva et, la même année, à Tchingda, révèle le cycle du Dzogchen de l'*Ati Zabdön Nyingpo*. En 1680, il découvre le *Thoukdjé Tchenpo Déshek Kündü*, un cycle d'Avalokiteshvara. Orgyen Terdak Lingpa fit plusieurs retraites au cours desquelles il atteignit la

Orgyen Terdak Lingpa.

maîtrise complète du *kyérim*, du *dzogrim* [1] et du Dzogchen.
De nombreuses visions de Padmasambhava, de Vimala-
mitra et de Vairocana accompagnèrent sa vie de pratiquant.
Bientôt devenu le *tishri*, ou « maître impérial », du Ve Dalaï-
lama et du régent Dési Sangyé Gyatso, Orgyen Terdak
Lingpa eut de nombreux disciples dans toutes les écoles.
Son jeune frère, **Lotchen Dharmashrî**, incarnation de
Youdra Nyingpo, fut son fils spirituel et l'un des plus grands
exégètes dans la tradition nyingmapa. En 1676, Orgyen
Terdak Lingpa fonda le monastère de Mindröling, qui allait
devenir l'un des piliers de la tradition nyingmapa. Détenteur de toutes les lignées *kama* du Mahâyoga, de l'Anuyoga
et du Dzogchen, Orgyen Terdak Lingpa nous apparaît
comme le plus important des maîtres nyingmapas après
Longchen Rabjam. En 1714, il donnera ses dernières instructions et dira juste avant de mourir ces paroles célèbres :

« Apparences, sons et conscience sont la déité, son mantra et
     son Corps absolu,
Et se déploient à l'infini comme le jeu des Corps divins et des
     sagesses.
Dans la pratique du grand Yoga profond et secret,
Puissent-ils être d'une seule saveur et indivisibles au sein de
     la sphère de l'esprit de Sagesse ! »

Une étoile filante

En 1645, à l'est du Tibet naissait **Namtchö Mingyour
Dordjé** qui, dès la petite enfance, montra des dons par-
ticuliers pour le Dharma. Guru Rinpoché, apparu sous
la forme de Loden Tchoksé, lui transmit un jour par des
mudrâs [2] le don de lire et d'écrire et, lorsqu'il eut sept
ans, des dâkinîs de sagesse apparues dans une pure vision
l'exhortèrent à trouver un maître. Il eut alors la vision de

---

1. Kyérim *(bskyed-rim)* et dzogrim *(rdzogs-rim)*, les phases de création et de perfection des sâdhanas tantriques.
2. Gestes et signes symboliques.

Raga Asyé, *alias* **Karma Tchakmé**, un grand méditant solitaire. A dix ans, guidé par les Protecteurs[1], il le rencontrait enfin. Karma Tchakmé remarqua que son jeune disciple possédait tous les signes caractéristiques d'une incarnation de Padmasambhava et lui transmit le Mahâmudrâ ainsi que les termas de Ratna Lingpa et de Karma Lingpa. A onze ans, lors d'une retraite avec son maître, il commença à développer de très nombreuses visions de Padmasambhava, d'Amitâbha, d'Avalokiteshvara, d'Hayagriva et des Protecteurs et atteignit l'Éveil, puis toutes ces déités se mirent à lui communiquer des transmissions de pouvoir. Ce processus visionnaire se prolongea presque sans interruption jusqu'aux seize ans de Mingyour Dordjé. Il dictait ses visions et Karma Tchakmé les consignait toutes par écrit. L'ensemble constitua les treize volumes du *Namtchö*, « Le Trésor de l'Espace ». Karma Tchakmé devint le détenteur du *Namtchö* tout comme Künzang Shérab, le fondateur du monastère de Pelyül qui avait suivi le jeune tertön plusieurs années en qualité d'intendant. En 1667, alors qu'il n'avait que vingt-trois ans, Tertön Mingyour Dordjé manifesta les stigmates de la maladie et quitta ce monde au milieu de nombreux signes merveilleux.

**Jigmé Lingpa,
l'héritier de Longchenpa (1730-1798)**

Künkhyen Jigmé Lingpa naquit au Tibet central en 1730, le jour de l'anniversaire de la mort de Longchen Rabjam. Très jeune, il montra des signes spéciaux et se rappela ses vies passées en les personnes de Sangyé Lingpa et de Tchödjé Lingpa. A six ans, il entrait au monastère de Pelri où lui fut donné le nom d'ordination de Khyentsé

---

1. Les Protecteurs, ou Dharmapâlas, sont les déités assignées à la protection des enseignements.

Künkhyen Jigmé Lingpa,
le continuateur de Longchenpa.

Öser. Il reçut là nombre de transmissions nyingmapa et sarmapa et, à treize ans, rencontrait son maître, Rigdzin Thoukchok Dordjé, qui lui révéla la nature de son esprit.

En 1756, il commence une retraite de trois ans à Pelri, pendant laquelle il étudie les *Dzödün* de Longchen Rabjam. Il en conçoit une dévotion immense pour leur auteur. En vision, il se sent emporté jusqu'au grand stûpa de Bodhnath, au Népal, où une dâkinî lui donne une boîte en bois dans laquelle il trouve un *gongter* de Samantabhadra en écriture symbolique dont il déchiffre bientôt le contenu : une sâdhana d'Avalokiteshvara accompagnée d'un guide pour les enseignements futurs du *Longchen Nyingthik*, un enseignement encore caché au sein de son esprit de Sagesse.

En 1759, Jigmé Lingpa se rend à Tchimp'ou, près de Samyé, pour une nouvelle retraite longue vouée au guru-yoga de Longchen Rabjam. A trois reprises, Longchenpa lui apparaît en vision, lui conférant ses bénédictions du Corps, de la Parole et de l'Esprit. Jigmé Lingpa obtiendra ainsi la parfaite réalisation des enseignements des *Nyingthik* du Dzogchen. Sorti de retraite, à trente-quatre ans il fonde un monastère au Yorou, Tséring Djong, et, en 1762, ouvre pour la première fois les enseignements et les transmissions de pouvoir du *Longchen Nyingthik*, « La Sphère du Cœur de Longchenpa », texte qui deviendra connu sous le nom de « nouveau *Nyingthik* », quintessence du *Nyingthik Yabshyi* composé par Longchenpa. Après le saccage de Samyé par l'armée gurkha népalaise, il reconsacrera le temple, puis publiera une nouvelle édition de la collection des Tantras anciens, le *Nyingma Gyüboum*. Künkhyen Jigmé Lingpa est aussi l'auteur du *Yönten Dzö*, « Le Trésor des Qualités », un exposé magistral de la voie graduelle des neuf véhicules selon la tradition nyingmapa. Il écrira également sur des sujets aussi variés que l'histoire, la géographie, l'architecture et la gemmologie. A soixante-cinq ans, il prend pour compagne Gyalyoum Drölkar dont il aura un fils, Gyalsé Nyingché Öser. En 1798, Jigmé Lingpa quitte l'existence au milieu des signes de son éveil.

Parmi ses principaux disciples figurait **Jigmé Trinlé Öser** (1745-1821), le premier Dodroupchen Rinpoché. Né dans la vallée de Do au Golok, Jigmé Trinlé Öser avait eu de nombreuses visions dès l'enfance. Suivant les instructions du IIIe Dzogchen Rinpoché, il fit une retraite de sept ans près du monastère Dzogchen. Dzogchen Rinpoché déclara qu'il avait un lien très spécial avec Jigmé Lingpa et, à trente-neuf ans, Dodroupchen se rendit au Tibet central pour rencontrer Jigmé Lingpa dans sa résidence de Tséring Djong. Jigmé Lingpa reconnut en lui l'incarnation de Mouroub Tsenpo et le futur détenteur des enseignements du *Longchen Nyingthik*, destinés à une large diffusion. Dodroupchen fonda plusieurs monastères au Yarloung, en Amdo et jusqu'aux confins de la Mongolie. Parmi ses disciples figuraient le IVe Dzogchen Rinpoché Mingyour Namkhaï Dordjé, Do Khyentsé et Gyalsé Shenpen Thayé.

Jigmé Gyalwai Nyougou (1765-1843), autre éminent disciple de Jigmé Lingpa, était né dans une famille de nomades de la vallée Dzatchoukha. Très jeune, il ressentit un besoin irrésistible de s'isoler du monde pour pratiquer le Dharma, mais dut attendre, retenu auprès de son frère aîné pour l'aider dans ses affaires commerciales. A dix-neuf ans, à la mort de son frère, il s'enfuit du Kham avec un ami pour échapper au mariage. A Samyé, il rencontre le Ier Dodroupchen Rinpoché qui le recommande à Jigmé Lingpa. Désormais, Jigmé Gyalwai Nyougou partagera son temps entre ses deux maîtres, de longues périodes de retraites et des voyages entre Tséring Djong et le Kham. En 1821, il sauve *in extremis* Do Khyentsé de la mort en pratiquant le *sündok* des dâkinîs[1] toute une nuit. Il fut le maître de Dza Patrül Rinpoché et du IIe Dodroupchen à qui il transmit les enseignements du *Longchen Nyingthik*.

Gyalsé Shenpen Thayé (1800- ?) naquit à Dzatchoukha et fut reconnu comme une incarnation d'Orgyen Terdak

---

1. La cérémonie du sündok, « renvoyer l'appel des dâkinîs », destinée à prolonger la vie d'un maître en persuadant les dâkinîs de ne pas le rappeler à elles.

Lingpa. Il eut pour maîtres principaux Jigmé Gyalwai
Nyougou, Jigmé Trinlé Öser et Mingyour Namkhaï Dordjé,
le IVᵉ Dzogchen Rinpoché. Après avoir étudié aux monastères de Dzogchen et de Mindröling, ce grand érudit
partit méditer au mont Kailash puis en Chine au mont
Ome. Après la mort de Dodroupchen, il devint le régent
à Yarloung Pémakö, assisté de Dza Patrül Rinpoché, puis
rebâtit le monastère de Dzogchen, détruit par un tremblement de terre en 1842, et y fonda le célèbre collège
d'études de Shrî Singha. Il institua ensuite une retraite
monastique annuelle de trois mois à Dzogchen, initiative
bientôt suivie par les autres monastères nyingmapas. Enfin,
il rassembla l'ensemble des enseignements kamas en une
seule collection et revitalisa leur pratique. Il eut pour disciples principaux Do Khyentsé, Dza Patrül Rinpoché,
Khyentsé Wangpo et **Khenchen Péma Dordjé**, un grand
maître des sûtras et des tantras qui dirigea le collège
Shrî Singha au monastère Dzogchen.

Les grandes lignées monastiques nyingmapas

Au cours de l'histoire, six grands monastères nyingmapas furent à l'origine d'un grand rayonnement spirituel.
Mis à part le monastère de Kathok, fondé dès le XIᵉ siècle,
les autres ne remontent qu'au XVIIᵉ siècle. Avec leur établissement apparurent des lignées spirituelles de tülkous
qui sont de nos jours de première importance.

Kathok

Le monastère de Kathok, situé au Kham dans la région
de Dergué, fut fondé en 1159 par **Kadampa Déshek** (1122-
1192). Ce grand maître avait été prophétisé par Padmasambhava lui-même :

Les principaux monastères du Tibet oriental.

« Dans l'avenir, un moine qui sera une de mes émanations viendra et établira Kathok. Il suivra les tantras et
soutiendra tous les enseignements, guidant ceux qui ont
un lien avec eux vers la Terre Pure Sukhavati. »

Né au Dokham, Kadampa Déshek se rendit à dix-sept ans
au Tibet central où il reçut l'ordination monastique. Il
étudia les tantras nouveaux sous la direction de maîtres
tels que Düsoum Khyenpa, le premier Karmapa, et les
tantras anciens sous la direction d'un disciple de Zour
Droboukpa, Dzamtön Drowe Gönpo. Ce dernier lui dit
un jour : « Si tu te rends au pays de Kampo et y pratiques
avec diligence les méthodes d'éveil, ton corps se dissou-
dra en lumière. Si, au contraire, tu vas à Kathok, tu propa-
geras largement les enseignements. » Kadampa Déshek
décida de retourner au Kham et de fonder son monastère à
Kathok, là où la lettre « ka » apparaissait naturellement sur
le roc. Des disciples venant de loin s'y rassemblèrent et
suivirent ses enseignements du Mahâyâna, du *Mahâyoga*,
de l'*Anuyoga* et du Dzogchen. A sa mort, son disciple
Tsangtönpa prit la suite. Kathok joua un grand rôle dans la
préservation et la diffusion des enseignements kamas. Il
tomba cependant partiellement en ruine au cours des XVe
et XVIe siècles. En 1656, il fut restauré et agrandi, et, sous
l'impulsion de grands tertöns tels que Longsel Nyingpo et
Düdül Dordjé, le monastère devint aussi un grand centre
d'enseignements des termas. Depuis le XIIe siècle, plus de
cent mille personnes y ont pratiqué et ont atteint les plus
hautes réalisations. Le monastère mère essaima en cent
douze monastères secondaires, situés non seulement au
Tibet, mais aussi au Sikkim, en Mongolie et au Yunnan en
Chine. A la veille de l'invasion chinoise, Kathok abritait
près de mille moines et sept grands tülkous. Après sa destruction, il n'a pas été fondé de monastère de ce nom
en terre d'exil, mais le monastère de Kathok lui-même se
relève peu à peu de ses ruines au Kham, sous l'inspiration
de quelques lamas restés sur place.

Dordjé Drak

Le monastère de Dordjé Drak fut fondé par **Ngari Pen-tchen Péma Wangyal** au début du XVIᵉ siècle, sous le nom d'Ewam Tchogar, et devint un grand centre d'études du *Guhyagarbha tantra* et des sciences médicales et astro-logiques. Cependant, son emplacement n'était pas propice et, en 1630, Rigdzin Ngagi Wangpo (1580-1639), troisième détenteur de la lignée de Dordjé Drak, fondait le nouveau monastère dans la région de Lhoka, au sud du Tibet central, en un endroit où Ngari Pentchen lui-même avait décelé un lieu favorable à la longévité – un rocher en forme de vajra – Dordjé Drak signifiant « Rocher Adamantin ». Le Vᵉ Dalaï-lama ordonna et intronisa le quatrième détenteur de la lignée, Rigdzin Künzang Péma Trinlé (1641-1718), et son bienveillant patronage permit au monastère de s'étendre. Par la suite, Dordjé Drak fut chargé, ainsi que Mindröling, des rituels pour le Dalaï-lama et son gouver-nement. En 1717, le monastère fut détruit par les troupes mongoles Dzoungars mais fut reconstruit en 1720 sous le patronage de Kelzang Gyatso, le VIIᵉ Dalaï-lama. Dordjé Drak a toujours été dirigé par les réincarnations de Rigdzin Gödem, et, de ce fait, il fut le centre principal de la trans-mission des *Tchangter*, les « Trésors du Nord ».

Mindröling

Le monastère de Mindröling, situé au sud de Lhassa, fut fondé en 1676 par **Orgyen Terdak Lingpa** et son frère Lotchen Dharmashrî, avec le soutien du Vᵉ Dalaï-lama. Détruit en 1718 lors de l'invasion des Dzoungars, il fut lui aussi rebâti pendant le règne du Septième Dalaï-lama, sous la direction du fils et, surtout, de la fille d'Orgyen Terdak Lingpa, Jétsün Mingyour Peldrön. Incarnation de Yéshé Tsogyal, elle joua un grand rôle dans la transmission des termas de son père, et plusieurs autres femmes de la lignée

familiale furent également de grands maîtres. Le trône de
Mindröling, cependant, passa de père en fils pendant neuf
générations à partir d'Orgyen Terdak Lingpa et ses détenteurs furent considérés comme les patriarches principaux
de l'école Nyingmapa. Mindröling essaima en cent treize
monastères secondaires. La tradition de Mindröling insiste
sur les enseignements termas de son fondateur et est réputée pour ses styles de chant liturgique et la qualité de sa
littérature.

Pelyül

Le monastère de Pelyül, au Kham, fut fondé en 1665 par
Rigdzin Künzang Shérab (1636-1699), un disciple de
Karma Tchakmé. Très érudit, détenteur des termas de Ratna
Lingpa, Künzang Shérab fut très proche du jeune tertön
Mingyour Dordjé qu'il accompagna à Dergué et à Kathok,
lui servant d'intendant, et devint le détenteur privilégié
de ses termas. Après la mort prématurée de Mingyour
Dordjé en 1667, Künzang Shérab invita à Pelyül un autre
grand tertön, Longsel Nyingpo, qui devint son ami et lui
transmit tous ses termas. Il reçut également Dzogchen
Péma Rigdzin, le premier Dzogchen Rinpoché avec qui il
échangea ses transmissions. Puis il envoya son disciple
Karma Tendzin à Mindröling recevoir la lignée kama.
Künzang Shérab passa la majeure partie de son temps en
retraites. Cependant, il ne fut jamais avare en enseignements, et le monastère de Pelyül étant devenu très célèbre,
très nombreux furent ceux qui s'y rendirent pour y recevoir ses transmissions de pouvoir et ses enseignements.
Le troisième détenteur du trône fut le **Ier Droupwang
Péma Norbou** (1679-1757). De Péma Lhundroup Gyatso
son maître, il reçut l'ensemble des transmissions du Mahâyoga, de l'Anuyoga et de l'Atiyoga, les termas de Ratna
Lingpa et de Jatsön Nyingpo, le *Lama Gongdü*, les *Kagyé*,
et, bien sûr, le *Namchö* de Mingyour Dordjé. Son accomplissement parfait des pratiques du Dzogchen lui valut ce

titre de Droupwang, qui signifie « Le puissant maître de l'accomplissement ». Le **IIᵉ Péma Norbou Rinpoché** (1887-1932) fut le disciple de Khenpo Ngaga et ajouta aux transmissions traditionnelles de Pelyül la lignée du *Longchen Nyingthik* de Jigmé Lingpa. Le monastère de Pelyül rayonna et donna naissance à des monastères-branches tels que le monastère de Tarthang, fondé au siècle dernier. Pelyül abritait plus de six cents moines à la veille de l'invasion chinoise.

Dzogchen

Le monastère Dzogchen, situé au Kham, au nord de Dergué, fut fondé par **Dzogchen Péma Rigdzin**, le **Iᵉʳ Dzogchen Rinpoché** (1625-1697). Né à Riwoché, au Kham, considéré comme l'incarnation des Mahâsiddhas indiens Saraha et Kukkuripa, de Vimalamitra et de Padmasambhava, ce grand mystique étudia auprès de Karma Tchakmé, de Tertön Mingyour Dordjé, de Düdül Dordjé, d'Orgyen Terdak Lingpa, du Vᵉ Dalaï-lama et de Bakha Tülkou. Ordonné par le Vᵉ Dalaï-lama, il créa ce lien spécial qui lie les Dzogchen Rinpoché aux Dalaï-lamas. Après une retraite de sept ans, sa compréhension devint telle qu'un jour Bakha Tülkou lui dit : « J'avais entendu parler du Dzogchen comme d'un enseignement, mais je n'avais encore jamais vu le Dzogchen en personne avant vous ! » C'est ainsi qu'il reçut le nom de Dzogchen Rinpoché. Le Dalaï-lama l'encouragea à fonder un monastère au Kham. Avec l'aide du roi de Dergué, le monastère fut achevé en 1685 et devint bientôt le plus important monastère nyingmapa de la région. Péma Rigdzin eut parmi ses disciples Tertön Nyima Drakpa et Tertön Longsel Nyingpo. Il quitta ce monde en 1697. Le **IIᵉ Dzogchen Rinpoché**, **Gyourmé Thekchok Tendzin**, naquit en Mongolie en 1699. Il étudia auprès du premier Rabjam Rinpoché, de Tertön Nyima Drakpa, de Pönlob Rinpoché et d'Orgyen Terdak Lingpa. Il est connu pour avoir recopié à la main les cent huit volumes du Kangyour, inspirant par cet acte le roi de Dergué à créer la célèbre imprimerie de Dergué. A son tour, il créa une imprimerie au monastère Dzogchen. Parmi ses disciples figurait le second Rabjam Rinpoché qui fonda le monastère de Shétchen. Le **IIIe Dzogchen Rinpoché** (1759-1792) fonda un centre de retraites sur les hauteurs au-dessus du monastère.

Le **IVe Dzogchen Rinpoché**, **Mingyour Namkhaï Dordjé**, naquit en 1793 dans la région de Dergué. Son maître, le premier Dodroupchen Jigmé Trinlé Öser, lui transmit son esprit de Sagesse. Il passa la majeure partie de sa vie en retraite, atteignant la réalisation élevée de l'état où « s'épuisent tous les phénomènes » *(tchönyi zé sa)*. Après avoir eu une vision de Guru Tchöwang, Mingyour Namkhaï Dordjé introduisit les danses sacrées au monastère. Il eut pour principaux disciples Jamyang Khyentsé Wangpo, Do Khyentsé, Patrül Rinpoché, Mip'am Rinpoché, Nyakla Péma Düdül, Nyoshül Loungtok Tenpé Nyima, le IIIe Dodroupchen Jigmé Tenpé Nyima et Gyalsé Shenpen Thayé. Ce dernier (1800- ?) fonda le Shrî Singha Shédra, collège très réputé où Mip'am Rinpoché et Patrül Rinpoché étudièrent.

Le **Ve Dzogchen Rinpoché**, **Thoubten Tchökyi Dordjé** (1872-1935), naquit à Tchamdo, au Kham. Disciple d'A-dzom Droukpa, de Patrül Rinpoché, de Jamyang Khyentsé Wangpo et de Khenchen Péma Vajra, il fut très actif et encouragea le développement de Dzogchen et de monastères secondaires. Le **VIe Dzogchen Rinpoché**, **Jigdrel Tchang-tchoup Dordjé**, naquit en 1935. Disciple de Jamyang Khyentsé Tchökyi Lodrö, il reçut du gouvernement le titre de Qutuktu, la plus haute distinction spirituelle. En 1959, près de mille moines vivaient au monastère quand ce dernier fut attaqué par les troupes chinoises. Le VIe Dzogchen Rinpoché fut tué ainsi que la plupart des moines. Seuls une demi-douzaine d'entre eux s'échappèrent et le monastère fut rasé. Depuis quelques années, il renaît de ses ruines ainsi que le collège Shrî Singha, sous l'impulsion de Tülkou Kelzang Rinpoché.

Shétchen

Envoyé comme Dzogchen Péma Rigdzin au Kham par le Ve Dalaï-lama, Shalam Rabjam Tenpé Gyaltsen n'y fonda cependant pas de monastère de son vivant. C'est sa réincarnation, **Gyourmé Künzang Namgyal**, IIe Shétchen Rabjam Rinpoché, qui établit le monastère de Shétchen en 1735. Modelé sur les monastères Dzogchen et Mindröling, il devint rapidement réputé pour la profondeur de ses études et sa discipline. Parmi les grands maîtres de Shétchen, citons Shétchen Gyaltsap Rinpoché (1871-1926), qui vécut le plus clair de son temps en retraites et laissa treize volumes d'écrits lumineux rassemblant d'importants commentaires et des instructions spirituelles, et Shétchen Jamgön Kongtrül, le second Kongtrül. Le monastère abritait plus de deux cents moines à la veille de la tragédie. En terre d'exil, un monastère du nom de Shétchen Tennyi Dargyeling a été édifié à Katmandou sous l'impulsion de Dilgo Khyentsé Rinpoché et est à présent dirigé par l'actuel Shétchen Rabjam Rinpoché. Au Kham, le monastère souche se relève peu à peu de ses ruines.

A ces six grands monastères, il faudrait bien sûr ajouter celui de *Dodroupchen*, fondé par le **IIe Dodroupchen Rinpoché**, **Jigmé P'üntsok Djoungné** (1824-1864), dans la vallée de Do, au Golok (Tibet oriental). Disciple de Do Khyentsé, Jigmé P'üntsok Djoungné est célèbre pour avoir stoppé en 1864 une épidémie de variole à Dartsendo en prenant le mal sur lui.

Le Mouvement Non Sectaire (Rimé) au Kham

Au siècle dernier, apparut au Kham un mouvement de renouveau spirituel appelé *Rimé*, « Non Sectaire ». Suivant l'exemple de Jigmé Lingpa qui prôna un esprit d'ouverture et de tolérance, ce mouvement se fixa pour tâche de lutter contre un sectarisme d'école davantage politique que spirituel et de sauvegarder les lignées menacées de disparition. Il regroupa les plus éminents des maîtres du XIXᵉ siècle, appartenant à différentes écoles.

Né dans une famille bön, **Jamgön Kongtrül Lodrö Thayé** (1811-1899) reçut une toute première éducation religieuse bön. Puis il fut ordonné moine au monastère nyingmapa de Shétchen où il étudia l'enseignement bouddhiste. Invité à occuper un poste littéraire à Pelpoung, il fut obligé de reprendre ses vœux selon la tradition Karma Kagyü, et prit alors conscience de l'ambiance sectaire régnante. Doué d'une grande ouverture d'esprit, ayant étudié auprès d'une soixantaine de maîtres de toutes les lignées, il joignit ses efforts à ceux de Jamyang Khyentsé Wangpo pour lancer le mouvement Rimé. Érudit au savoir immense, il écrivit les *Cinq Trésors*, *Dzö Nga*, dont le *Rintchen Terdzö*, « Le Trésor de Richesses », qui rassemble les termas les plus importants en une vaste collection de plus de soixante volumes, incluant même quelques termas de la tradition bön, et le *Dam Ngak Dzö*, qui réunit des instructions essentielles.

Né à Dergué, incarnation du Corps[1] de Jigmé Lingpa, **Jamyang Khyentsé Wangpo** (1820-1892) fit ses études à Mindröling puis dans la tradition Ngor des Sakyapa. Immense était son désir de connaissance et il s'efforça de rencontrer les maîtres les plus importants de son époque. Il reçut ainsi la plupart des transmissions des lignées existantes, sans distinction d'écoles, et devint capable d'enseigner selon le point de vue de chaque école. Il rejoignit bientôt Jamgön Kongtrül dans le mouvement Rimé. Sous le nom de Péma Do Ngak Lingpa, Jamyang Khyentsé fut le cinquième des rois des tertöns et un grand visionnaire.

---

1. Il peut exister des incarnations simples mais aussi des incarnations du Corps, de la Parole et de l'Esprit, et même des Qualités et de l'Activité d'un seul maître. Il en est ainsi de la lignée des Khyentsé qui prend son origine en Jigmé Lingpa.

En 1853, Tchögyour Lingpa vint à lui, et tous deux redécouvrirent de concert les « Sept Successions des Préceptes transmis », *Kabap dün den*. Parmi ses termas innombrables, citons le *Jétsün Nyingthik*. Disciple principal de Gyalsé Shenpen Thayé, Jamyang Khyentsé eut lui-même d'innombrables disciples, parmi lesquels Lama Mip'am.

Tchögyour Détchen Lingpa (1829-1870) trouva très jeune ses premiers trésors, mais ne fut pas reconnu immédiatement et fut même l'objet de moqueries de la part de quelques lamas. Pourtant, quand il eut vingt-cinq ans, Pelpoung Sitou Rinpoché lui prédit de nombreuses découvertes et lorsque, finalement, il montra un de ses termas à Jamyang Khyentsé Wangpo, le *Thoukdroup Bartché Künsel*, Khyentsé lui avoua avoir lui-même trouvé un terma aux mots identiques. Ce terma est ainsi devenu commun à ces deux maîtres. Tchögyour Lingpa n'était pas un grand érudit et c'est Jamyang Khyentsé qui mit par écrit la plupart de ses termas. Ses nombreux termas constituent le *Tchokling Tersar*, « Le Nouveau Trésor de Tchögyour Lingpa ». Il fut la troisième figure de proue du mouvement Rimé [1].

Dza Patrül Rinpoché (1808-1887) naquit dans une famille nomade du Kham. Reconnu comme l'incarnation de Shantideva, il suivit les enseignements de Jigmé Gyalwai Nyougou, le principal disciple de Jigmé Lingpa, et de Gyalsé Shenpen Thayé. Bien que très érudit, Patrül Rinpoché vécut en vagabond, sans jamais chercher la renommée. Un jour, rencontrant Do Khyentsé Rinpoché sur un marché, celui-ci l'apostropha : « Hé, toi, Palgué [2] ! Viens ici si tu l'oses ! » Il approcha, mais Do Khyentsé le saisit par les cheveux et le molesta. Patrül, sentant alors son haleine chargée d'alcool, pensa « Oh ! comment un si grand maître peut-il être saoul au point de divaguer

1. Le vocable *Khyen Kong Tchok soum* désigne la réunion de Jamyang Khyentsé Wangpo, de Jamgön Kongtrül et de Tchögyour Détchen Lingpa.
2. Surnom donné à Dza Patrül Rinpoché.

ainsi ? » A l'instant même, Do Khyentsé le lâcha et dit en
le fixant du regard : « Vous autres intellectuels, comment
pouvez-vous être aussi arrogants ?! Tu n'es qu'un vieux
chien ! » Il le gifla et tourna les talons. Sous le choc, Patrül
Rinpoché s'assit et découvrit la vraie nature de son esprit,
limpide et claire comme le ciel. Par la suite, il allait prendre
pour signer la plupart de ses écrits ce surnom devenu
doux à son cœur : « vieux chien ». Patrül Rinpoché écrivit
des commentaires célèbres tels que le *Künzang Lamé
Sheloung*, « Les paroles du Maître Parfait », selon les instructions sur le *Longchen Nyingthik* qu'il avait reçues de
son maître Jigmé Gyalwai Nyougou, et le *Khépa Shrî
Gyalpo*, un classique du Dzogchen Trekchö qui commente le *Tsik Soum Nédek*, le testament spirituel de Garab
Dordjé. Reconnu comme l'incarnation de la Parole de
Jigmé Lingpa, Patrül Rinpoché eut pour principal disciple
Nyoshül Loungtok.

Do Khyentsé Yéshé Dordjé (1800-1866), nous venons
de le voir, n'était pas un maître conventionnel. Né au
Golok, disciple du premier Dodroupchen Rinpoché qui
reconnut en lui l'incarnation de l'esprit de Jigmé Lingpa,
Do Khyentsé compléta son éducation monastique au Tibet
central auprès des disciples de Jigmé Lingpa. De retour au
Kham, il reçut les instructions de Jigmé Gyalwai Nyougou et de Dodroupchen sur le *Longchen Nyingthik*. A plusieurs reprises, il fut gratifié de visions de Guru Rinpoché,
puis il commença à changer de comportement. En 1820,
il rendit ses vœux de moine et adopta l'apparence d'un
humble yogi. Après la mort de Dodroupchen, il troqua
même ses habits pour ceux d'un laïc et erra en nomade
dans les contrées sauvages du Golok et du Kham, dispensant çà et là ses enseignements. Il aimait chasser, fumer
et boire, ce qui faisait scandale, mais il était aussi capable
de rendre la vie aux bêtes qu'il avait abattues. Son style
ressemblait de plus en plus à celui des siddhas et des
« yogis fous ». On raconte qu'un jour où Patrül Rinpoché
se prosternait en s'avançant vers lui, Do Khyentsé se mit
à l'invectiver et à lui jeter des pierres de plus en plus

grosses jusqu'à l'assommer. Quand Patrül Rinpoché reprit connaissance, son état d'esprit était radicalement changé et tous ses blocages dissipés.

Grand pratiquant du *Tchö*, yogi accompli du Dzogchen, Do Khyentsé fut aussi tertön et découvrit notamment le *Yangsang Khadrö Thoukthik* et le *Tchö Dzinpa Rangdröl*. A sa mort, des sons inhabituels se firent entendre, des arcs-en-ciel apparurent dans le ciel et la terre trembla. Après la crémation, ses disciples trouvèrent des perles de couleur *(ringsel)* dans les cendres.

L'un des disciples les plus remarquables de Do Khyentsé fut **Nyakla Péma Düdül**. Né en 1816 dans la vallée de Nyak, au Kham, il reçut dès l'enfance des enseignements de Gyaltra Dordjé Tchöwang qui prophétisa son futur rôle de propagateur des enseignements. Son père étant mort prématurément, sa tante paternelle le chassa de la maison avec sa mère et ses frères. Dans la misère, il vit ses deux frères mourir l'un après l'autre des privations. A quinze ans, il reçut les termas de son oncle Rigdzin Drodül Ösel Dordjé qui le déclara détenteur de sa lignée. Cet événement réveilla sa mémoire antérieure et, se rappelant spontanément quantité de savoir-faire tels que l'art de la métallurgie et de la charpente, il put sauver sa mère de la misère. La vision des souffrances des enfers qu'il eut une nuit en rêve renforça sa détermination à pratiquer pour le bien des êtres. A vingt et un ans, il rencontrait Do Khyentsé et obtint de lui le *Longchen Nyingthik*. Pendant les années qui suivirent, il reçut de très nombreux enseignements du Dzogchen, notamment de Padma Gyourmé Sangyé qui lui conféra le nom de Péma Düdül. En 1840, cinq dâkinîs lui apparurent et lui offrirent chacune un papier coloré de leurs couleurs respectives, bleu, blanc, vert, rouge et jaune, marqué de lettres symboliques *(dayik)*. En 1852, il trouva une liste de trésors de Padmasambhava à découvrir et, l'année suivante, reçut de Namgyal Donag Tendzin les importantes transmissions du *Yangti Nagpo* et du *Longsel*. Par la suite, il fit de nombreuses retraites dans le noir. Au cours d'une retraite de six ans, il coucha

par écrit les termas de *tchülen* que les dâkinîs lui avaient
transmis en 1840 et les appliqua : peu à peu, il devint
capable de se sustenter avec de très faibles quantités de
substances médicinales. Péma Düdül transmit ses termas à
de nombreux disciples parmi lesquels figurèrent Adzom
Droukpa, Nyakla Tchangtchoup Dordjé et Ayou Khandro
Dordjé Peldrön. En 1872, à la nouvelle lune du sixième
mois, il se retira dans sa tente et demanda à ses disciples de
l'y laisser seul sept jours. Au matin du huitième jour, ils
entrèrent et ne trouvèrent que sa robe, ses cheveux et ses
ongles. Son corps physique s'était évanoui en lumière.

Lama Mip'am (Jamyang Namgyal Gyatso, Mip'am
Rinpoché 1846-1912) naquit lui aussi au Kham, près de la
région du Golok. A l'âge de quatorze ans, il entra en retraite
pour dix-huit mois et devint, dit-on, l'égal de Mañjushrî,
le Bouddha de la Sagesse. Dès lors, il partagea son temps
entre l'écriture et les retraites. Disciple de Patrül Rinpoché,
de Jamgön Kongtrül et surtout de Jamyang Khyentsé
Wangpo qui le considérait comme son fils spirituel, Mip'am
Rinpoché fut un très brillant érudit qui contribua largement
à la renaissance de la philosophie et des instructions pratiques de l'école Nyingmapa. En philosophie, il se montra
le digne continuateur de Longchenpa. Il écrivit sur le
Mâdhyamika, des commentaires sur les sûtras, les tantras
et les instructions du Dzogchen, mais aussi sur les sujets
les plus divers : astrologie et astronomie, alchimie, médecine, peinture, etc. Ses œuvres comprennent plus d'une tren-
taine de volumes. Bien qu'il n'exhumât dans sa vie aucun
trésor de la terre *(sater)*, beaucoup des écrits de Mip'am
Rinpoché sont considérés comme des termas de l'Esprit
(gongter). Shétchen Gyaltsap, Kathok Siddha, Adzom
Droukpa, Khenpo Künpel (1872-1943)[1], Lérab Lingpa et
Jigmé Tenpé Nyima figurèrent parmi ses disciples.

Adzom Droukpa (1842-1924), naquit près de Dergué

---

1. L'auteur d'un commentaire sur le Bodhicaryâvatâra, dont des extraits
ont été traduits in *Comprendre la vacuité*, deux commentaires du chapitre 9 de *La Marche vers l'Éveil* de Shântideva, Padmakara, 1993.

*Lama Mip'am, grand érudit nyingmapa
du siècle dernier.*

au Kham. A l'âge de trois ans, il se déclara lui-même être une émanation de Péma Karpo, un grand maître Droukpa Kagyü. Disciple de Mip'am Rinpoché, de Nyakla Péma Düdül et de Jamyang Khyentsé Wangpo, il reçut en vision des instructions de Padmasambhava, de Longchenpa et de Jigmé Lingpa. Tertön, il révéla le cycle du *Ösel Dordjé Sangdzö*, « Le Secret Trésor Adamantin de Luminosité » et établit une communauté de pratiquants à Adzamgar, au Kham, où, chaque année, il donnait trois mois d'enseignements du Dzogchen à ses disciples. Détenteur de la lignée du *Longchen Nyingthik*, il édita en outre d'importants textes nyingmas. A sa mort, son corps resta trois semaines en posture méditative et sa taille diminua considérablement.

Düdjom Lingpa (1835-1903), tertön célèbre, découvrit notamment le *Daknang Yéshé Drawa*, « La pure vision, le Filet de Sagesse », et le *P'ourba Namtchak Poutri*, un cycle célèbre de *Vajrakîlaya*.

L'un de ses fils, **Jigmé Tenpé Nyima** (1865-1926), fut reconnu comme le IIIe Dodroupchen Rinpoché par Mingyour Namkhaï Dordjé (IVe Dzogchen Rinpoché). Dès l'âge de huit ans, à l'initiative de Patrül Rinpoché, il donna un enseignement public sur le *Bodhicaryâvatâra*. Également disciple de Jamyang Khyentsé Wangpo et de Mip'am Rinpoché, il vécut la plus grande partie de sa vie en retraites. Il écrivit de nombreux traités, dont un célèbre commentaire sur le *Guhyagarbhatantra*[1], qu'il dicta à Tertön Sogyal. Ce dernier lui apporta un jour quatre rouleaux jaunes en écriture symbolique (*dayik*) qu'il n'avait pu déchiffrer seul. Ensemble, ils y réussirent et les termas du grand tertön purent ainsi être révélés. Grands amis spirituels, Dodroupchen et Tertön Sogyal vécurent en proches voisins à partir de 1914 dans le Golok et moururent tous deux la même année.

Jatang Tsok Drouk Rangdröl (1841-1922), plus connu sous le nom de **Lama Shabkar**, naquit en Amdo. Consi-

---

1. Le tantra-racine du Mahâyogatantra.

déré comme l'incarnation du grand yogi poète Milarepa, il étudia avec des maîtres de toutes les écoles, mais ce fut le roi mongol Tchögyal Ngak gi Wangpo, disciple du Ier Dodroupchen, qui lui révéla l'enseignement du Dzogchen. Il mena ensuite une vie de retraites solitaires, dont une de trois ans dans l'île inaccessible de Tsoying Mahadeva, sur le lac Kokonor. Shabkar, célèbre pour sa poésie inspirée, écrivit de nombreux traités. On lui doit notamment un long poème sur le Dzogchen, « Le vol du Garuda », *Khading Shoklap*[1].

Le début du XXᵉ siècle

Au début du siècle, plusieurs maîtres nyingmapas jouèrent un rôle important.

Le disciple de Patrül Rinpoché, **Nyoshül Loungtok Tenpé Nyima** (1829-1901), hérita de la lignée de Jigmé Lingpa et l'enseigna à Kathok avant de fonder le monastère de Nyoshül, près de Dergué, dans le Kham. Il eut deux disciples importants, Lérab Lingpa et Khenpo Ngaga.

Incarnation de Nanam Dordjé Düdjom, **Lérab Lingpa**, encore appelé **Tertön Sogyal** (1856-1926), naquit au Kham, dans la vallée de Nyak, dans la famille d'un chef nomade. D'abord brigand et chasseur comme son père, il fut à trente ans troublé par la vision d'écritures de dâkinîs apparues dans le viseur fourchu de son fusil puis, la vue d'un de ses acolytes tuant un animal l'ayant bouleversé, il renonça à la chasse et tourna son esprit vers le Dharma. Bien que peu éduqué et quasi illettré, Tertön Sogyal devint un grand mystique. Il fut disciple de Jamyang Khyentsé Wangpo et de Mip'am Rinpoché puis devint très proche

1. Traduit en anglais par Erik Pema Kunzang, *The Flight of the Garuda*, Katmandou, Rangjung Yeshe Publications, 1988.

de Thoubten Gyatso, le XIIIᵉ Dalaï-lama, et de Jigmé Tenpé
Nyima, le IIIᵉ Dodroupchen Rinpoché. Il découvrit plusieurs cycles de termas, dont le *P'ourba Yang Nying
Poudri*, terma de Vajrakîlaya pratiqué par les moines de
Namgyal qui entourent le Dalaï-lama, et le *Tendrel Nyésel*,
la pratique « qui dissipe les mauvaises circonstances ».
Au cours de sa vie, ses enseignements ne quittèrent pas
un cercle étroit de lamas, mais il prophétisa qu'avec ses
incarnations suivantes ils se propageraient davantage.

Khenpo Ngaga (1879-1941), encore appelé Khenpo
Ngatchoung[1], était considéré comme l'incarnation conjointe
de Vimalamitra et de Longchenpa. Il conçut une forte
dévotion pour ce dernier qui, lors d'une vision, lui conféra
la transmission de pouvoir de rigpa. Cependant, Nyoshül
Loungtok Tenpé Nyima, son maître, ne fit aucun commentaire et l'encouragea simplement à poursuivre sa pratique,
le guidant pas à pas selon l'enseignement du *Nyongtri*,
« L'Instruction par l'expérience », jusqu'à la certitude de
la réalisation. Également disciple d'Adzom Droukpa,
Khenpo Ngaga rassembla les deux lignées du *Longchen
Nyingthik*, celle de Patrül Rinpoché et celle des Dodroupchen Rinpoché, et enseigna lui-même le Dzogchen à ses
disciples selon la méthode du *Nyongtri*. Premier abbé du
monastère Nyoshül, Khenpo Ngaga, dont les œuvres constituent une vingtaine de volumes, eut pour principal disciple
Shédroup Tenpé Nyima.

Autre maître important, **Youkhok Tchatralwa** (1872-
1952) fut disciple de Tchakmo Tülkou, de Düdjom Lingpa,
d'Adzom Droukpa et de Tertön Sogyal. Détenteur des
Nyingthik, il fut un célèbre pratiquant du Dzogchen qui
enseigna aussi dans le style des *Nyongtri*.

Né en 1893 au Golok, **Jamyang Khyentsé Tchökyi
Lodrö**, l'incarnation de Padmasambhava et de Jamyang
Khyentsé Wangpo, eut pour premier maître Kathok Sitou,
au monastère de Kathok. Puis il étudia avec Khenpo

---

1. Khenpo Ngaga était aussi appelé Khenpo Ngawang Pelzang *(mkhan-
po ngag-dbang dpal-bzang)*.

Thoubten Rigdzin, Adzom Droukpa et Khenpo Künpel. A quinze ans, à la mort du jeune Khyentsé Tülkou qui devait prendre la tête du monastère de Dzongsar, il fut choisi malgré quelques oppositions pour occuper le trône du monastère fondé par son prédécesseur Jamyang Khyentsé Wangpo. Après avoir reçu maintes transmissions Sakya et Nyingma, il fut ordonné moine au monastère Dzogchen. Là, Shétchen Gyaltsap lui transmit les Trésors du Nord *(tchangter)* et les termas d'Orgyen Terdak Lingpa, puis il retourna à Dzongsar où il fonda un collège d'études. A vingt-huit ans, il rendit visite à Jigmé Tenpé Nyima (IIIe Dodroupchen) dans le Golok pour recevoir les transmissions du *Longchen Nyingthik*. Puis, de Tertön Sogyal, il reçut *Vajrakîlaya*. Au monastère de Shétchen, il reçut quantité de transmissions de Shétchen Gyaltsap, qui devint l'un de ses principaux maîtres. A la mort de Kathok Sitou, il dut veiller sur l'important monastère de Kathok. Puis il alla recevoir de grandes transmissions guélougpas auprès de Jampel Rolwai Dordjé, *alias* Amdo Géshé. Il étudia au total avec près de quatre-vingts maîtres de toutes les traditions bouddhistes tibétaines. Érudit à la vaste compréhension et grand méditant, il fut rapidement connu comme le « Roi des Maîtres ». Respecté de tous, il maîtrisa les enseignements de toutes les écoles et devint le détenteur de toutes les lignées sakyapa et nyingmapa. A l'âge de cinquante-six ans, il tomba sérieusement malade. Selon des prophéties de Khyentsé Wangpo, de Jamgön Kongtrül et de lui-même, il devait se marier pour écarter les obstacles à sa vie. Il prit pour épouse spirituelle Khandro Tséring Tchödrön (née en 1925) et recouvra rapidement la santé. Dès 1955, pressentant la dégradation de la situation du Tibet, il partit faire un pèlerinage en Inde, puis s'établit au Sikkim comme l'hôte du roi de ce petit royaume. Là, il poursuivit ses enseignements, mais tomba malade en 1959 et mourut peu de temps après. Son départ fut ressenti comme une terrible perte par l'ensemble de la communauté tibétaine déjà très éprouvée par l'invasion chinoise. **Khandro Tséring**

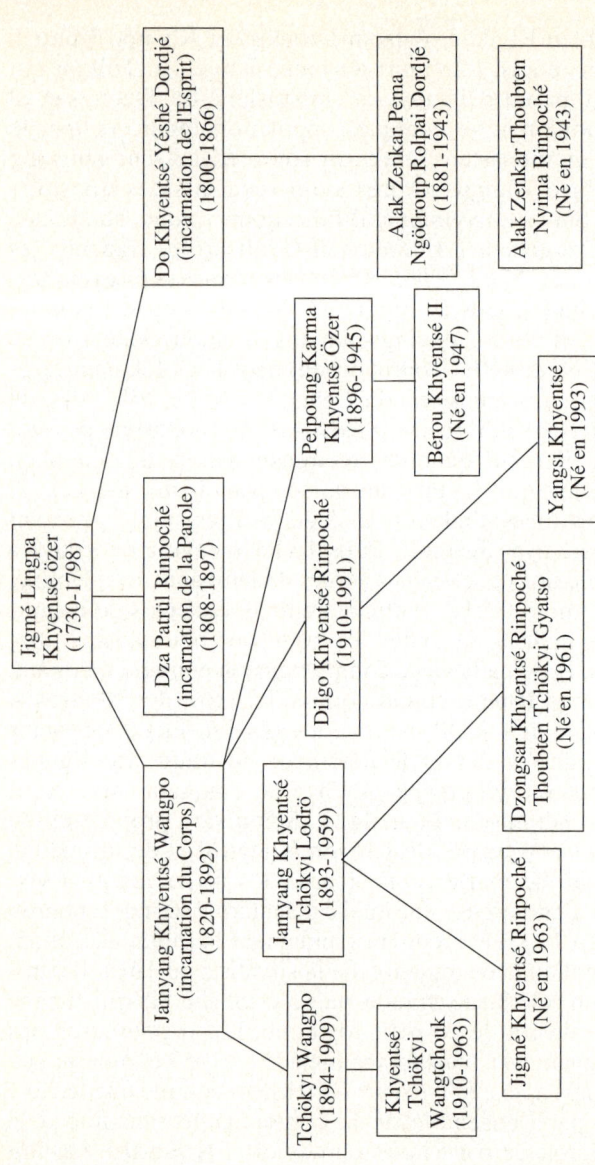

Les incarnations de Jigmé Lingpa, les Khyentsé Rinpoché.

Tchödrön vit actuellement au Sikkim, près du stûpa où sont conservées les reliques de Jamyang Khyentsé, se consacrant à la pratique. Sa simplicité et son rayonnement spirituel lui valent le respect de tous.

Shouksep Lotchen Tchonyi Zangmo (1865-1953) fut une grande pratiquante du Dzogchen et du *tchö*. Née à Rewalsar (Himachal Pradesh), de père tibétain et de mère bhoutanaise, elle fut élevée par sa mère. Très jeune, elle entra en communication avec une délok[1] dont elle apprit les chants mélodieux. Jusqu'à l'âge de treize ans, elle fut itinérante, enseignant le mani[2] aux villageois. Puis elle rencontra Péma Gyatso (1829-1890), un disciple de Lama Shabkar, qui lui enseigna le *Longchen Nyingthik* et lui fit faire une retraite de trois ans. Après sa mort, elle reçut des enseignements de nombreux autres maîtres et surtout le *Taphak Yishyin Norbou* de Thektchok Tenpé Gyaltsen, le tülkou de Lama Shabkar. Par sa pratique, elle eut de fortes expériences et réalisa la nature de l'esprit. Elle tomba un jour inconsciente sur le sol. Tous, sauf sa mère, la croyaient morte. On constata bientôt que son cœur demeurait chaud. Quand elle revint à elle au bout de trois semaines, elle raconta son expérience de délok : s'étant rendue aux pieds de Guru Rinpoché en Zangdok Pelri, elle avait ensuite éprouvé les expériences des bardos, rencontré Yama, le Seigneur de la Mort, et vu les différentes souffrances que traversaient les êtres dans les différents mondes. Elle fit de nombreuses autres retraites longues et, installée à Shouksep près de Gangri Thökar, enseigna à de nombreuses nonnes et femmes laïques. Elle quitta ce monde à quatre-vingt-neuf ans, à Gangri Thökar.

---

1. « Revenante » *('das-log)*, sorte de médium entrant en catalepsie et voyageant dans les bardos.
2. Le mantra d'Avalokiteshvara, OM MANI PEME HÛM.

CHAPITRE VI

Les grands maîtres nyingmapas
en exil et en Occident

Entre 1950 et 1959, le Tibet vécut ses derniers moments de liberté. Peu à peu, l'occupant chinois prenait le contrôle du pays, critiquant les religieux et bouleversant les anciennes structures. En 1956, une révolte éclata au Kham. Elle fut très durement réprimée par l'envahisseur. En 1959, la situation étant devenue intenable, beaucoup de grands maîtres, toutes écoles confondues, suivirent l'exemple du Dalaï-lama et rejoignirent le flot des exilés en Inde. Beaucoup d'autres, restés sur place, furent tués ou emprisonnés. Presque tous les monastères furent systématiquement détruits dans les sombres années de la révolution culturelle, entre 1966 et 1976. Peu à peu, les exilés s'établirent en terre d'asile, principalement à Dharamsala, dans le nord-est de l'Inde, dans le Mysore, dans l'Orissa, au Sikkim, au Bhoutan et au Népal. Il leur fallut tout réorganiser sous la direction éclairée de leur chef spirituel. Des monastères de fortune, pâles reflets des monastères du Tibet, furent édifiés pour préserver les traditions bouddhistes. C'est dans ce contexte difficile que les premiers Occidentaux allaient rencontrer les grands maîtres tibétains en exil. Pour la première fois, ces lamas, conscients du danger de disparition de leurs connaissances, acceptèrent de donner leurs enseignements à des disciples occidentaux. Des liens profonds se créèrent, d'abord en Inde et au Népal, puis en Occident où les premiers Lamas furent invités dans les années soixante-dix. Accueillis avec enthousiasme, ils fondèrent des centres d'études et de méditation où ils assurent désormais la continuité de l'enseignement.

Installé en Inde depuis 1958, **Düdjom Rinpoché** (1903-1987) fut élu chef spirituel des Nyingmapas en exil en 1959 et devint une des figures clés de la renaissance du bouddhisme et de la culture tibétaine. Né dans une famille noble de la province de Pémakö, au Kongpo, il avait été reconnu à l'âge de trois ans comme l'incarnation de Düdjom Lingpa. Instruit par de nombreux maîtres du monastère de Mindröling et disciple de Jetroung Tchampa Djoungné, il fut gratifié de visions où Guru Rinpoché, Yéshé Tsogyal et Mañjushrî lui accordèrent leurs bénédictions et leurs transmissions de pouvoir, et il acquit dès son jeune âge une grande réalisation spirituelle et une brillante érudition. A quatorze ans, il donnait pour la première fois la transmission complète du *Rintchen Terdzö* et, à dix-sept ans, composait sa première œuvre sur le Dzogchen. Considéré comme le plus grand tertön de son temps, il écrivit, au cours de sa vie, vingt-deux volumes, dont le *Nyingma Tchödjoung*, « L'histoire des Nyingmapas », où brille une connaissance encyclopédique doublée d'un grand élan poétique. Représentant vivant de Padmasambhava, il comprit, après avoir fui le Tibet en 1958, l'importance de diffuser son enseignement dans le monde. Il eut de très nombreux disciples au Bhoutan, au Sikkim, au Népal et au Ladakh, à Hong Kong, puis en Occident, notamment aux États-Unis et en France, où il vécut ses dernières années. Düdjom Rinpoché s'éteignit en effet en Dordogne, près de Montignac, où il résidait depuis sept ans.

Après son départ, **Dilgo Khyentsé Rinpoché** (1910-1991) devint le chef spirituel des Nyingmapas. Né au Kham, dans le Tibet oriental, il fut nommé Tashi Peldjor par Mip'am Rinpoché puis reconnu comme l'incarnation de l'Esprit du premier Khyentsé, Jamyang Khyentsé Wangpo le Grand (1820-1892). Son père, ministre du roi de Dergué, désirait qu'il prenne sa succession, mais l'enfant était plus attiré par la spiritualité que par les responsabilités mondaines. A dix ans, il se brûla gravement et resta alité toute

une année. Son père céda finalement à ses aspirations,
et il fut envoyé à onze ans au monastère de Shétchen où
il devint le principal disciple de Shétchen Gyaltsap. Dilgo
Khyentsé résidait le plus souvent dans les ermitages
situés au-dessus du monastère pour y méditer. A cette
époque, il reçut aussi les enseignements de Khenpo Shenga,
du monastère Dzogchen. De quinze à vingt-huit ans, il
demeura en retraite dans les grottes montagneuses de
Denkhok, puis il se rendit auprès de Jamyang Khyentsé
Tchökyi Lodrö, lui aussi incarnation de Khyentsé Wangpo,
et devint l'un de ses disciples les plus proches. Durant sa
vie, Dilgo Khyentsé Rinpoché fut célèbre pour sa grande
activité et son énergie inépuisable. Grand pratiquant et
tertön, ce fut aussi un écrivain très érudit et un voyageur
infatigable qui sillonna l'Asie, les États-Unis, l'Europe
et notamment la France (Dordogne), et même le Tibet il y
a quelques années. Il transmit d'innombrables enseignements à ses très nombreux disciples dans les Himalayas et
de par le monde. Ses écrits et ses termas furent rassemblés
en vingt-cinq volumes.

C'est à présent **Péma Norbou Rinpoché** qui joue
ce rôle de chef spirituel de l'école Nyingmapa. Sa venue
au monde au Tibet oriental en 1932 fut prophétisée par le
Ve Dzogchen Rinpoché. En 1936, il prit refuge auprès de
Khenpo Ngaga au monastère de Pelyül. Reconnu comme
le onzième détenteur de la lignée Pelyül, il fut intronisé
puis instruit par ses maîtres, le second Tchoktrül Rinpoché,
Thoubten Tchökyi Dawa (1894-1959) et le IVe Karma
Koutchen Rinpoché, Karma Thektchok Nyingpo (1908-
1958). Il reçut d'eux de nombreuses transmissions telles
que le *Namtchö*, les *Kagyé* et les termas de Ratna Lingpa.
De Khenpo Lekshé Djorden de Kathok, il reçut des transmissions spéciales d'Anuyoga et le cycle du *Tendrel
Nyésel* de Lérab Lingpa. Khenpo Nüden fut aussi de ses
maîtres. Pénor Rinpoché fit deux retraites de Mañjushrî
selon le *gongter* de Mip'am, pratiqua Vajrakîlaya et médita
pendant quatre ans à Tarthang. Malgré son grand âge,
Tchoktrül Rinpoché acheva de lui transmettre la totalité

des pratiques de la tradition Pelyül avant sa mort en 1959. Cette même année, Pénor Rinpoché parvint à quitter le Tibet avec un groupe de trois cents personnes. Il en arriva seulement trente, dont douze de ses disciples. Moine détenteur de la pure tradition du Vinaya monastique de Shântarakshita, il réussit à sauver la robe de ce dernier précieusement préservée jusqu'alors, et depuis son arrivée en Inde, il a ordonné plus de deux mille quatre cents moines et nonnes. Depuis, il met toute son énergie dans le développement du monastère de Namdröling de tradition Pelyül, près de Bylakuppe, en Inde du Sud. Il y a établi un grand centre d'études et de retraites où l'enseignement est préservé dans toute sa richesse. Pénor Rinpoché a effectué plusieurs voyages aux États-Unis, en Grande-Bretagne et récemment en France sur l'invitation de Sogyal Rinpoché, où il a transmis de grands cycles d'enseignements à de nombreux étudiants occidentaux.

Disciple proche de Düdjom Rinpoché et de Dilgo Khyentsé Rinpoché, **Trülshik Rinpoché** est devenu une figure importante de l'école Nyingmapa. Né en 1915 au Tibet central, il devint moine à neuf ans et reçut de nombreuses transmissions de son premier maître, Ngawang Tendzin Norbu. A la mort de ce dernier, en 1933, il gagna le monastère de Mindröling et effectua une retraite de trois ans. Il reçut ensuite de nombreuses transmissions de Düdjom Rinpoché. Fin 1959, alors qu'il était abbé du monastère de Zarinpo situé non loin de la frontière sud du Tibet, Trülshik Rinpoché put s'enfuir *in extremis* au moment où les troupes chinoises se déployaient dans la région. A Kalimpoung, il rencontra Dilgo Khyentsé Rinpoché et devint son disciple. Trülshik Rinpoché réside actuellement en Asie où il dirige un monastère-ermitage de cinq cents moines et nonnes, et il a accompli plusieurs voyages aux États-Unis. C'est lui qui fut chargé de reconnaître la toute jeune incarnation de Dilgo Khyentsé Rinpoché née en 1993.

Né au Kham en 1932, **Nyoshül Khen Rinpoché**, encore appelé Khenpo Jamyang Dordjé, est un disciple de Shédroup Tenpé Nyima. Après une enfance de berger, il par-

vint, grâce à sa détermination et aux encouragements de
son maître, à devenir un *khenpo* (abbé) réputé autant pour
son érudition que pour sa pratique. Puis il se rendit à
Kathok pour compléter ses études. Il fit ensuite plusieurs
retraites où il pratiqua les yogas physiques, le *toumo*,
le *tchö* et le Dzogchen. En 1959, à l'âge de vingt-sept
ans, il fuit le Tibet avec un groupe de soixante-dix personnes, sous la mitraille chinoise. Ils seront cinq à l'arrivée… Devenu disciple de Düdjom Rinpoché et de Dilgo
Khyentsé Rinpoché, il enseigne sans attache monastique
particulière en Inde et au Bhoutan, jusqu'au milieu des
années soixante-dix où il est victime d'un empoisonne-
ment qui le réduit au silence et à l'invalidité pendant une
longue période. En 1980, il vient en France se soigner
et s'y rétablit peu à peu. Pendant une dizaine d'années, sa
présence, son style libre de yogi accompli et ses enseignements poétiques inspirèrent de nombreux pratiquants occidentaux en Dordogne et ailleurs. Grand poète, détenteur
du *Nyongtri* de Khenpo Ngaga, il compte parmi les plus
érudits dans la connaissance des œuvres de Longchenpa à
qui va sa dévotion, et vit à présent au Bhoutan.

Sous l'inspiration de tels grands maîtres, de nombreux
autres maîtres nyingmapas se sont installés en Occident
pour y assurer la continuité de l'enseignement. Aux États-
Unis, **Tarthang Tülkou Rinpoché,** disciple de Jamyang
Khyentsé Tchökyi Lodrö, s'établit en 1969 à Berkeley,
en Californie, et y fonda un centre d'études et un Institut
Nyingma (1973) à l'origine de nombreuses publications
telles que la série des *Crystal Mirror*, l'une des premières
à faire connaître l'école Nyingmapa en Occident, et une
édition complète du *Kangyour* et du *Tengyour*.

Né en 1947, **Sogyal Rinpoché,** l'une des trois incarnations de Tertön Sogyal[1] et disciple très proche de Jamyang
Khyentsé Tchökyi Lodrö qui l'éleva comme son propre fils,

---

1. Tertön Sogyal eut trois incarnations principales : Khenpo Jigmé
P'üntsok au Golok, Sogyal Rinpoché à Dergué et maintenant en Occident, et Djé Khenpo au Bhoutan.

s'installa en Angleterre dans les années soixante-dix pour y étudier les religions comparées. Traducteur et disciple de Düdjom Rinpoché et de Dilgo Khyentsé Rinpoché, il fonda bientôt ses propres centres Rigpa à Londres et à Paris, puis il étendit progressivement son champ d'enseignement au monde entier, déployant son activité aux États-Unis, en Allemagne, en Irlande, en Hollande et en Australie. Sa profonde compréhension des mentalités occidentales et le caractère direct de ses enseignements en firent bientôt l'un des maîtres les mieux connus à l'Ouest. En 1991, il fonda près de Lodève *Lérab Ling*, son centre de retraites international. En 1992, il publia d'abord aux États-Unis puis en Angleterre et enfin en France le *Livre tibétain de la vie et de la mort*, qui suscite depuis lors un énorme intérêt en Occident. Traduit à présent dans une quinzaine de langues, cet ouvrage touche un large public, le monde médical et le domaine de l'aide aux mourants. Parmi ses autres maîtres figurent Nyoshül Khen Rinpoché et Tülkou Urgyen Rinpoché.

Partageant son activité entre l'Inde et l'Occident, le fils de Kangyour Rinpoché, **Tülkou Péma Wangyal Rinpoché**[1] (né en 1947), prit la responsabilité des centres de retraites longues fondés, selon les vœux de son père, par Dilgo Khyentsé Rinpoché en Dordogne. Il accompagna Dilgo Khyentsé Rinpoché dans ses nombreuses visites à travers le monde. Secondé par son jeune frère, **Jigmé Khyentsé Rinpoché**, dont l'érudition se double d'une excellente maîtrise du français, il dirige à présent le centre d'études de Chanteloube près de Montignac, un groupe de traducteurs ainsi qu'une maison d'édition, Padmakara, qui se destine à la publication de textes fondamentaux du bouddhisme tibétain.

Né au Kham en 1938, reconnu comme l'incarnation d'Adzom Droukpa et de Péma Karpo, un illustre maître Droukpa Kagyü, **Namkhaï Norbou Rinpoché** entra à

1. Également appelé Takloung Tsétrül Péma Wangyal Rinpoché, en tant que détenteur de la lignée Takloung Kagyüpa.

huit ans au collège monastique où il étudia la philosophie et
les enseignements sakyapas sous la direction de Khyenrab
Tchökyi Öser. A quatorze ans, son maître l'envoya auprès
d'Ayou Khandro Dordjé Peldrön (1839-1953), une grande
yogini disciple de Jamyang Khyentsé Wangpo, détentrice
des pratiques de Vajravârahî, du *Khandro Sangdü* et du
Dzogchen Yangti Nagpo. Il étudia également le Dzogchen
avec ses oncles Tokden Urgyen Tendzin et Khyentsé Tchökyi Wangchouk (1910-1963), avec Gyourmé Dordjé, le fils
d'Adzom Droukpa, et Jamyang Khyentsé Tchökyi Lodrö.
En 1956, à son retour de Chine où il avait reçu les enseignements de Gangkar Rinpoché, il rencontra son maître
principal, Nyakla Tchangtchoup Dordjé (1826?-1978),
un tertön à la longévité extraordinaire, disciple d'Adzom
Droukpa, de Nyakla Péma Düdül et de Shardza Tashi
Gyaltsen. Après sa fuite du Tibet en 1958, il s'établit au
Sikkim avant de se rendre en Italie en 1960 sur l'invitation
du tibétologue G. Tucci. Devenu professeur à l'Istituto
Orientale de Naples depuis 1964, il accueillit le premier
congrès sur la médecine tibétaine à Venise en 1983. Depuis
1975, il enseigne le Dzogchen dans un esprit non sectaire,
regroupant ses disciples à travers le monde dans la communauté Dzogchen. Son principal centre est *Mérigar* en
Toscane, mais il enseigne également en de nombreux
pays : France, États-Unis, Australie, Amérique du Sud,
Chine et même Russie et Mongolie. Érudit, il est l'auteur
de plusieurs livres sur le Dzogchen et d'ouvrages de
recherche sur l'histoire ancienne du Tibet. En accord avec
le Dalaï-lama, il développe actuellement ASIA, un projet
d'aide éducative destiné aux Tibétains restés au Tibet.
Namkhaï Norbou Rinpoché est l'une des figures de proue
de la sauvegarde de la culture tibétaine et du non-secta-
risme.

Il nous faut citer encore quelques maîtres nyingmapas
éminents qui visitent souvent l'Occident :

Thoubten Trinlé Pelzang, **IVe Dodroupchen Rinpoché**, né au Golok en 1927, fut reconnu comme l'un des tülkous du précédent Dodroupchen, conjointement à **Rigdzin**

Tenpé Gyaltsen[1] (1927-1961), et tous deux étudièrent côte à côte après avoir été intronisés au monastère de Dodroupchen. De Khenpo Künpel, ils reçurent tous deux le *Longchen Nyingthik* et le *Nyingthik Yabshyi*. Après un pèlerinage au Tibet central, Thoubten Trinlé Pelzang entra en retraite à Tséring Djong et réalisa la pratique de la dâkinî *Youmka Détchen Gyalmo*, puis il accepta de prendre en charge la direction du monastère de Dodroupchen. En 1950, il reçut les enseignements du Dzogchen de Youkhok Tchatralwa selon le *Nyongtri*, puis ceux de Jamyang Khyentsé Tchökyi Lodrö. Il entreprit ensuite la réédition des *Dzödün* de Longchenpa et rassembla une grande bibliothèque. En 1957, avec quelques proches, il quitta le Tibet, pressentant le pire. Réfugié au Sikkim où il a pris pour épouse Khandro Péma Détchen, il a fait rééditer les œuvres de Longchenpa, de Jigmé Lingpa et du IIIe Dodroupchen, et vit principalement à Tchöten Gompa, près de Gangtok. En 1972, il reconnut le VIIe Dzogchen Rinpoché, Jigmé Losel Wangpo, qui fut intronisé à Gangtok. A partir de 1973, Dodroupchen Rinpoché fit plusieurs voyages aux États-Unis, et aussi en France (1989, 1991) sur l'invitation de Sogyal Rinpoché, donnant de nombreuses transmissions de pouvoir du *Longchen Nyingthik* dont il détient la lignée. L'un de ses principaux disciples, **Tülkou Thöndroup**, réside aux États-Unis où il a publié d'importants ouvrages sur la tradition nyingmapa, comme *Hidden Teachings of Tibet*, *Buddha Mind* et *Masters of Meditation and Miracles*.

Parmi les jeunes maîtres qui jouent déjà un rôle important en Orient comme en Occident, citons **Dzongsar Khyentsé Rinpoché** (Thoubten Tchökyi Gyatso, né en 1961), incarnation de Jamyang Khyentsé Tchökyi Lodrö et fils de Trinlé Norbou Rinpoché. Élevé dans les traditions Sakya et Nyingma, disciple de Sakya Trizin et de Dilgo Khyentsé Rinpoché, il enseigne maintenant à des étudiants

---

1. Demeuré au Tibet après 1957, Rigdzin Tenpé Gyaltsen continua à prendre soin du monastère de Dodroupchen. En 1959, il fut déporté dans un camp de travail du Qinghai. Il y mourut en 1961.

en Asie du Sud-Est, dans l'Himalaya, en Allemagne et en Grande-Bretagne, en Amérique du Nord et en Australie. Il est très apprécié en Occident pour son érudition mais aussi pour son esprit vif et provocateur, ainsi que pour son style d'enseignement sous forme de débats directs. **Shétchen Rabjam Rinpoché**, disciple et successeur de Dilgo Khyentsé Rinpoché, dirige au Népal le nouveau monastère de Shétchen et enseigne fréquemment en Dordogne. Le **VIIᵉ Dzogchen Rinpoché**, Jigmé Lösel Wangpo (né en 1964), est à la tête du nouveau monastère Dzogchen au Mysore et fait de fréquentes visites en France depuis plusieurs années, sur l'invitation de Sogyal Rinpoché, son frère. Citons aussi **Khandro Rinpoché** (née en 1965), la fille et disciple de Minling Trichen Rinpoché qui reçut également les enseignements du XVIᵉ Karmapa et de Dilgo Khyentsé Rinpoché, et qui est l'une des rares femmes à enseigner en Occident dans les traditions nyingmapa et kagyüpa. Enfin, l'un des fils de Düdjom Rinpoché, **Shenpen Dawa Rinpoché**, détenteur des termas de Düdjom Lingpa et de son père, réside fréquemment en Dordogne où il anime des retraites pour ses disciples.

Tchimé Rigdzin Rinpoché (né en 1922), quatrième de ce titre, incarnation du fils de Rigdzin Gödem, dirigea le monastère de Kordong au Golok. Détenteur des Trésors du Nord (*Tchangter*), il partit en Inde avant l'invasion chinoise. Yogi au style peu conventionnel, il visite fréquemment l'Occident et notamment la France.

Parmi ceux qui sont demeurés en Inde, **Kangyour Rinpoché** (Longchen Yéshé Dordjé, 1898-1975) fut reconnu comme l'incarnation de Namkhaï Nyingpo. Disciple de Jetroung Tchampa Djoungné, chef spirituel du monastère de Riwoché, il devint l'une des grandes figures nyingmapas en exil et l'un des premiers à enseigner à des disciples occidentaux. **Khétsün Zangpo** est un grand érudit et historien nyingmapa. **Tülkou Urgyen Rinpoché** (1920-1996) fut reconnu par le XVᵉ Karmapa comme l'émanation de Guru Tchöwang et de Noup Sangyé Yéshé. Il étudia les enseignements des écoles Kagyüpa et Nyingmapa à Latchap Gompa au Kham. Petit-fils de Tchögyour Lingpa, il était détenteur de tous ses enseignements termas, ainsi que de ceux de Jamyang Khyentsé Wangpo et de Jamgön Kongtrül Lodrö Thayé. Après sa fuite du Tibet, Tülkou Urgyen établit Ngagi Gompa à Katmandou et trois autres monastères au Népal. Tülkou Urgyen Rinpoché vient de nous quitter en février 1996. Très proche de Dilgo Khyentsé Rinpoché, il enseignait le Mahâmudrâ et le Dzogchen à de nombreux disciples occidentaux, secondé par son fils **Tchökyi Nyima Rinpoché** qui continue à présent son œuvre. **Trinlé Norbou Rinpoché**, l'un des fils de Düdjom Rinpoché, réside principalement aux États-Unis. Il est l'auteur de plusieurs ouvrages éclairants et poétiques, tels que *Magic Danse*.

Il existe également quelques lamas plus « cachés » qui n'en sont pas moins de très grands maîtres vivants. Né en 1913 dans une tribu nomade au Nyak Rong, **Kyabjé Chatral Rinpoché** reçut les termas de Düdjom Lingpa d'une grande pratiquante, Sera Khandro (1899-1952 ?). Puis il devint disciple de Khenpo Ngaga qui lui transmit la lignée du *Longchen Nyingthik* et du *Nyongtri*. Il eut pour autres maîtres Jamyang Khyentsé Tchökyi Lodrö et Düdjom Rinpoché à qui il transmit lui-même quelques enseignements. Après avoir dispensé des enseignements à Gyaltsap Reting, le régent à Lhassa, sa notoriété crût rapidement, ce qu'il considéra comme une source de distraction. Il s'enfuit et se réfugia dans les grottes de Guru Rinpoché, vivant en ermite des dizaines d'années. A la fin des années cinquante, il partit au Bhoutan. Ce grand pratiquant, qui a passé la majeure partie de sa vie dans les solitudes, vit actuellement au Népal, entouré de peu de disciples auxquels il enseigne le Dzogchen. **Minling Trichen Rinpoché**, neuvième incarnation d'Orgyen Terdak Lingpa et donc détenteur de la tradition Mindröling, réside près de Dehra Dun en Inde et consacre beaucoup de son temps à pratiquer le yoga de la luminosité du sommeil, d'où son surnom de « yogi endormi ».

Enfin, **Khenpo Jigpün Rinpoché** (né en 1937) réside au Golok, dans le Tibet oriental, où il enseigne le Dzog-

chen à de très nombreux moines et disciples tibétains et
chinois. Incarnation de Tertön Sogyal, et lui-même tertön,
Khenpo Jikmé P'üntsok étudia le Dzogchen selon la lignée
Pelyül avant d'être ordonné moine à seize ans. A dix-huit
ans, il rencontra son maître principal, Dzogchen Khenpo
Thoupga Yishyin Norbou, qui lui transmit les principaux
enseignements tantriques et du Dzogchen. Lors d'un rêve,
Sakya Pandita lui transmit le *Mañjushrî Nâmasangîti* et,
à son réveil, il eut le sentiment de tout comprendre des
sûtras et tantras. Il devint ensuite le disciple de Köntchok
Tchöpel, un maître détenteur des traditions nyingma et
sarma, et fonda un centre de retraites dans l'Amdo. Puis
vint l'époque sombre où les Chinois interdirent toute
manifestation religieuse, mais il continua à enseigner au
péril de sa vie. Quand l'étau se desserra, il intensifia son
activité et œuvra sans relâche à la renaissance du Dharma
au Tibet, où il a actuellement ordonné plus de dix mille
moines et nonnes. En 1987, il rencontra le Panchen Lama
à la Montagne des Cinq Pics, en Chine. Il enseigna même
à Pékin l'année suivante à des lamas, puis à une grande
assemblée de Chinois et de Mongols. En 1990, les circonstances permirent enfin son intronisation en tant que
réincarnation de Tertön Sogyal au monastère de Nyarong
Kelzang. Cette même année, il fut autorisé à se rendre
en Inde où il rencontra pour la première fois dans cette
vie[1] Sa Sainteté le Dalaï-lama, à qui il transmit son terma
de *Vajrakîlaya*. Khenpo Jigmé P'üntsok visita pour la première fois les États-Unis et la France en 1993, où il enseigna à Lérab Ling sur l'invitation de Sogyal Rinpoché,
autre incarnation de Tertön Sogyal. Parmi ses disciples
figure **Khenpo Namdröl** (né en 1945), l'un des khen-
pos nyingmapas les plus érudits qui, ayant fui le Tibet
en 1959, rejoignit à l'âge de treize ans le monastère

---

1. Dans sa vie précédente, Tertön Sogyal avait été très proche du
XIIIᵉ Dalaï-lama. Son terma de Vajrakîlaya, le P'ourba Yangnying
Poudri *(phur-ba yang-snying spu-gri)*, est toujours pratiqué par les
moines du collège de Namgyal pour la protection de Sa Sainteté.

Namdröling nouvellement fondé en Inde par Pénor Rinpoché. Il y étudia puis servit d'intendant à Nyoshül Khenpo qui l'encouragea vivement dans ses études. Vers la fin des années quatre-vingt, il se rendit au Tibet pour recevoir les enseignements de Khenpo Jigmé P'üntsok et devint détenteur de ses termas. Il joua un grand rôle dans la rencontre entre son maître et le Dalaï-lama en 1990 et accompagna Khenpo Jigmé P'üntsok dans son voyage en Occident en 1993. Spécialiste du *Guhyagarbha tantra*, Khenpo Namdröl enseigne actuellement au *shedra*[1] du monastère de Pénor Rinpoché en Inde.

Alak Zenkar Thoubten Nyima Rinpoché (né en 1943) est l'incarnation de Do Khyentsé. Demeuré au Kham, puis établi à Chengdu (Sichuan), cet érudit nyingmapa a contribué au maintien de la culture tibétaine depuis l'occupation chinoise. Il a notamment collaboré à l'élaboration du *Pögya Tsikdzö Tchenmo*, le dictionnaire tibétain-chinois en trois volumes, le seul réellement à jour actuellement en termes de Dharma. Il réside à présent en Grande-Bretagne.

Bien d'autres maîtres nyingmapas mériteraient d'être cités, même s'ils sont moins connus. Mon ignorance à leur sujet est la seule raison de leur absence ici. Il nous faut encore mentionner quelques maîtres de l'école Kagyüpa qui sont aussi détenteurs d'enseignements nyingmapas, car certains d'entre eux jouèrent un rôle important dans la diffusion du Dharma en Occident. Tel fut le cas de **Chögyam Trungpa Rinpoché** (1940-1987) qui établit les centres Vajradhatu aux États-Unis, au Canada et en Europe, et écrivit plusieurs ouvrages capitaux pour les Occidentaux, et de **Pawo Rinpoché** (1912-1991), qui vécut une quinzaine d'années en Dordogne avant de repartir en Asie. **Guéndün Rinpoché**, de la lignée Karma Kagyü, vécut longtemps dans les ermitages tibétains avant de se réfugier en Inde. Installé en Dordogne depuis une vingtaine d'années, il y fonda Dhakpo Kagyü Ling et anime à présent des retraites longues pour ses disciples.

1. Collège d'études.

Les principaux sites nyingmapas du Ti[bet]

...ntemporain et des régions himalayennes.

Maître très respecté au Ladakh, **Tokden Rinpoché** de l'école Drikoung Kagyü, disciple proche de Düdjom Rinpoché, est venu à plusieurs reprises en France dispenser ses enseignements. Enfin, le **XIIe Gyalwang Droukchen Rinpoché**, chef de l'école Droukpa Kagyü, a été, entre autres, disciple de Düdjom Rinpoché et a reçu de nombreux enseignements nyingmapas de Trülshik Rinpoché. Il visite fréquemment l'Occident et notamment la France, dans son centre de Plouray, en Bretagne.

Lexique

Les termes sanscrits et tibétains figurent entre paren-
thèses. Lorsque les deux figurent, le sanscrit apparaît en
premier, suivi du tibétain en translittération puis ortho-
graphié selon le système international en italique entre
crochets.

Accomplissements *(siddhi, ngödroup [dnos-grub])* : Les
résultats de la pratique sont les accomplissements ordinaires *(thun-mong)*, ou pouvoirs, et l'accomplissement
suprême, l'Éveil.

Accumulations (deux) : L'accumulation de mérites qui
favorise le cheminement et l'accumulation de sagesse
qui dissipe l'ignorance.

Actes négatifs (voir *Karma*) : Les actes créateurs de souffrance et d'obscurcissements.

Action (voir *Vue*, *Méditation*) : Le comportement ou la
conduite juste selon la Vue du Dzogchen, où l'on intègre
tous les événements dans l'état de rigpa.

Agrégats (les cinq skandas, *p'oungpo nga [phung-po
lnga]*) : Les cinq composants du « moi » illusoire : forme,
sensation, perception, formations karmiques, conscience.

Amitâbha *(eupamé ['od-dpag-med], Nangwathayé [snang-
ba mtha'-yas])* : Le Bouddha « Lumière Infinie », personnification de la compassion, le Corps absolu de Padmasambhava.

Ânanda *[kun-dga']* : Le serviteur et le disciple le plus
proche du Bouddha qui récita de mémoire toutes les

paroles du Maître lors du premier concile, donnant ainsi naissance aux sûtras.

Antidote : Pratique pour contrer un défaut ou une passion négative.

Anuttarayogatantra : La classe des Tantras supérieurs dans les écoles nouvelles ou Sarmapas.

Anuyoga : Le second des Tantras supérieurs dans l'école ancienne Nyingmapa, où l'on pratique la visualisation instantanée et les yogas internes.

Apparence *(nangwa [snang-ba])* : Le mode de manifestation des phénomènes dans la vérité relative. L'apparence d'un phénomène n'est pas sa réalité absolue, qui est vacuité.

Arhat : « Celui qui a vaincu l'ennemi, les passions », stade de réalisation dans les véhicules fondamentaux du Hinayâna.

Arura : Plante médicinale *(Terminalia chebulla)*, panacée dans la médecine indo-tibétaine.

Assemblée des Sugatas des Huit Principes *(Kagyé Déshek Düpa [bka'-brgyad bde-gshegs 'dus-pa])* : L'un des grands cycles des sâdhanas du Mahâyoga révélé par Guru Rinpoché, contenant les tantras et les pratiques liées aux Huit Principes d'Accomplissement *(sgrub-pa bka'-brgyad)*. Ce cycle a été révélé par plusieurs tertöns dont Nyang Rel Nyima Öser, Orgyen Lingpa et Ngari Pentchen Péma Wangyal.

Atiyoga : Le Dzogchen en tant que neuvième Véhicule.

Attachement : L'un des trois poisons fondamentaux avec l'ignorance et la colère. Il est lié à l'appropriation et à la saisie des objets.

Au-delà de la Souffrance (voir *Nirvâna*).

Autolibération *(rangdröl [rang-grol])* : Quand émotions, perceptions et pensées sont libérées spontanément dans l'état de rigpa, on parle d'autolibération ou de « liberté naturelle ».

Avalokiteshvara *(Tchenrézik [spyan-ras-gzigs])* : Le Bodhisattva de la compassion « Qui embrasse le monde de son regard ». Il est l'émanation sambhogakâya d'Amitâbha.

Bardo : État intermédiaire de l'existence, compris entre deux discontinuités.

Bardo du moment de la mort *(Tchikaï bardo ['chi-kha'i bar-do])* : Le moment situé entre le début de la maladie mortelle et la fin de la dissolution des éléments et des consciences. C'est le premier des bardos de la mort.

Bardo du devenir *(Sipa bardo [srid-pa bar-do])* : Le bardo situé entre la fin du bardo de la réalité absolue et la renaissance dans un nouveau corps.

Bardo de la réalité absolue *(Tchönyi bardo [chos-nyid bar-do])* : Encore appelé bardo de la dharmata, il prend place entre la claire lumière en fin des dissolutions et l'apparition des visions karmiques grossières du bardo du devenir. C'est dans ce bardo qu'émergent les visions des déités paisibles et courroucées.

Base primordiale ou originelle *(yéshi [ye-gzhi])* : L'état fondamental, primordial, intemporel et indifférencié de l'esprit « avant » toute manifestation phénoménale, où tout est potentiel.

Base, Voie et Fruit *(Shi lam Drépou [gzhi lam 'bras-bu])* : Tout véhicule peut être divisé en Base, où l'on établit la Vue, en Voie où l'on pratique, et en Fruit où l'on atteint les accomplissements.

Bodhicitta *(tchangchoup sem [byang-chub sems])* : L'Esprit d'Éveil. On distingue la bodhicitta relative ou compassion et la bodhicitta absolue où l'on gagne la réalisation de la vacuité. Dans la bodhicitta relative, on cultive la bodhicitta d'aspiration où l'on engendre la compassion pour autrui par la réflexion sur les quatre incommensurables, et la bodhicitta de mise en action où l'on met en pratique les six pâramitâs.

Bodhisattva *(tchangchoup sempa [byang-chub sems-dpa'])* : « Héros de l'Esprit d'Éveil », terme qui désigne ceux qui cultivent la bodhicitta, c'est-à-dire ceux qui aspirent à l'Éveil pour œuvrer au bien des êtres sensibles.

Bön *[bon]* : Désigne l'ensemble des croyances et des pratiques religieuses non bouddhistes au Tibet.

Bouddha *(sanggyé [sangs-rgyas])* : Un Bouddha est un être pleinement éveillé. Il a purifié *(sangs)* toutes les passions et développé *(rgyas)* toutes les potentialités. L'état de Bouddha est donc un état intégral et parfait, dénué de tout conditionnement et omniscient.

Bouddha primordial *(dömai sanggyé [gdod-ma'i sangs-rgyas])* : Samantabhadra, le Corps absolu de tous les Bouddhas, rigpa dans sa pureté primordiale, qui a réintégré toutes les apparences dans la base.

Bouddhéité (voir *Bouddha*).

Calme mental *(Shamatha, shiné [zhi-gnas])* : La pratique de méditation destinée à calmer les pensées par l'attention à un objet de fixation (respiration, lettre, image, etc.).

Canaux subtils *(nâdî, tsa [rtsa])* : Voies de circulation des souffles subtils dans le corps, utilisées dans le yoga. Très nombreux, trois d'entre eux sont des plus importants : le canal central *(rtsa dbu-ma)* et les canaux de gauche et de droite *(rkyang-ma, ro-ma)*.

Canaux, souffles et gouttes *(nâdî vâyu bindu, tsaloung thiglé [rtsa rlung thig-le])* : Dans les canaux subtils *(nâdî)* circulent les souffles *(vâyu, prâna)* qui sont la monture de l'esprit. Les gouttes essentielles *(bindu)*, matériaux de la pratique des yogas, sont répandues dans le corps et concentrées dans le cœur.

Câryatantra *(= Upayogatantra)* : Le second des tantras externes, qui allie l'action rituelle à la visualisation de la déité.

Chakra *(khorlo ['khor-lo])* : Centres situés sur les canaux principaux, d'où partent des ramifications de canaux et qui sont le siège principal des gouttes essentielles *(bindu)*.

Champ pur *(shingkham [zhing-khams])* : Se dit d'une dimension ou sphère pure créée par la Pensée d'un Bouddha où les êtres sensibles qui s'y rendent ont la possibilité de s'éveiller sans obstacles. Zangdok Pelri *(zangs-mdog dpal-ri)*, « La Glorieuse Montagne Cuivrée », est le champ pur de Padmasambhava.

Charnier *(dourtrö [dur-khrod])* : Lieu où l'on dépose les cadavres, abandonnés aux bêtes et à la décomposition. Ces endroits terrifiants et répugnants étaient par excellence ceux des initiations tantriques et des pratiques tantriques de transmutation.

Cinq familles de Bouddhas *(pañcakula, rik nga [rigs-lnga])* : Catégories qui regroupent les différentes qualités de l'Éveil en fonction du terrain individuel de départ. Il existe cinq familles archétypales de l'Éveil, toutes présentes en chacun des êtres, mais dont l'une peut être prépondérante. Les cinq familles sont Bouddha ou Tathâgata, Vajra (Diamant), Ratna (Joyau), Padma (Lotus) et Karma (Action).

Cinq passions *(nyönmong nga [nyon-mong lnga])* : Les cinq passions sont les cinq sortes d'émotions négatives principales : stupidité, colère, orgueil, désir-attachement et jalousie. Transmutées, elles deviennent les cinq Sagesses.

Cinq Sagesses *(yéshé lnga [ye-shes lnga])* : Les cinq facultés cognitives primordiales, vides et lumineuses qui résident naturellement dans l'esprit de tous les êtres. Les cinq Sagesses qui sont donc cinq aspects de la connaissance primordiale propres à rigpa, la Nature de Bouddha. Ce sont : la Sagesse de l'Espace absolu *(dharmadhâtu)*, la Sagesse semblable-au-miroir, la Sagesse de l'égalité, la Sagesse du discernement et la Sagesse qui tout-accomplit.

Compassion *(karûna, nyingdjé [snying-rje], thoukdjé [thugs-rje])* : D'un point de vue général, le souhait sincère de soulager la souffrance d'autrui et l'action qui en découle. Du point de vue du Dzogchen, l'énergie compatissante *(thugs-rje)* qui jaillit spontanément de la réalisation de rigpa pour œuvrer au bien d'autrui.

Concentration *(dhyâna, samten [bsam-gtan])* : Pratique de méditation où l'esprit est fixé ou centré en un seul point *(rtse-gcig)*.

Confession *(shakpa [bshag-pa])* : Dans le bouddhisme, l'acte de s'examiner, de mettre au jour les erreurs et les actes négatifs que l'on a commis, le regret qui s'ensuit et la détermination de se corriger. Dans le Dzogchen, reconnaître la confusion et la distraction comme une manifestation du jeu de l'esprit et revenir à la Vue de rigpa.

Connaissance suprême (voir *Prajñâ*).

Conscience base-de-tout *(künshi namshé [kun-gzhi rnamshes])* : La huitième conscience de la théorie Cittamâtra, conscience fondamentale neutre, réceptacle des imprégnations karmiques. Les autres consciences en jaillissent et s'y résorbent comme les vagues dans l'océan.

Conscience ordinaire *(namshé [rnam-shes])* : Le principe conscient qui regroupe en fait les six consciences des sens. C'est l'esprit ordinaire pensant *(sems)* en tant que conscience des objets extérieurs et des pensées. Jailli de la conscience base-de-tout, s'y réabsorbant lors du sommeil et de la mort, le principe conscient est le support de la transmigration de vie en vie tant que l'ignorance et le karma perdurent.

Corps absolu *(dharmakâya, tchökou [chos-sku])* : La dimension absolue des Bouddhas, ou Corps de vacuité, sans forme ni concepts, d'où jaillissent les Corps formels.

Corps de jouissance *(sambhogakâya, longtchö dzokpai kou [longs-spyod rdzogs-pa'i sku])* : La dimension de l'énergie et des qualités lumineuses des Bouddhas, Corps formel hors du temps, aux manifestations variées à l'infini, qui n'est perçu que par les bodhisattvas de la huitième terre et plus.

Corps d'apparition *(nirmânakâya, tülkou [sprul-sku])* : La dimension de manifestation des Bouddhas au niveau des êtres sensibles ordinaires. C'est le second Corps formel, niveau de l'incarnation terrestre des Bouddhas pour enseigner et œuvrer à la libération des êtres.

Corps d'essentialité *(svabhavikakâya, ngowo nyi kou [ngo-bo-nyid sku])* : La dimension des Bouddhas qui regroupe les trois Corps dans leur indivisibilité : les Trois Corps en un.

Corps du vase de jouvence *(shönnou boum kou [gzhon-nu bum-pa'i sku])* : Terme du Dzogchen qui désigne l'état de la base primordiale où toute la luminosité et les qualités sont encloses, comme une lampe au fond d'un vase. C'est aussi l'état de fruition, lorsque toutes les manifestations extérieures réintègrent la base primordiale dont elles ne sont en réalité jamais sorties.

Corps d'arc-en-ciel *(djalü ['ja'-lus])* : Corps de lumière obtenu à la mort par les yogis réalisés, quand le corps grossier, constitué d'éléments, réintègre sa nature lumineuse.

Corps formels *(rûpakâya, zoukpai kou [gzugs-pa'i sku])* : Les deux Corps pourvus d'une forme : le Corps de jouissance et le Corps d'apparition.

Corps, parole, esprit *(lü ngak yi [lus-ngak yid])* : Les trois portes d'un être ordinaire, les trois dimensions dans lesquelles il se manifeste : physique (corps), énergétique (parole, souffle) et mental/spirituel (esprit).

Corps, Verbe, Esprit *(kou soung thouk [sku-gsung thugs])* : Les trois portes d'expression d'un Bouddha, résultant de la transformation des trois portes ordinaires. On les appelle aussi les Trois Vajras.

Créativité *(tsel [rtsal])* : L'énergie dynamique de rigpa, comparable à la projection extériorisée de lumières de cinq couleurs à partir d'un cristal.

Cycle des existences (voir *Samsâra*).

Cycle Insurpassable le plus secret *(yangsang lana mépai kor [yang-gsang bla-na med-pa'i skor])* : Le cycle d'enseignements ultimes du Dzogchen Men ngak dé.

Dâkinî *(Khandroma [mkha'-'gro-ma])* : « Celles qui se meuvent dans l'espace ». Êtres spirituels féminins. Désigne tant des êtres éveillés féminins, les dâkinîs de sagesse et des femmes prédestinées et grandes pratiquantes, inspiratrices des yogis tantriques, que des déités féminines mondaines parfois maléfiques.

Damarou : Petit tambourin en os de crâne ou en bois, à double face et à boules, utilisé dans les rituels tantriques.

Dayik *[brda'-yig]* : Lettres symboliques dites « des dâkinîs », qui servent de langage codé dans les textes termas, notamment sur les rouleaux jaunes *(shog-ser)*.

Déité *(devata, lha, Yidam [Yi-dam])* : Personnification d'une fonction de l'Éveil sous la forme d'une divinité parée de couleurs, d'attributs et d'ornements. Une déité est une manifestation du tathâgatagarbha présent dans tous les êtres ; elle n'est en aucune manière extérieure au pratiquant.

Déités Courroucées ou Terribles *(troweu lha [khro-bo'i lha])* : Les cinquante-huit déités nées du dynamisme des cinq Sagesses, qui résident dans le palais de nacre du cerveau.

Déités paisibles *(shiwai lha [Zhi-ba'i lha])* : Les quarante-deux déités qui sont le déploiement paisible des cinq Sagesses dans le cœur.

Destinées (six) *(drodrouk ['gro-drug])* : Les six modes d'existence samsârique nés du conditionnement karmique : dieux, anti-dieux ou asuras, êtres humains, animaux, esprits avides ou pretas, naissances infernales.

Détenteur de rigpa (voir *Vidyâdhara*).

Deux vérités *(den nyi [bden-gnyis])* : La vérité absolue des phénomènes, leur vacuité *(don-dam bden-pa)* et la vérité relative ou recouvrante, l'apparence *(kun-rdzob bden-pa)*.

Dhanakoça : Nom du lac où naquit Padmasambhava, dans l'ancien royaume de l'Oddiyâna.

Dhâranî *(zoungma [gzung-ma])* : 1) Nom donné aux formules sanscrites de mantras longs, souvent extraites de sûtras. 2) Nom de l'épouse mystique dans les yogas sexuels.

Dharma *(tchö [chos])* : Terme qui comprend dix sens, dont deux sont essentiels : 1) Les phénomènes. 2) L'enseignement du Bouddha qui concerne la nature essentielle des phénomènes, la vérité *(Buddhadharma)*, et la voie qui y mène.

Dharmadhâtu (voir *Espace absolu*).

Dharmata (voir *Réalité absolue*).

Dharmakâya (voir *Corps absolu*).

Diamant (voir *Vajra*).

Dieux *(deva, lha [lha])* : L'un des modes d'existence supérieure dans le samsâra. Il existe des dieux du domaine du désir, d'autres du domaine de la forme pure et enfin du domaine du sans-forme. Ces êtres au sommet du samsâra n'en sont pas moins conditionnés et soumis au karma. A ne pas confondre avec les déités tantriques *(yidam lha)*.

Discursivité *(küntok [kun-rtog], tokpa [rtog-pa], namtok [rnam-rtog])* : L'ensemble des pensées mouvantes de l'esprit conceptuel, créatrices de confusion.

Disque lumineux (voir *Thiglé*).

Dix terres *(dasabhumî, satchou [sa-bcu])* : Les dix étapes de progression depuis l'être ordinaire jusqu'au parfait Éveil.

Domaine de la forme pure *(rûpadhâtu, zouk kyi kham [gzugs-kyi khams])* : L'un des trois domaines de l'existence samsârique, habité par des dieux aux formes subtiles et lumineuses.

Domaine du désir *(kâmadhâtu, döpai kham ['dod-pa'i khams])* : Le domaine de l'existence samsârique le plus grossier, habité par les êtres des enfers, les esprits avides, les animaux, les êtres humains, les divinités locales et secondaires et les dieux du désir.

Domaine du sans-forme *(arûpadhâtu, zoukmé kyi kham [gzugs-med kyi khams])* : Le domaine de l'existence samsârique le plus subtil, habité par les dieux sans forme, purs esprits cependant attachés à leur absorption méditative.

Dordjé Drakpo Tsel *[rdo-rje drag-po rtsal]* : « Puissant Courroux de Vajra », forme terrible de Guru Rinpoché (voir *Guru Drakpo*).

Double accumulation (voir *Accumulations*).

Double but *(dön nyi [don-gnyis])* : Le double but consiste à atteindre l'Éveil soi-même pour œuvrer efficacement au bien et à la libération d'autrui.

Dynamisme (voir *Créativité*).

Dzogrim *(dzogrim [rdzogs-rim])* : Phase de perfection dans les tantras supérieurs. Désigne les pratiques de yoga des canaux, souffles et gouttes essentielles.

Dzogchen *(Mahâsandhi)* : 1) L'état de perfection primordiale de tous les êtres et de tous les phénomènes. 2) La voie qui mène à la réalisation de la perfection spontanée de toutes choses.

Élaborations *(tröpa [spros-pa])* : La discursivité, les artifices de l'esprit, les fabrications mentales qui empêchent d'accéder à la pureté primordiale de l'état naturel.

Émergence *(shar [shar])* : 1) Le lever, l'apparition des manifestations lumineuses des phénomènes dans la base primordiale. 2) Les surgissements des pensées et des émotions dans l'esprit.

Émergence-libération *(shardröl [shar-grol])* : Terme du Dzogchen quand, dans la méditation, les pensées et les émotions se libèrent instantanément dès leur émergence.

Énergie : Dans le Dzogchen, on distingue essentiellement trois modes de l'énergie : l'éclat fondamental *dang [gdangs]* de la Base, le jeu ou déploiement *rölpa [rol-pa]* des manifestations à la manière de reflets dans un miroir, et le dynamisme ou créativité *tsel [rtsal]*, semblable à l'extériorisation des rayons lumineux hors d'un cristal.

Énergie compatissante *(thoukdjé [thugs-rje])* : La troisième Sagesse de rigpa, la grande énergie de la compassion qui jaillit spontanément de l'Éveil. Elle est incessante et sans obstacles *(ma-'gags-pa)*, et correspond à la notion de Corps d'apparition dans le bouddhisme classique.

Espace : 1) La dimension fondamentale *(dhâtu, ying [dbyings])*, l'espace de la réalité absolue *(dharmadhâtu, tchöying [chos-dbyings])* où s'abolissent les notions d'extérieur *(tchiying [phyi-dbyings])* et d'intérieur *(nang ying [nang-dbyings])*. 2) Le vortex, la sphère, l'espace de la réalité absolue dont on fait l'expérience dans la pratique *(long [klong])*. 3) L'élément espace ou éther *(namkha [nam-mkha'])*. 4) Le ciel extérieur *(namkha, kha [nam-mkha', mkha'])* ou espace externe *(tchiying [phyi-dbyings])*.

Espace absolu *(dharmadhâtu, tchöying [chos-dbyings])* : La dimension de la réalité absolue des phénomènes, où vacuité et apparences sont indivisibles.

Esprit : Il existe plusieurs vocables pour définir différents aspects de l'esprit. 1) *Citta (sem [sems])* est le terme générique qui désigne l'esprit pensant ordinaire. 2) *Manas (yi [yid])* désigne l'intellect. 3) *Lo [blo]* désigne l'esprit dans son fonctionnement conditionné. 4) *Vijñâna (nam-shé [rnam-shes])* désigne le principe conscient.

Esprit d'Éveil (voir *Bodhicitta*).

Esprit pensant *(citta, sem [sems])* : L'esprit ordinaire et toutes ses fonctions.

Essence *(svabhava, bhava, ngowo [ngo-bo])* : 1) L'essence d'un phénomène, ou plutôt sa vacuité, son insubstantialité. 2) Dans le Dzogchen, l'une des trois sagesses de rigpa, sa pureté primordiale *(ka-dag)*.

Essence, nature et énergie compatissante *(ngowo rang-shin thoukdjé [ngo-bo rang-bzhin thugs-rje])* : Les trois aspects de rigpa. Son essence *ngowo [ngo-bo]*, vide *(tongpa [stong-pa])*, est primordialement pure *(kadak [ka-dag]) ; sa nature (rangshin [rang-bzhin])*, lumineuse *(selwa [gsal-ba])*, est spontanément présente *(lhundroup [lhun-grub])* et son énergie compatissante *(thoukdjé [thugs-rje])* embrasse tout *(künkhyap [kun-khyab])* et est incessante *(gakmé ['gags-med])*.

Essence de Bouddha (voir *Tathâgatagarbha*).

Éternalisme *(takpa [rtag-pa])* : L'une des deux vues philosophiques extrêmes, qui considère que les phénomènes ont une cause et une essence éternelles.

Être de Sagesse *(jñânasattva, yéshé sempa [ye-shes sems-dpa'])* : La déité de Sagesse que l'on invite à se fondre dans la déité-support dans le kyérim du Mahâyoga.

Être de samâdhi *(samâdhisattva, Ting ngé dzin sempa [ting-nge-'dzin sems-dpa'])* : Le symbole au cœur de la déité, au sein duquel se loge le mantra.

Être de samaya *(samayasattva, damtsik sempa [dam-tshig sems-dpa'])* : Le pratiquant qui se visualise sous la forme de la déité-support, dans le kyérim du Mahâyoga.

Être et non-être : Selon le Mâdhyamika, les phénomènes
sont ni être ni non-être, ni à la fois être et non-être, ni
ni être ni non-être.

Être sensible *(semtchen [sems-can])* : Se dit de tout être
vivant doué d'esprit. Les plantes sont exclues de cette
catégorie, mais peuvent être le séjour d'êtres sensibles.

Éveil *(bodhi)* (voir *Bouddha*).

Existence *(bhava, sipa [srid-pa])* : Encore appelé « devenir », signifie l'expression de toutes les potentialités
karmiques imaginables comme situations de vie.

Félicité *(sukha, déwa [bde-ba])* : L'une des trois expériences principales de la méditation. Ce peut être une
sensation intense de plaisir qui, si elle n'est pas intégrée
à l'état de rigpa, entraîne l'attachement.

Félicité-vacuité *(détong [bde-stong])* : L'expérience de
félicité ressentie comme indifférenciée de la vacuité
conduit à la réalisation du Mahâmudrâ.

Formule (voir *Mantra, Dhâranî*).

Franchissement du pic (voir *Thögal*).

Fruit *(drébou ['bras-bu])* : Selon le Dzogchen, le Fruit
de la maîtrise de la voie est l'actualisation de l'état de
Bouddha en Trois Corps.

Ganacakrapûja, ganapûja *(tsok kyi khorlo [tshogs-kyi
'khor-lo])* : « Le cercle de l'assemblée », « le cercle de
l'offrande accumulée ». Rituel où les yogis se rassem-
blent et offrent nourritures et boissons partagés ensuite
en une fête tantrique qui purifie le samaya.

Garuda *(tcha khyoung [bya-khyung])* : Sorte d'aigle my-
thique. Le Khyoung, déité de guérison sous l'aspect d'un
oiseau de proie igné et dévorant un serpent-nâgâ, était bien
connu des bönpos avant l'arrivée du bouddhisme au Tibet.
Il fut ensuite assimilé dans la pratique tantrique bouddhiste par Guru Rinpoché et identifié au Garuda indien.

Ging *[ging]* : Déités masculines et féminines de la suite
de Guru Rinpoché, figurées comme des êtres dansants
au crâne entouré d'éventails bigarrés.

Gongter *[dgongs-gter]* : Terma ou trésor de l'Esprit, c'est-à-dire révélé de mémoire, sans le support d'une découverte de terma matériel.

Grand Véhicule (voir *Mahâyâna*).

Grande Perfection (voir *Dzogchen*).

Guru Rinpoché *[gu-ru rin-po-che]* : « Le Guru très précieux », nom le plus habituel et le plus empreint de dévotion sous lequel les Tibétains désignent Padmasambhava.

Guru Tsengyé *[gu-ru mtshan-brgyad]* : Cf. « Huit noms du Guru ».

Guru Drakpo *[gu-ru drag-po]* : « Le Maître courroucé », nom générique des aspects courroucés de Guru Rinpoché tenant un vajra dans la main droite et lâchant un scorpion de la gauche.

Guru-yoga *(Lamai neldjor [bla-ma'i rnal-'byor])* : « Le yoga du maître », pratique préliminaire, qui devient centrale dans le Dzogchen, où le yogi s'unit à l'esprit de Sagesse de son maître.

Heruka : Forme courroucée des déités dans le Mahâyoga et l'Anuyoga, encore appelée « buveur de sang » *(trak t'oung [Khrag-mthung])*, c'est-à-dire du sang de l'ego. La forme classique a trois têtes, six bras, quatre jambes, des ailes de vajra, des ornements macabres et est en union avec une épouse elle-même courroucée, une Krodhîshvarî.

Huit classes d'êtres *(lhasin dégyé [lha-srin sde-brgyad])* : Désigne huit classes d'êtres semi-divins, semi-démoniaques, selon différentes classifications. Selon la plus courante, les huit classes sont les dieux *(lha)*, les Yamas ou Seigneurs de la Mort *(gshin-rje)*, les Matrikas ou Mères courroucées *(ma-mo)*, les démons ou Maras *(bdud)*, les Tsen ou déités rouges des rochers *(btsan)*, les esprits-rois et les senmos *(rgyal-bsren)*, les Rakshasas ou les ogres *(srin-po)* et les Nâgâs ou Lou *(klu)*.

Huit consciences *(tsok gyé [tshogs-brgyad])* : Dans la thèse Cittamâtra, les six consciences des sens *(vijñâna, namshé drouk [rnam-shes drug])*, auxquelles on rajoute la conscience mentale entachée de passions *(kleshama-novijñâna, nyön mong yikyi namshé [nyon-mongs yid-kyi rnam-shes])* et la conscience base-de-tout *(Alayavi-jñâna, künshi namshé [kun-gzhi rnam-shes])*.

Huit grands charniers *(dourtrö gyé [dur-khrod brgyad])* : Les principaux lieux d'initiation de Guru Rinpoché où il reçut les Huit Principes d'Accomplissement des Huit Vidyâdharas : à l'est, « Le Frais Bocage » *(bsil-ba tshal, sîtavana)* ; au sud, « Parfait dans le Corps » *(sku-la rdzogs)* ; à l'ouest, « Tertre de Lotus » *(Padma brtsegs)* ; au nord, « Tertre de Lanka » *(Lanka brtsegs)* ; au sud-est, « Tertre Spontanément Édifié » *(lhun-grub brtsegs)* ; au sud-ouest, « Déploiement du Grand Secret » *(gsang-chen rol-pa)* ; au nord-ouest, « Expansion de la Grande Joie » *(he-chen brdal-ba)* et au nord-est, « Tertre du Monde » *('jig-rten brtsegs)*.

Huit Noms du Maître *(Guru tsengyé [gu-ru mtshan-brgyad])* : Ce sont les noms des huit principales manifestations de Guru Rinpoché : Péma Gyalpo, « Le Roi-Lotus » *(padma rgyal-po)* ; Orgyen Dordjé Tchang, Vajradhara de l'Oddiyâna *(orgyan rdo-rje 'chang)* ; Nyima Öser, « Rayons de Soleil » *(nyi-ma 'od-zer)* ; Shâkya Sengué, « Lion des Shâkyas » *(shâkya seng-ge)* ; Loden Tchoksé « Érudit Amoureux de l'Intelligence » *(blo-ldan mchog-sred)* ; Sengué Dradrok, « Le Lion Rugissant » *(seng-ge sgra-grogs)* et Dordjé Drolö « Diamant à la Panse Tombante » *(rdo-rje gro-lod)*.

Huit Principes d'Accomplissement *(Droupa kagyé [sgrub-pa bka'-brgyad])* : Les huit déités *Yidam* principales du Mahâyoga avec leurs cycles de tantras et de sâdhanas correspondants – le Corps de Mañjushrî *('jam-dpal sku)* ou Yamântaka, le Verbe du Lotus *(Padma gsung)* ou Hayagriva, Yangdak Heruka *(yang-dag heruka)* ou Vishuddha, les Qualités de l'Ambroisie *(bdud-rtsi yon-tan)* ou Amritakundalî, l'Activité de la dague pyramidale *(phur-ba phrin-las)* ou Vajrakîlaya, la Malédiction de la Mère *(ma-mo rbod-gtong)*, Louange du Monde *('jig-rten mchod-stod)* et Mantra Féroce *(dmod-pa drag-sngags)*.

Huit Vidyâdharas *(Rigdzin Gyé [rig-'dzin brgyad])* : Les huit principaux maîtres de Guru Rinpoché en mahâyogatantra, selon la liste la plus courante : Mañjushrîmitra, Nâgârjuna, Hûngkâra, Vimalamitra, Prabhahasti, Dhanasamskrita, Shantigarbha et Rombuguhyacandra.

Ignorance *(avidyâ, marikpa [ma-rig-pa])* : « L'absence de rigpa », le poison premier et central de l'esprit, qui a provoqué l'obscurcissement de la conscience et le dualisme.

Illusion *(trülpa ['khrul-pa])* : Le mode d'apparition de l'illusion est lié à la perception ordinaire sous l'emprise de l'ignorance. Bien que les phénomènes apparaissent tout en étant vides, dépourvus d'être-en-soi, l'illusion consiste à attribuer à leur apparence une réalité substantielle et absolue.

Initiation (voir *Transmission de pouvoir*).

Intention (Pensée) *(gongpa [dgongs-pa])* : Terme qui désigne le Dessein, la Pensée ou l'Intention profonde des Bouddhas. On traduit aussi ce terme par « Esprit de Sagesse ».

Interdépendance *(tendrel [rten-'brel])* : Selon le bouddhisme, tout phénomène impermanent est lié à d'autres phénomènes par un jeu de causes et d'effets. Il existe fondamentalement douze liens d'interdépendance ou nidânas, qui constituent la chaîne des causes et des effets.

Kama *(kama [bka'-ma])* : La transmission orale longue, par lignée ininterrompue, de maître à disciple.

Karma *(le [las])* : Terme qui signifie « action ». Désigne la loi des causes et des effets quand elle se rapporte à des êtres sensibles. Tout acte est une cause qui sera suivie immanquablement d'un effet de même nature, à plus ou moins longue échéance. C'est l'auteur de l'acte qui en subit les conséquences. Un karma est complet quand l'acte est prémédité, exécuté et ressenti comme satisfaisant par son auteur. Il existe des karmas positifs, neutres et négatifs, selon que l'acte est bénéfique, neutre ou produit de la souffrance. Le karma est le moteur de l'existence samsârique.

Khatvanga : Sorte de trident des adeptes tantriques, qui symbolise l'abolition des trois poisons (ignorance, désir, colère) et, dans le cas de Guru Rinpoché, son épouse secrète.

Kîlaya *(P'ourba [phur-ba])* : Dague pyramidale sacrée symbolisant l'activité pénétrante des Bouddhas et la dissipation des obstacles.

Kriyatantra : Le premier des tantras externes, qui privilégie les actes rituels.

Kyérim *(kyérim [bskyed-rim])* : La phase de développement dans les tantras supérieurs, où la visualisation de la déité et du mandala est faite par étapes (Mahâyoga) ou instantanément (Anuyoga).

Libération *(tharpa [thar-pa])* : La délivrance du samsâra, l'atteinte de l'Éveil.

Liberté naturelle *(rangdröl [rang-grol])* : Encore appelée « autolibération », processus spontané de libération des pensées et émotions lorsque le méditant demeure en rigpa.

Libération par le port *(takdröl [brtag-grol])* : Se dit de courts textes ou de diagrammes où sont inscrits des mantras, que l'on doit porter sur soi pour faciliter la libération.

Lien sacré (voir *Samaya*).

Lieu secret *(sang né [gsang-gnas])* : Le sexe.

Lignée de transmission *(gyü [brgyud])* : La lignée des maîtres, ininterrompue du Bouddha primordial aux maîtres actuels.

Lotsâva : Nom d'origine sanscrite donné aux traducteurs tibétains. Ainsi, Pagor Vairocana était honoré du titre de Lotsâva Tchenpo, « Grand Traducteur ». Marpa est souvent appelé Marpa Lotsâva.

Mâdhyamika *(Ouma [dbu-ma])* : L'école du milieu, fondée par Nâgârjuna, qui proclame la vacuité du soi et celle des phénomènes. La vacuité est l'absence d'être-en-soi des êtres sensibles et l'insubstantialité des phénomènes. Cependant, la vacuité ne contredit pas l'existence relative des phénomènes. Elle est leur vérité absolue.

Mahâmudrâ *(tchagya tchenpo [phyag-rgya chen-po])* : La voie tantrique de l'Anuttarayoga, comprenant kyérim et dzogrim. Le Mahâmudrâ de l'école Kagyüpa est très influencé par le Dzogchen et, outre les six yogas tantriques de Naropa, se rapproche de la Vue du trekchö.

Mahâyâna *(T'ekpa tchenpo [theg-pa chen-po])* : Le Grand Véhicule, qui met l'accent sur la compassion, l'idéal du bodhisattva et la réalisation de la vacuité.

Mahâyogatantra ou Mahâyoga : Le premier des tantras supérieurs ou internes selon l'école Nyingmapa. On y met l'accent sur le kyérim, mais le dzogrim y tient sa place.

Maître adamantin *(vajrâcarya)* : Selon le tantrisme, c'est le maître qui transmet les initiations et donne les instructions, avec qui l'on garde le lien sacré *(samaya)*.

Mandala *(kyilkhor [dkyil-'khor])* : Signifie « centre et pourtour ». Ainsi, le pratiquant qui se visualise comme une déité est au centre du mandala, et l'ensemble de ses perceptions extérieures en forme le pourtour.

Mantra *(ngak [sngags])* : Formule sanscrite ou dans une autre langue mystique, destinée à être répétée par le yogi pour produire un effet par l'énergie du son. Mantra signifie « ce qui protège l'esprit ». Chaque déité de pratique possède son ou ses mantras, qui sont sa personnification sonore, son Verbe. Il existe des mantras de purification, de longue vie, d'approche, d'accomplissement, d'activités, etc.

Mantrayâna secret (voir *Vajrayâna*).

Mauvaises destinées *(ngen song [ngan-song])* : Les trois destinées ou naissances inférieures du samsâra, où la souffrance est plus intense : monde animal, esprits avides *(preta)* et enfers.

Méditation *(gompa [sgom-pa])* : Terme général qui désigne habituellement un ensemble de « techniques médita-

tives ». Ainsi, Shamatha, Vipasyana sont des médita-
tions. Selon le Dzogchen, la méditation est un état où
l'on intègre tout dans la présence de rigpa. Ce n'est pas
une pratique, mais un état.

Mérites *(sönam [bsod-nams])* : Se dit des actes positifs
ou vertueux, accumulés sans désir égoïste, et dont la
somme produit l'énergie positive nécessaire pour progresser sans obstacles sur la voie. La seconde accumulation est celle de Sagesse, qui purifie l'esprit (voir
Accumulations).

Méthodes (= moyens habiles, *upaya, t'ap [thabs]*) : Toutes
les techniques du Tantra sont des moyens habiles.

Méthodes et connaissance *(t'ap dang shérab [thabs dang
shes-rab])* : Les moyens habiles ou méthodes doivent
être toujours couplés à la connaissance suprême *(prajñâ, shes-rab)*, afin de ne pas se détourner du but de
l'Éveil.

Nâgâ *(lou [klu])* : L'une des huit classes, groupant des
êtres au corps de serpent habitant le sous-sol, les lacs et
les sources, gardiens des trésors du sous-sol.

Nang Si Zilnönsel *[snang-srid zil-gnon bsal]* : « Celui
qui subjugue le monde et ses apparences par son éclat »,
manifestation semi-courroucée de Guru Rinpoché, où il
apparaît vêtu des habits royaux, avec la coiffe de lotus,
et brandissant le bras levé son vajra dans un geste mena-
çant les négativités.

Nature spontanée *(rangshin [rang-bzhin])* : Le second
aspect de rigpa, sa présence spontanée et lumineuse.

Nature de l'esprit *(semnyi [sems-nyid])* : Quand on exa-
mine complètement l'esprit ordinaire, on réalise sa vraie
nature, c'est-à-dire sa vacuité. Cette réalisation débouche
ensuite sur la reconnaissance de *rigpa*, si bien que le
terme *semnyi* est parfois considéré comme son synonyme.

Né-du-Lotus (voir *Padmakâra*).

Ngayap Pelri (voir *Zangdok Pelri*).

Nihilisme *(tchépai tawa [chad-pa'i lta-ba])* : L'une des
vues extrêmes, pour laquelle tout naît de causes acci-

dentelles et qui soutient que l'esprit, qui n'a pas une substance différente de celle de la matière, retourne au néant à la mort.

Nirmânakâya (voir *Corps d'apparition*).

Nirvâna *(nyang ngen dépa [myang-ngan 'das-pa])* : En tibétain, signifie « L'Au-delà de la souffrance ». Lors de l'atteinte de l'Éveil, l'illusion se dissipe et, avec elle, les causes de la souffrance cessent d'exister. Nirvâna est l'opposé de samsâra en ce sens, mais ce sont en fait deux perceptions différentes d'une même réalité.

Nyingmapa *[rnying-ma-pa]* : L'école des Anciens, celle qui s'appuie sur les enseignements et les textes de la première diffusion du bouddhisme au Tibet, au VIIIe siècle.

Objet *(yül [yul], gzung-ba [zoungwa])* : Littéralement, « ce qui est saisi » par le sujet.

Obscurcissements *(dripa [sgrib-pa])* : Les actes négatifs *(sdig-pa)* créent des obscurcissements ou voiles de la conscience. Il en existe deux sortes : les obscurcissements émotionnels et les obscurcissements intellectuels.

Oddiyâna *(Orgyan, Urgyan)* : Contrée aujourd'hui disparue située au nord-ouest de l'Inde, où Padmasambhava et Garab Dordjé naquirent.

Omniscience *(künkhyen [kun-mkhyen])* : L'état de Bouddha est caractérisé par la double omniscience : la connaissance qualitative des phénomènes dans leurs spécificités *(ji-lta-ba'i mkhyen-pa)* et la connaissance des phénomènes dans leur globalité *(ji-snyed-pa'i mkhyen-pa)*.

Padma : « Lotus », emblème de la pureté de l'esprit et de la compassion des Bouddhas. Nom de l'une des cinq familles de Bouddhas, à laquelle appartient Padmasambhava.

Padmakâra *(Pémadjoungné [padma 'byung-gnas])* : « Né-du-Lotus », l'un des noms génériques de Padmasambhava les plus couramment utilisés dans la littérature tibétaine.

Padmasambhava : Bien que le plus connu des noms de Guru Rinpoché en Occident, il désigne spécifiquement l'un de ses huit noms ou aspects et n'est pas employé de manière générique par les Tibétains qui lui préfèrent les noms Padmakâra, Pémadjoungné ou Guru Rinpoché.

Péma Thötrengtsel : « Padma au Collier-de-crânes », le nom secret de Guru Rinpoché.

Paix (voir *Nirvâna*).

Parinirvâna : Le passage en nirvâna ou l'atteinte de l'Éveil complet à la mort.

Passions *(klesha, nyönmongpa [nyon-mong-pa])* : Les émotions perturbatrices issues de l'ignorance et à l'origine du karma et des conditionnements.

Péma Gyalpo *[padma rgyal-po]* : « Le Roi-Lotus », l'un des huit noms de Padmakâra, lorsqu'il est prince de l'Oddiyâna.

Pensées discursives (*namtok [rnam-rtog]*, voir *Discursivité*).

Perfection spontanée *(lhündzok [lhun-rdzogs])* : Dans l'état de rigpa, tous les phénomènes sont vus comme un déploiement de la présence spontanée, naturellement parfaits depuis toujours.

Phase de création (voir *Kyérim*).

Phase de perfection (voir *Dzogrim*).

Phénomène *(dharma, tchö [chos])* : Un phénomène est « ce qui apparaît » (grec : *phainomenos*). Ce terme désigne toute manifestation apparente du samsâra comme du nirvâna.

Plein Éveil (voir *Bouddha*).

Point clé (point crucial, *né [gnad]*) : Terme très employé dans le Dzogchen Men ngag dé, qui désigne les points techniques de la pratique que le maître transmet directement au disciple. Ce sont des « trucs » qui facilitent l'expérience.

Prajñâ *(shérab [shes-rab])* : La connaissance suprême ou transcendante, la sixième des actions transcendantes ou pâramitâs, sans laquelle aucune des autres ne peut exister. Il s'agit d'une connaissance intuitive et tranchante, non conceptuelle, qui discerne clairement la réalité ultime des phénomènes.

Pratyekabuddhayâna *(rang gyal t'ekpa [rang-rgyal theg-pa])* : Le véhicule des Bouddhas-par-soi ou « réalisés solitaires », où l'on atteint le niveau d'Arhat, dit « licorne ».

Pratiques préliminaires *(ngöndro [sngon-'gro])* : Dans le Vajrayâna, on distingue les préliminaires extérieurs (la contemplation des quatre pensées qui détournent du samsâra) et les préliminaires spéciaux (Refuge, Bodhicitta avec prosternations, purification de Vajrasattva, offrande du mandala, guru-yoga). Dans le Dzogchen, il existe des préliminaires spécifiques du corps, de la parole et de l'esprit appelés Roushen, « disjonction du samsâra et du nirvâna ». Les préliminaires préparent et purifient le pratiquant avant les pratiques principales *(dngos-gzhi)*.

Première diffusion *[snga-dar]* : La première diffusion du bouddhisme au Tibet débute avec le règne de Songtsengampo (VIIᵉ siècle) et se prolonge sous le règne de Trisongdétsen et de ses trois successeurs, jusqu'au IXᵉ siècle. Elle est essentiellement liée à la diffusion des enseignements des sûtras et des anciens tantras par Shântarakshita, Guru Rinpoché, Vimalamitra et Vairocana.

Présentation *(ngotrö [ngo-sprod])* : Dans le Dzogchen, quand un maître montre concrètement à son disciple ce qu'est rigpa, on appelle cela « présentation directe » ou « introduction à la nature de l'esprit ». Il existe des présentations propres à trekchö et d'autres pour thögal.

Propensions karmiques *(vasâna, baktchak [bag-chags])* : Terme désignant les traces ou imprégnations laissées par les actes karmiques dans la conscience base-de-tout. Ces traces sont à l'origine du mûrissement du karma et des conditionnements ultérieurs de l'existence samsârique. Quand un karma arrive à maturité, on en subit l'effet, et la trace disparaît, sauf si l'on recrée un karma similaire par réaction.

Protecteurs *(Dharmapâla, tchö kyong [chos-skyong])* : Êtres spirituels masculins ou féminins voués à la protection des enseignements des tantras et du Dzogchen. On distingue les Protecteurs de sagesse *(ye-shes mgon-po)*, émanations souvent courroucées de Bouddhas, et les Protecteurs assermentés *(dam-can)*, déités locales ou démons subjugués par Guru Rinpoché et lui ayant promis de préserver les enseignements.

Pureté primordiale *(kadak [ka-dag])* : Terme du Dzogchen pour qualifier positivement l'essence vide de la base et de rigpa.

Quatre Activités *(trinlé shyi [phrin-las bzhi])* : Les quatre types d'action éveillée : apaisement, enrichissement, magnétisation et subjugation.

Quatre extrêmes *(t'a shi [mtha'-bzhi])* : Ce sont les quatre croyances philosophiques extrêmes réfutées par le mâdhyamika. 1) La production d'un phénomène par lui-même. 2) La production d'un phénomène par un autre. 3) La production à partir de soi-même et d'un autre à la fois. 4) La production sans cause.

Quatre incommensurables *(tsémé shi [tshad-med bzhi])* : L'amour incommensurable, la compassion incommensurable, la joie incommensurable et l'équanimité incommensurable.

Quatre pensées qui détournent du samsâra : Leur contemplation constitue les préliminaires ordinaires : 1) Le caractère précieux de la vie humaine. 2) L'impermanence et la mort. 3) Les lois inéluctables du karma. 4) Le caractère défectueux du samsâra. Cette réflexion conduit au renoncement au samsâra.

Quatre vérités *(bden-bzhi)* : Les quatre vérités sont le premier enseignement du Bouddha. Ce sont : 1) La vérité de la souffrance. 2) La vérité sur l'origine de la souffrance. 3) La vérité de la cessation de la souffrance. 4) Le chemin octuple pour y parvenir.

Quiétude (voir *Calme*).

Rakshasa *(sinpo [srin-po])* : L'une des huit classes d'êtres semi-démoniaques, sortes d'ogres symbolisant les émotions à l'état brut, dans leur déchaînement passionnel.

Réalité absolue *(dharmata, tchönyi [chos-nyid])* : Ce que sont vraiment les phénomènes dans leur vérité absolue, leur nature véritable.

Recueillement (voir *Samâdhi*).

Refuge (prendre) *(kyapdro [skyab-' gro])* : La prise de Refuge est la pratique d'entrée dans l'enseignement du Bouddha. Le nouveau pratiquant prend refuge dans les trois joyaux *(triratna)* : Bouddha, le guide, Dharma, la voie, et Sangha, la communauté, comme supports de sa pratique ultérieure jusqu'à l'Éveil.

Reliques *(kou doung [sku-gdung])* : Se dit d'objets divers ayant appartenu à un être réalisé ou de substances recueillies après la crémation du corps ou sa disparition partielle en Corps d'arc-en-ciel. Il en est ainsi des perles colorées, les *ringsel (ring-bsrel)*, recueillies dans les os après la crémation.

Retraite *(tsam [mtshams])* : Se dit d'une période de temps plus ou moins longue où un pratiquant se retire du monde dans des limites strictes (géographiques, physiques, isolement, vœux, etc.) pour accomplir une pratique.

Rêve *(milam [rmi-lam])* : Manifestation d'apparences phénoménales au cours du bardo du rêve. Les rêves ordinaires sont l'expression des imprégnations karmiques plus ou moins récentes ou profondes qui se manifestent à partir de la conscience base-de-tout. Les rêves de clarté sont liés à la purification et aux accomplissements de la pratique. Ce sont souvent des signes de la progression.

Rigpa *(vidya [rig-pa])* : L'état de présence claire, discernante et éveillée qui transcende l'esprit ordinaire. C'est l'Esprit d'Éveil incomposé, sans naissance ni cessation, primordialement pur et spontanément présent. Dans l'état de rigpa, il n'y a ni fabrications conceptuelles, ni distraction, ni attachements, mais une présence pénétrante, vive et sereine.

Rituel *(tchoga [cho-ga])* : Moyen habile des tantras destiné à créer l'environnement sacré propice à la perception pure.

Roue (voir *Chakra*).

Rouleaux jaunes *(shok ser [shog-ser])* : Petits rouleaux écrits en langage symbolique des dâkinîs *(brda'-yig)*, que seul le tertön découvreur peut déchiffrer pour en tirer souvent un enseignement terma entier.

Sâdhana *(droupt' ap [sgrub-thabs])* : « Moyen d'accomplissement » de la déité Yidam, un sâdhana comprend des visualisations, des récitations de mantras et souvent des yogas internes.

Sagesse *(yéshé[ye-shes])* : « Connaissance primordiale », faculté cognitive primordiale, vide et lumineuse qui réside naturellement dans l'esprit de tous les êtres depuis toujours, mais qui a été voilée par l'ignorance de notre état originel.

Samâdhi *(Ting ngé dzin [ting-nge-'dzin])* : D'une manière générale, il s'agit de l'état de recueillement atteint lorsque l'esprit s'est focalisé en un seul point sur l'objet de méditation et s'y est absorbé.

Samantabhadra *(küntouzangpo [kun-tu bzang-po])* : Le Bouddha primordial, le Corps absolu immuable de tous les Bouddhas, leur aspect de vacuité et l'essence primordialement pure du tathâgatagarbha. Il est symbolisé nu et bleu profond.

Samantabhadrî *(küntouzangmo [kun-tu bzang-mo])* : La contrepartie féminine de Samantabhadra, sa luminosité, figurée blanche et unie à son époux.

Samaya *(damtsik [dam-tshig])* : Le lien sacré contracté entre le maître et le disciple dès qu'une transmission tantrique ou du Dzogchen a eu lieu. Il s'agit d'un engagement à ne pas laisser dépérir la transmission et à ne pas l'endommager.

Sambhogakâya (voir *Corps de jouissance*).

Samsâra *(khorwa ['khor-ba])* : Littéralement, « le cercle vicieux », terme qui embrasse tous les modes d'existence vécus sous l'emprise de l'ignorance et du karma, et susceptibles de produire de la souffrance. Tant que l'Éveil n'est pas actualisé, il y a transmigration du principe conscience chargé d'empreintes karmiques de vies en vies. La vie dans le samsâra est décrite comme une errance sans fin.

Samsâra et nirvâna *(khordé ['khor-'das])* : Samsâra et nirvâna sont des modes de perception opposés d'une même réalité, selon que l'on est dominé par l'ignorance ou que l'on est éveillé. Mais, dans l'absolu, ils sont inséparables. Rejeter le samsâra et aspirer au nirvâna reste un point de vue limité et dualiste. Ainsi, les cinq passions samsâriques sont en réalité les cinq Sagesses, etc. La voie consiste à dissiper l'illusion samsârique et à intégrer les apparences phénoménales à l'état d'éveil. Dès lors, il n'y a plus de différence samsâra-nirvâna.

Sangha *(géndün [dge-'dun])* : « L'assemblée vertueuse ». Au sens ancien, la communauté monastique ; au sens large, l'ensemble des pratiquants du buddhadharma. On parle aussi du sangha d'un maître, formé par le cercle de ses disciples. Dans le tantrisme, on appelle les disciples frères et sœurs de vajra.

Sans artifices *(matchö [ma-bcos])* : Terme du Dzogchen pour qualifier la pratique fondamentale. La méditation sans artifices consiste à reposer en rigpa sans plus utiliser d'antidotes ni élaborer de visualisations compliquées.

Sarmapa *(sarmapa [gsar-ma-pa])* : Nom des nouvelles écoles tantriques tibétaines apparues à partir du XIe siècle, correspondant à la seconde diffusion du bouddhisme. Ce sont les écoles Kagyüpa *(bka'-brgyud-pa)*, Sakyapa *(sa-skya-pa)* et Kadampa *(bka'-gdam-pa)*, cette dernière donnant tardivement naissance à l'école Gélougpa *(dge-lugs-pa)*.

Sater *[sa-gter]* : « Trésor de la terre », terma retrouvé dans une cache terrestre, rocher, grotte, pilier de temple, etc., sous forme de manuscrits, de rouleaux jaunes, *shokser [shog-ser]* en écriture codée des dâkinîs, *dayik [brda'-yig]*, ou d'objets ou de substances rituels, *dzéter [rdzas-gter]*.

Seconde diffusion *[phyi-dar]* : La seconde période de diffusion du bouddhisme au Tibet débute au XIe siècle avec le traducteur Rintchen Zangpo, Atisha Dipankara et plusieurs traducteurs tibétains tels que Marpa. Elle est caractérisée par la diffusion des nouveaux tantras trouvés en Inde à cette époque et a abouti à la formation des écoles nouvelles Sarmapas.

Série de l'esprit *(cittavarga, semdé [sems-sde]) :* La première série ou catégorie des enseignements du Dzogchen, mettant l'accent sur la compréhension philosophique du Dzogchen et une méditation faisant le lien avec les méthodes classiques du bouddhisme.

Série de l'espace *(abhyantavarga, longdé [klong-sde])* : La deuxième série des enseignements du Dzogchen, mettant l'accent sur l'expérience méditative et la dimension vide de rigpa.

Série des préceptes *(upadeshavarga, men ngak dé [man-ngag-sde])* : La troisième série des enseignements du Dzogchen, où l'on met l'accent sur l'expérience directe de rigpa à l'aide des points clés transmis par le maître sous forme de préceptes *(man-ngag)* courts.

Shang Shoung *[zhang-zhung]* : Royaume ancien situé dans l'Ouest du Tibet où se développa le Bön, et qui fut annexé par le Tibet au VIIe ou au VIIIe siècle.

Shravakayâna *(nyent'ö kyi t'ekpa [nyan-thos kyi thegpa])* : « Véhicule des Auditeurs », le premier véhicule, qui s'appuie sur l'écoute et la mise en pratique des quatre vérités.

Six bardos : Les bardos sont au nombre de six quand on compte trois bardos de la vie, le bardo naturel de la vie, le bardo du rêve et le bardo de la méditation, et trois bardos de la mort, le douloureux bardo du moment de la mort, le bardo de la réalité absolue et le bardo du devenir.

Six chakras : Les six principales roues, situées le long du canal central, sont la roue de grande félicité au sommet de la tête, la roue de jouissance à la gorge, la roue de la réalité absolue au cœur, la roue d'émanation à l'ombilic et les deux roues inférieures au niveau des organes sexuels.

Six consciences *(namshé tsok drouk [rnam-shes tshogs-drug])* : Les six consciences des sens, c'est-à-dire les consciences de la vue, de l'audition, du goût, de l'odorat, du toucher et la conscience mentale.

Six destinées (voir *Destinées*).

Six objets des sens *(yül drouk [yul-drug])* : Ce sont les objets perceptibles par chacun des sens : les formes, les sons, les goûts, les odeurs et les objets tactiles. Les objets de la conscience mentale sont les dharmas.

Six sens : La vue, l'ouïe, le goût, l'odorat, le toucher et le mental.

Six Munis *(t'oup pa drouk [thub-pa drug])* : Les six manifestations de Bouddhas affectées à chacune des six destinées pour y libérer les êtres sensibles.

Sons, lumières et rayons *(dra ö zer [sgra-'od-zer])* : Le mode de manifestation fondamental de l'énergie de la base. Du son primordial jaillit la lumière puis les rayons lumineux.

Souffles *(vâyu, prâna, loung [rlung])* : Les souffles internes dans les canaux sont le véhicule de l'esprit discursif. Quand les souffles karmiques se dissolvent dans le canal central, l'esprit s'apaise et se clarifie, tandis que seul le souffle de la Sagesse fonctionne.

Souffles karmiques *(lé kyi loung [las-kyi rlung])* : Durant la vie, les souffles sont intimement liés aux passions. Après la mort, dans le bardo du devenir, il est dit que le défunt est poussé vers une nouvelle naissance par le souffle ou le vent du karma.

Souffrance *(douk ngel [sdug-bsngal])* : Au sens bouddhiste, la souffrance est un mal-être créé par le décalage de notre existence par rapport à la réalité. Souffrance et mal viennent de ce que l'on rate la cible. La souffrance est donc frustration.

Sphère unique *(thiglé nyaktchik [thig-le nyag-cig])* : Autre nom du Dzogchen, en ce sens qu'il inclut toutes choses dans la perfection spontanée.

Spontanément accompli (voir *Présence spontanée*).

Sujet *(dzinpa ['dzin-pa])* : Littéralement, « celui qui saisit ».

Sujet-objet *(zoungdzin [gzung-'dzin])* : Le cœur de la dualité. La croyance au « moi » entraîne celle de l'« autre »,
de l'objet extérieur et la scission entre les deux.

Sûtra *(do [mdo])* : Les écrits des enseignements du Bouddha Shâkyamuni, dans le Hinayâna et le Mahâyâna.

Syllabe-germe *(yigué sapön [yi-ge sa-bon])* : La syllabe
fondamentale d'où jaillit la manifestation d'une déité, le
son créateur.

Tantra *(gyü [rgyud])* : Nom des écrits fondamentaux du
Vajrayâna mais aussi du Dzogchen, bien qu'il ne s'agisse
pas d'un enseignement tantrique.

Tantras externes *(tchi gyü [phyi-rgyud])* : Le Kriyatantra, le Cârya ou Upatantra et le Yogatantra.

Tantras internes *(nang gyü [nang-rgyud])* : Selon l'école
Nyingmapa, le Mahâyoga, l'Anuyoga et l'Atiyoga.
Selon les écoles Sarmapas, la classe de l'Anuttarayoga-
tantra.

Tantra-racine *(tsawai gyü [rtsa-ba'i rgyud])* : Texte principal, souvent concis, d'un tantra.

Tantra-branche *(yenlak gi gyü [yan-lag gi rgyud])* :
Texte-appendice qui accompagne un tantra-racine.

Tantra explicatif *(shé gyü [bshad-rgyud])* : Texte com-
plémentaire qui commente *('grel)* et développe les points
exposés dans un tantra-racine.

Tchö *[gcod]* : Nom d'une pratique tantrique où le pratiquant fait l'offrande de son corps pour réaliser la vacuité.

Terma *(terma [gter-ma])* : « Trésor spirituel ». Les termas
sont principalement issus de Padmasambhava et de ses
disciples proches. Ils ont été cachés en prévision de
troubles, pour être retrouvés à une époque propice par des
tertöns *(gter-ston)*, « découvreurs de trésors ». Il existe
différentes sortes de termas : de la terre *(sa-gter)*, de l'esprit *(dgongs-gter)*, etc.

Thiglé *[thig-le]* : 1) Dans le tantrisme, goutte essentielle
de l'énergie. 2) Dans le Dzogchen, disque lumineux.

Thögal *[thod-rgal]* : La pratique lumineuse du « franchissement du pic », qui prend place lorsque le trekchö est

stabilisé. Cette pratique permet de sauter les terres. En d'autres termes, elle est un accélérateur.

Tirthika *(moutekpa [mu-stegs-pa])* : Adeptes de religions ou de systèmes philosophiques non bouddhistes, essentiellement hindous. Ni le terme d'hérétique ni celui d'hétérodoxe ne semblent vraiment appropriés.

Transmission de pouvoir *(abhisheka, wangkour [dbang-bskur])* : Méthode de transmission utilisée dans le vajrayâna et le Dzogchen pour transmettre le pouvoir vivant de la lignée et semer la graine de la réalisation chez le disciple. Seul un maître qualifié peut procéder à une telle transmission.

Trois Corps *(trikâya, kou soum [sku-gsum])* : Les trois dimensions de l'état de Bouddha, à la fois trois et une – Corps absolu, Corps de jouissance et Corps d'apparition.

Trois domaines (= trois mondes) : Les trois domaines du samsâra – désir, forme pure et sans-forme.

Trois expériences *(nyam soum [nyams-gsum])* : Dans la méditation peuvent survenir trois sortes principales d'expériences : félicité *(bde-ba)*, clarté *(gsal-ba)* et non-discursivité *(mi-rtog-pa)*. Intégrées dans la présence, elles sont les aides de rigpa, mais si elles sont source de distraction et d'attachement, elles sont des pièges.

Trois Joyaux *(Triratna, köntchok soum [dkon-mchog gsum])* : Les trois objets de refuge principaux – le Bouddha, le guide ; le Dharma, le chemin ; le Sangha, la communauté.

Trois portes *(go soum [sgo-gsum])* : Le corps, la parole et l'esprit.

Trois racines *(tsa soum [rtsa-gsum])* : Les trois objets de refuge tantrique – le guru *(bla-ma)*, la déité *(deva, yidam)* et les dâkinîs *(mkha'-'gro)*.

Trois samâdhis *(ting ngé dzin soum [ting-nge-'dzin gsum])* : Dans le Mahâyoga, les trois premières étapes de la visualisation du kyérim – samâdhi de la telléité *(de-bzhin nyid tig-nge-'dzin)*, samâdhi de la luminosité *(kun-tu snang-ba'i ting-nge-'dzin)* et samâdhi de la cause *(rgyu'i ting-nge-'dzin)*.

Trois séries *(dé soum [sde-gsum])* : Les trois séries ou catégories d'enseignements du Dzogchen – Semdé *(sems-sde)*,
série de l'esprit ; Longdé *(klong-sde)*, série de l'espace,
et Men ngag dé *(man-ngag-sde)*, série des préceptes.

Univers *(nötchü [snod-bcud])* : Littéralement, « le vase et
son essence », c'est-à-dire l'univers en tant que struc-
ture réceptacle des êtres qui y vivent.

Vacuité *(tongpanyi [stong-pa-nyid])* : Selon le Mâdhyamika, l'absence d'être-en-soi des individus et l'insubstantialité des phénomènes. Tous les phénomènes sont
relatifs à d'autres, par l'interdépendance. Aucun n'a
d'existence autonome.

Vajra *(dordjé [rdo-rje])* : « Le Seigneur des pierres », le
diamant, symbole d'indestructibilité et de pureté.

Vajra Guru Mantra : Nom donné au mantra du cœur de
Guru Rinpoché, OM ÂH HÛM VAJRA GURU PADMA
SIDDHI HÛM.

Vajradhara *(dordjé tchang [rdo-rje 'chang])* : « Le Détenteur du Diamant », le sixième Bouddha, qui symbolise
les cinq Bouddhas dans leur unité. C'est aussi l'un des
noms de Padmasambhava *(Orgyan rdo-rje 'chang)*.

Vajrasattva *(dordjé sempa [rdo-rje sems-dpa'])* : « Le
Héros de l'Esprit Adamantin », l'archétype de la pureté
adamantine au niveau du Sambhogakâya.

Vajravârahî *(Dordjé P'agmo [rdo-rje phag-mo])* : « La
Laie Adamantine », dâkinî de la famille Padma utilisée
comme Yidam dans les pratiques de dzogrim.

Vajrayâna *(dordjé t'ekpa [rdo-rje theg-pa])* : Nom générique des véhicules tantriques, encore appelés « Mantrayâna secret » *(gsang-sngags kyi theg-pa)* et Tantrayâna.

Véhicule *(yâna, t'ekpa [theg-pa])* : Un véhicule est un
moyen de parvenir à un but, ou fruit. Les véhicules des
dieux et des hommes ne sont pas libérateurs, seuls le
sont ceux qui sont « extramondains », et dont le fruit est
le plein Éveil. Tout véhicule peut être caractérisé par
une base, une voie et un fruit.

Vérité relative *(kündzop denpa [kun-rdzob bden-pa])* : La vérité d'enveloppement ou d'apparence, le niveau conventionnel.

Vérité ultime *(döndam denpa [don-dam bden-pa])* : La vacuité des phénomènes.

Vidyâdhara *(rigdzin [rig-'dzin])* : Se dit d'un être qui a réalisé rigpa, « l'Intelligence de l'Éveil ». Dans le Vajrayâna, il existe quatre niveaux de vidyâdharas. Les Huit Vidyâdharas qui initièrent Guru Rinpoché aux « Huit Principes d'Accomplissement » *(bka'-brgyad)* étaient des maîtres tantriques parfaitement accomplis.

Vision profonde *(Vipasyana, lhaktong [lhag-mthong])* : Dans la pratique de méditation du bouddhisme classique, seconde étape de la pratique après le calme mental, où le pratiquant découvre la clarté discernante de la connaissance suprême *(prajñâ)* et l'applique à l'examen de son esprit.

Voie *(lam)* : La mise en pratique et le cheminement jusqu'au Fruit, l'Éveil. Seuls, les êtres sensibles sous l'emprise de l'ignorance et de la souffrance parcourent la voie. Les êtres éveillés n'ont aucun chemin à parcourir puisqu'ils actualisent directement la base en fruit.

Voiles (deux) *(drip nyi [sgrib-gnyis])* : L'obscurcissement émotionnel et l'obscurcissement intellectuel.

Vue *(tawa [lta-ba])* : 1) En général, le point de vue, l'opinion philosophique d'une école. 2) Dans le Dzogchen, la vision intégrale de la vraie nature de l'esprit et des phénomènes.

Vues fausses *(lokta [log-lta])* : Se dit des opinions qui ne mènent pas à la vérité, c'est-à-dire à la libération authentique.

Yoga *(neldjor [rnal-'byor])* : Littéralement, « s'unir à l'état naturel ».

Yogatantra : Le troisième tantra externe, « tantra de l'union », où l'on privilégie la visualisation de soi-même sous la forme d'une déité.

Zahor : Royaume ancien du nord-ouest de l'Inde, situé aux environs de l'actuelle Mandi, dans l'Himachal Pradesh.

Zangdok Pelri *[zangs-mdog dpal-ri]* : « La Glorieuse Montagne Cuivrée », le champ pur de Guru Rinpoché situé à Lanka, au sud-est du monde Jambudvîpa. Après qu'il y eut subjugué les rakshasas, Guru Rinpoché y établit son palais « Lumière de Lotus » *(padma 'od)*, au sommet d'une montagne couleur de cuivre.

Bibliographie

Achard, Jean-Luc, *Les Testaments de Vajradhara et des porteurs-de-science*, traduit et annoté du tibétain, Paris, Les Deux Océans, 1995.

Blondeau, Anne-Marie, « Le Lha-'dre bka'-thang », in *Études tibétaines dédiées à la mémoire de Marcelle Lalou*, Paris, 1971.
–, « Padmasambhava et Avalokiteshvara », *in* Annuaire de l'EPHE, V^e section, Paris, 1977-1979.

Boord, Martin J., *The Cult of the Deity Vajrakila*, Buddhica Britannica, series continua IV, Grande-Bretagne, The Institutes of Buddhist Studies, Tring, 1993.

Carré, Patrick, *Le Choral du Nom de Mañjushrî, Ârya-Mañjushrî-Nâmasangîti*, tantra bouddhiste traduit du tibétain et annoté, Arma Artis, 1995.

Chö Yang (revue), Year of Tibet Edition, Council of Religious and Culturals Affairs of H. H. the Dalai Lama, 1991.

Chögyam Trungpa, *Folle Sagesse*, Paris, Le Seuil, « Points Sagesses » (Sa 61), 1993.

Chokgyur Lingpa, *The Great Gate*, trad. Erik Péma Kunzang, Katmandou, Rangjung Yeshe Publications, 1989.

Cornu, Philippe, *Le Miroir du cœur*, *Tantra du Dzogchen*, traduit du tibétain et commenté, Paris, Le Seuil, « Points Sagesses » (Sa 82), 1995.

Dalaï-lama (XIVᵉ, Tendzin Gyatso), *L'Enseignement du Dalaï-lama*, Paris, Albin Michel, 1976.

Dargyay, E. M., *The Rise of Esoteric Buddhism in Tibet*, Delhi, Motilal Barnasidas, 1979.

Dilgo Khyentsé Rinpoché, *Audace et Compassion*, Comité de traduction Padmakara, Padmakara, 1993.
–, *Le Trésor du cœur des êtres éveillés*, Comité traduction Padmakara, Paris, Le Seuil, « Points Sagesses » (Sa 107), 1996.
–, *La Fontaine de Grâce*, Comité traduction Padmakara, Padmakara, 1995.

Dowman, K., *The Legend of the Great Stupa*, suivi de *The Life Story of The Lotus-Born Guru* (Termas de Lhatsun Ngon-mo et de Chokgyur Lingpa), Berkeley, Dharma Publishing, 1973.
–, *Sky Dancer* (La Vie de Yéshé Tsogyal), Londres, Routledge & Keagan Paul, 1984.
–, *The Power-Places of Central Tibet, the Pilgrim's Guide*, Londres et New York, Routledge & Keagan Paul, 1988.

Düdjom Rinpoche, *The Nyingma School of Tibetan Buddhism, its Fondamentals and History*, traduit et édité par Gyurme Dorje avec la collaboration de Matthew Kapstein (deux volumes), Boston, Wisdom Publications, 1991.

Ewans-Wentz, W. Y., *Le Yoga tibétain et les Doctrines secrètes*, Paris, Adrien Maisonneuve, 1980.
–, *Le Livre tibétain de la Grande Libération*, Paris, Adyar, 1972.

Fremantle, F., et Chogyam Trungpa, *Le Livre des morts tibétain*, Paris, Le Courrier du Livre, 1984.

Giacomella, Orofino, *Sacred Tibetan Teachings*, *Texts from the Most Ancient Traditions of Tibet*, préface de Namkhaï Norbu, traduit et commenté par Giacomella Orofino, Prism Press, 1990.

Guenther, H. V., *Kindly Bent to Ease Us* (La Trilogie du *Ngal-so skor-gsum* de Longchenpa), Berkeley, Dharma Publishing, en trois volumes, 1975-1976.
–, *Matrix of Mystery*, Boston, Shambhala Dragon Editions, 1984.
–, *Now That I Come to Die* (trad. *Zhal-chems dri-ma med-pa'i 'od*, de Klong-chen-pa), in *Crystal Mirror*, vol. V, Berkeley, Dharma Publishing, 1977.

Gyalwa Tchangtchoub et Namkhaï Nyingpo, *La Vie de Yéshé Tsogyal, souveraine du Tibet*, Comité traduction Padmakara, Padmakara, 1995.

Harvey, Peter, *Le Bouddhisme : enseignements, histoire, pratiques*, Paris, Le Seuil, 1993.

Hermès (collectif), *Tch'an et Zen : racines et floraison*, Paris, Les Deux Océans, 1985.

Jamyang Khyentse Wangpo, *The Excellent Path to Enlightenment*, Népal et États-Unis, Shechen Tennyi Dargyeling, 1989.

Karmay, S. G., *The rDzogs-chen in its Earlier Text : A Manuscript from Tun-Huang*, in *Sounding in Tibetan Civilization*, Delhi, 1985.
–, *The Great Perfection*, Leyde, E. J. Brill, 1988.

Khentchen Kunzang Palden et Minyak Kunzang Seunam, *Comprendre la vacuité*, deux commentaires du chapitre 9 de *La Marche vers l'Éveil* de Shântideva, Padmakara, 1993.

Khyentse Özer (revue), International Journal of The Rigpa Fellowship, vol. 1, août 1990.

Lama Mip'am, *Calm and Clear (sems-kyi dpyod-pa rnampar sbyong-ba so-sor brtag-pa'i dpyad sgom 'khorlo-ma and dbu-ma'i lta-khrid zab-mo)*, trad. Tarthang Tulku, Berkeley, Dharma Publishing, 1973.

Lama Shabkar, Jatang Tsokdruk Rangdröl, *et al.*, *The Flight of the Garuda* (textes sur Trektcho), trad. Erik Péma Kunzang), Katmandou, Rangjung Yeshe Publications, 1984.

Lipman, K., et Peterson, M., *You Are the Eyes of the World* (trad. du *Byangchub kyi sems kun-byed rgyal-po' i don-khrid rin-chen gru-bo, de Longchenpa*), Californie, Lotsawa, 1987.
–, *How the Samsâra is Fabricated from the Ground of Being* (trad. du *Yi-bzhin rin-po-che'i mdzod*, chap. 1, et du chap. 1 du *Padma dkar-po*, son autocommentaire) in *Crystal Mirror*, vol. V, Berkeley, 1977.

Long-ch'en rab-jam-pa, *The Four-Themed Precious Garland*, Library of Tibetan Works and Archives, Dharamsala, 1979.

Longchenpa, *La Liberté naturelle de l'esprit*, trad. Philippe Cornu, Le Seuil, « Points Sagesses » (Sa 66), 1994.

Namkhaï Norbou Rinpoche, *The Mirror : Advice on Presence and Awareness*, Shang Shung Edizioni, Arcidosso, 1983 (version française, Communauté Dzogchen, 1984)
–, *The Crystal and the Way of Light*, édité par John Shane, Londres et New York, Routedge & Keagan Paul, 1986 (éd. franç. : *Dzogchen et Tantra*, Paris, Albin Michel, « Spiritualités vivantes », 1995).

–, *Santi Mahâ Sangha*, Shang Shung Edizioni, Arcidosso, 1988.

–, *The Cycle of Day and Night*, traduit et édité par John Reynolds, New York, Station Hill Press, 1987.

–, *Rigbai Kujyug, The Six Vajra Verses, An Oral Commentary*, édité par Cheh-Ngee Goh, Singapour, 1990.

–, *Dzogchen and Zen*, Shang Shung Edizioni, 1984 (éd. franç. : J. M. Costantini, Communauté Dzogchen, 1985).

–, *Dzogchen, L'état d'auto-perfection*, Paris, Les Deux Océans, 1994.

–, *Un'introduzione allo Dzog-chen, Rispote a sedici domante*, Shang Shung Edizioni, 1988.

–, *Drung, Deu and Bön, Narrations, Symbolics Languages and the Bön Tradition in Ancient Tibet*, Library of Tibetan Works and Archives, 1995.

– & Lipman, K., *Primordial Experience, Manjushrîmitra's Treatise on the Meaning of Bodhicitta in rDzogschen*, Boston, Shambhala Dragon Editions, 1986.

Neumaier-Dargyay, E. K., *The Sovereign All-Creating Mind the Motherly Buddha* (trad. du *Kun-byed rgyalpo'i mdo*), State University of New York, 1992.

Nyang Ral Nyima Öser, *The Lotus-Born, the Life Story of Padmasambhava*, trad. Erik Péma Kunzang, Boston & Londres, Shambhala Dragon Editions, 1993.

– et Sangyé Lingpa, *Dakini Teachings*, trad. Erik Péma Kunzang, Boston & Londres, Shambhala Dragon Editions, 1990.

Orgyen Tobgyal, *The Life and Teachings of Chokgyur Lingpa*, Katmandou, Rangjung Yeshe Publications, 1988.

Ouang Tchoug Dordjé, IXe Karmapa, *Le Mahamoudra qui dissipe les ténèbres de l'ignorance*, Éd. Yiga Tcheu Dzinn, 1980.

Pommaret, Françoise, *Les Revenants de l'au-delà dans le monde tibétain*, Paris, Éditions du CNRS, 1989.

Rintchen Palmo (Anila), *Trancher la saisie de l'ego* (sur la pratique de Tcheu de Matchik Lapdon), Montignac, Dzambhala, 1987.

Patrul Rinpoché, *Le Chemin de la Grande Perfection (kun-bzang bla-ma'i zhal-lung)*, trad. Christian Bruyat et Patrick Carré, Padmakara, 1987.

Reynolds, John, *Self-Liberation throught Seeing with Naked Awareness* (trad. du *zab-chos zhi-khro dgongs-pa rang-grol las : rig-pa ngo-sprod gcer-mthong rang-grol*), New York, Station Hill Press, 1986.

Ricard, Matthieu, *L'Esprit du Tibet, La vie et le monde de Dilgo Khyentsé, maître spirituel*, Paris, Le Seuil, 1996.

Shantideva, *La Marche vers l'Éveil, Bodhicaryavatara*, trad. Louis Finot, modifiée par Comité traduction Padmakara, Padmakara, 1993.

Sogyal Rinpoché, *Dzogchen et Padmasambhava*, Paris, Rigpa Publications, 1991.
–, *Le Livre tibétain de la vie et de la mort*, Paris, La Table Ronde, 1993.

Tarthang Tulku, *L'Esprit caché de la liberté*, Paris, Albin Michel, 1987.
–, *A History of the Buddhist Dharma*, in *Crystal Mirror*, vol. V, Berkeley, 1977.

Thinley Norbu, *Magic Dance. the Display of the Self-Nature of the Five Wisdom Dakinis*, Thinley Norbou, 1981.

Toussaint, C. G., *Le Grand Guru Padmasambhava, histoire de ses existences* (Padma Thang-yig), Paris, Éditions orientales, 1979.

Tsele Natsok Rangdröl, *The Mirror of Mindfulness, the Cycle of the Four Bardos*, trad. Erik Péma Kunzang, Boston, Shambhala Dragon Editions, 1989.
–, *Le miroir qui rappelle et clarifie le sens général des bardos*, trad. Evelyne Borremans et Ogyen Losel Tchökyi Dawa, Bruxelles, Éditions Dharmachakra, 1993.
–, *The Circle of the Sun*, trad. Erik Hein Smidt, Hong Kong, Rangjung Yeshe Publications, 1990.

Tsultrim Alione, *Women of Wisdom*, Londres, Routledge & Keagan Paul, 1984.

Snellgrove, D., *The Nine Ways of Bon*, Boulder, Prajnâ Press, 1980.

Tulku Thondrup Rinpoche, *The Dzogchen Innermost Essence Preliminary Practice*, « *Longchen Nyingthig Ngondro* » *Jigme Lingpa*, Dharamsala, Library of Tibetan Works and Archives, 1982.
–, *Hidden Teachings of Tibet, An Explanation of the Terma Tradition of the Nyingma School of Buddhism*, Londres, Wisdom Publications, 1986.
–, *Buddha Mind, An Anthology of Longchen Rabjam's Writings on Dzogpa Chenpo,* New York, Snow Lion, 1989.
–, *Masters of Meditation and Miracles, The Longchen Nyingthig Lineage of Tibetan Buddhism*, Boston, Shambhala Dragon Editions, 1996.

Tulku Urgyen Rinpoche, *Vajra Heart*, trad. Erik Péma Kunzang, Katmandou, Rangjung Yeshe Publications, 1988.
–, *Rainbow Painting*, trad. Erik Péma Kunzang, Katmandou, Rangjung Yeshe Publications, 1995.

Sources tibétaines

Btsan-po khri-lde srong-btsan gyi lo-rgyus mdo-tsam brjod-pa, Éditions Si-khron mi-rigs dpe-krun-khang, 1984.

Deb-ther sngon-po, 'gos-lo gzhon-nu dpal gyis btsams. deux volumes (stod-cha, smad-cha), Éditions Si-khron mi-rigs dpe-krun-khang, 1985.

Padma bka'-thang (Urgyan guru padma 'byung-gnas kyi skyes-rabs rnam-par thar-pa rgyas-par bkod-pa zhes-bya-ba bzhugs-so), Éditions Si-khron mi-rigs dpe-krun-khang, 1987.

Bka'-thang sde-lnga, guru urgyan gling-pas yar-klung shel-gyi brag-phug nas bton-pa, Éditions Si-khron mi-rigs dpe-krun-khang, 1988.

Index

Noms de personnalités historiques ou légendaires

Noms de déités

Noms de lieux

Termes techniques divers

Textes

Remerciements

Ce livre est dédié à Dilgo Khyentsé Rinpoché, à Düdjom Rinpoché, à Nyoshül Khen Rinpoché, à Sogyal Rinpoché et à Namkhaï Norbou Rinpoché, sans lesquels cet ouvrage ne serait pas.

Mes remerciements les plus vifs vont à Matthieu Ricard et à Patrick Gaffney.

Table

RÉALISATION : PAO ÉDITIONS DU SEUIL
IMPRESSION : MAURY-EUROLIVRES S.A. À MANCHECOURT
DÉPÔT LÉGAL : JANVIER 1997 – No 23671 (96/12/56529)

Collection Points

SÉRIE SAGESSES

dirigée par Vincent Bardet et Jean-Louis Schlegel